湖宮は黄砂に微睡《まどろ》む

篠原悠希

角川文庫
21458

湖宮は黄砂に微睡《まどろ》む

金椛国《きんかこく》春秋

西方への道

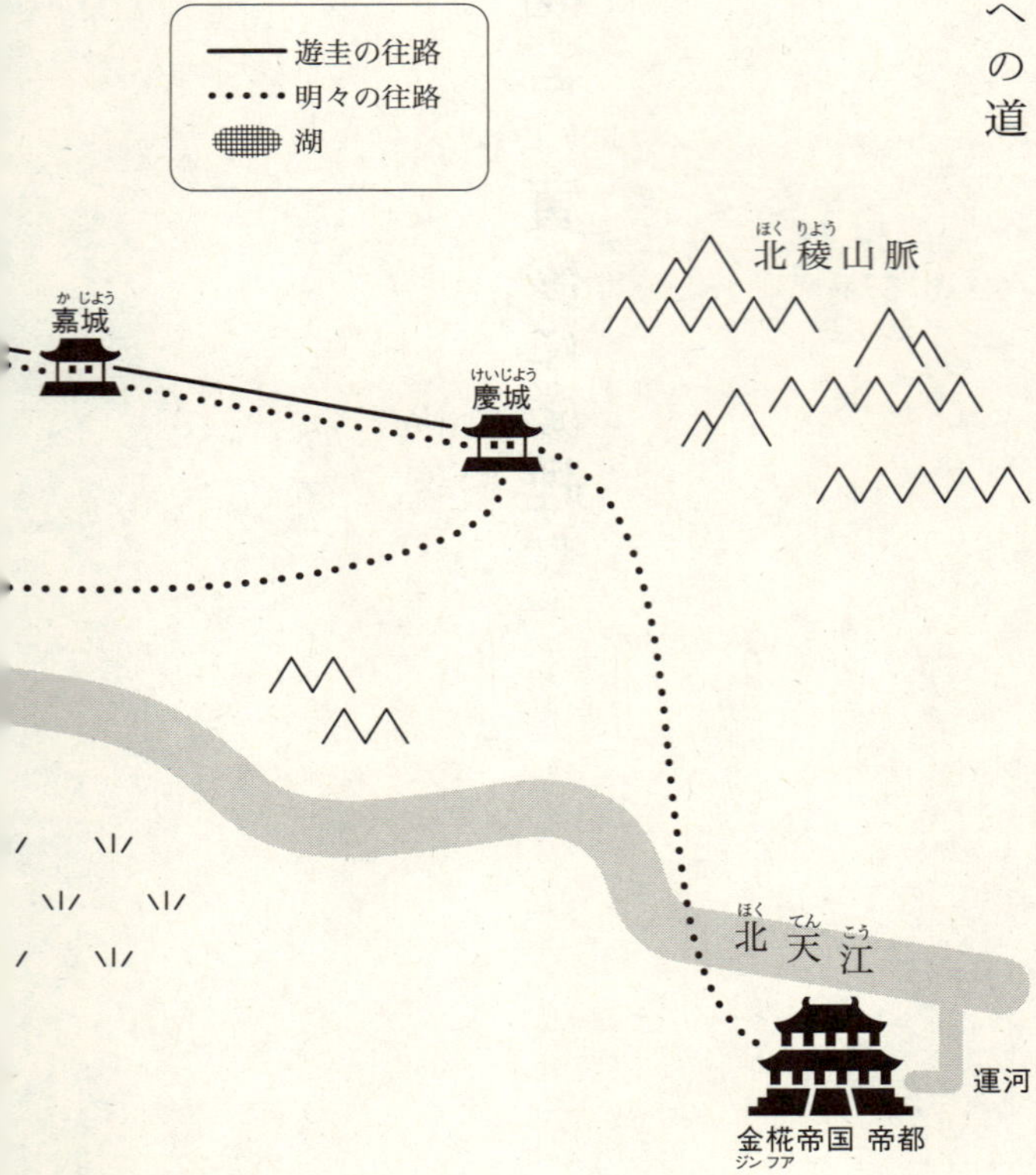
遊主の往路
明々の往路
湖
北稜《ほくりよう》山脈
嘉城《かじよう》
慶城《けいじよう》
北《ほく》天《てん》江《こう》
運河
金椛《ジンフア》帝国 帝都

朔露《さくろ》領
天鳳《てんぽう》山脈
夏沙《かしゃ》王国 王都
康宇《こう》国へ
天鳳行路
楼門関《ろうもんかん》
死の砂漠
廃都
砂礫灘《されきなだ》
烽火台
天竺《てんじく》へ
天鋸行路
朱門関《しゅもんかん》
劫河《こうが》
戴雲国《たいうんこく》
天鋸《てんきょ》山脈
N

おもな登場人物

星《せい》遊圭《ゆうけい》……名門・星家の御曹司で唯一の生き残り。
生まれつき病弱だったために医薬に造詣が深い。
書物や勉学を愛する秀才。罪を犯した友人を匿い、流刑となる。

明々《めいめい》……少女のときに遊圭を助けたことから、
後宮の様々な苦労を共に乗り越えてきた。
その縁で薬膳の知識を蓄え、故郷に戻って薬種屋を開く。

胡娘《こじょう》（シーリーン）……西域出身の薬師で、遊圭の療母。
星家族滅の日からずっと遊圭を助け、見守り続けてきた。
玲玉に薬食師として仕えていたが、現在は遊圭に同行中。

陶《とう》玄月《げんげつ》……皇帝陽元の腹心の宦官。
遊圭の正体を最初に見抜き、後宮内の陰謀を暴くための
手駒として遊圭を利用してきた。

ルーシャン……西域出身の金椛国軍人。
国境の楼門関の一城を預かる游騎将軍。

達玖《タルク》……西域出身の軍人。ルーシャンの幕僚。
阿清《あせい》……明々の弟。遊圭より年下。
星玲玉《せいれいぎよく》……遊圭の叔母。
司馬陽元《しばようげん》……金椛国の第三代皇帝。
麗華公主《れいか》……謀反の罪を犯した前皇太后永氏の娘。
政略結婚で嫁いだ夏沙王国が朔露国《さくろ》に征服され、消息を断つ。
天狗《てんこう》……皇太子翔の愛獣。
外来種の希少でめでたい獣とされている。
橘真人《きつまひと》……かつて遊圭を騙して命の危険に晒した、
金椛国を放浪する東瀛国《とうえい》出身の青年。
王慈仙《おうじせん》……陽元に忠誠を誓った、玄月を筆頭とする青蘭会《せいらん》の宦官。
史尤仁《しゆうじん》……北西部の郷紳階級出身。胡人の血を引く遊圭の学友。

序　章

かつて金椛《ジンファ》帝国と夏沙《かしゃ》王国を往復した経験から、砂漠とは、焼けつく太陽の下、肌はじりじりと焦がされ、ひたすら暑くて喉《のど》が渇き、かさかさに干からびた皮膚はひび割れて、ついには身も心も砂と同化してしまう場所と、星遊圭《せいゆうけい》の記憶には刻み込まれていた。

だがそれは夏の砂漠行の話だ。

厳冬期の死の砂漠は、さらに容赦がなかった。

暖かな芽吹きの春には、絶えることのない砂嵐が天空を覆い、視界を黄色く染めあげて旅人を迷わせる。

夏は酷暑であらゆる生き物を苦しめ、命そのものを拒絶する死の砂漠。

秋から冬の西域はもっとも気候が安定する。大気は澄み、空は晴れ渡り、交易に適した季節であると断言した人間を捕まえて、その舌をひっこ抜いてやりたいと遊圭は思う。

雪まじりの砂と冷たい風が、袖《そで》口や首から入らないように、袖を覆う手袋の上からも布を巻き、着ぶくれた外套《がいとう》の上にも、さらに襟巻きを重ねる。そのうえ懐には、真っ赤に燃える石炭を、石綿で包み込んだ真鍮《しんちゅう》製の懐炉を抱いていても、凍えるほど寒い。

日中は風さえなければ、過ごしやすい気温になることもあるが、たいていは氷河を戴《いただ》く天鳳《てんぽう》山脈から、千の針で突き刺すような雪まじりの冷たい風が絶えず吹き下ろし、砂を巻き上げて砂丘を横殴りに駆け抜ける。いずこからくるとも知れぬ雲が日光を遮れば、あっというまに気温が下がって歯の根も合わない。

凍傷を防ぐためには、夜中から明け方の、もっとも冷え込む時間帯に移動を続けるのがいいのか、それとも野営作業の効率を考えて、明るい昼間に先を急ぐのがいいのかと、試行錯誤しながら距離を稼いでいく。

休むときも、砂嵐や突然の氷嵐に対処できるように、寝ずの番を立てる。

遊圭は、昼間はたびたび指南盤《しなんばん》を取り出しては、針の指す方角と、目指す方向の角度差を確認し、夜になれば空に輝く星宿を見上げては距星《きょせい》の経緯度を測り、いま死の砂漠のどのあたりにいるのかと、何度も計算をやり直した。

「そんなんで、本当に伝説の郷《さと》が見つかるんですか」

見張り番を交代するために起き出してきた橘真人《きつまひと》が、無精ひげに覆われた丸顔を撫《な》でつつ、眠たげな声でぼやいた。遊圭は不機嫌を隠さずに返答する。

「見つかるかどうかはわかりません。少なくとも、わたしたちが移動した距離と方角は把握できますから、無駄にさまよい歩いて水と食糧を無駄にしたり、不用意に天鳳行路に近づきすぎて朔露《さくろ》軍に見つかる危険は避けられます」

真人はぐるりと砂丘に囲まれた風景を見渡して、ぶるっと肩を震わせた。見上げるたびに、一条か二条、一瞬の煌《きら》めきを残して星が流れる。あまりに一瞬すぎて、その星がどこに落ちたものなのか、火花のようにただ消え去ったものなのか、考える暇もない。

その流星の他には、四方千里にわたって何ひとつ動くもののない、沈黙する黄色い死の世界に彼らは囲まれている。

「その計算が合っているって確信は、どこからくるんですか」

遊圭は星明かりの下で顔をしかめた。一回りは年上の連れを見上げ、左手に持った星の角度を測る計測器を上下に振った。

「そんなことわかりません。星宿図を頼りに死の砂漠を旅するなんて、初めてのことですからね。この星測器《せいそくき》だって、説明書といっしょに出発前に渡されたばかりなんですから」

遊圭は、六分儀と二本の物差しが組み合わされた、素人には用途不明な計測器を音を立てて閉じ、三角形の水準器とともに道具箱にしまい込んだ。

「だいたい、誰が橘さんについてきてくださいと頼んだんですか。勝手におしかけていて文句を言うなら、ここからどこへでも好きな方向にひとりで進んでください」

苛立《いらだ》ちを隠さずに、険のある声で突き放した遊圭は、星宿図から手荒に砂を払い落とし、くるくると巻いて竹筒に押し込んだ。

ふたりの横から、女性のようにまろやかな、しかし同時に穏やかな落ち着きのある声が割って入った。

「まあまあ、星公子《シンコンツー》。少し休まないと気分も荒れるばかりです。真人も、無闇に進めば幽鬼に取り憑《つ》かれ、干からびて渇死するまで、どうどう巡りを続けることになりますよ」

王慈仙《おうじせん》は、落ち着いた柔らかな声で恐ろしいことを言う。

「胡娘《こじょう》は？」

「先にお休みになりました。寝る前に私たちに檸檬香草《レモングラス》と薄荷《はっか》のお茶を淹《い》れてくれました。お陰で目が覚めました。星公子にはカミツレと乾姜《かんきょう》のお茶をどうぞ」

「ありがとうございます。慈仙さん」

慈仙の声は時々甲高くなるが、普段は落ち着いた柔らかな声だ。その美声を愛されて、通貞《つうてい》のときは歌の訓練を受けたせいだろうか。他の宦官《かんがん》にありがちな耳障りな響きはない。宮廷内の芸事を専門とする鐘鼓司《しょうこし》の学芸員は、少年期の美しい声を青年期も保ち続けるという。慈仙もまたそうした宦官のひとりなのかもしれない。

カミツレ茶に蜂蜜《はちみつ》を落として心身の緊張を解き、乾姜で体の内側から温まる。遊圭は天幕にもぐりこみ、胡娘の背中にぴったりとすり寄って、できるだけ互いのぬくもりを逃がさないようにした。天狗《てんこう》が胡娘と遊圭の背の間に入り込んで、抜け目なく暖を取る。ここのところ体重を増した天狗は、体も大きくなってそろそろ肩に乗られたり、懐に入られたりするのがつらい。しかし真冬の砂漠行では、手軽な温石《おんじゃく》代わりとして、とても重宝する。

天狗は鼻先の尖《とが》った丸顔と、灰褐色の毛並みに首の周りだけが白い、可愛らしい小獣だ。もっともいまは全身が純白の冬毛に生え換わり、朝日を背に砂丘の尾根の一番高いところに後足で立ち上がって遠くを見つめているところなど、なにやら神々しくもある。

四肢は細く、前足は小型の熊のように物を握ることができ、木にも登れる。この犬とも狸ともつかない獣は、西域由来の希少種であるが、遊圭は同種の獣を見たことがない。今回の西域行で天狗の番《つがい》を見つけてやれたらいいなと密《ひそ》かに思う遊圭だが、それは旅の目的とは何の関係もないことだ。

天狗の寝息を背中に感じながら、遊圭は目を閉じた。たちまち眠りに落ち、次にはっと目を開けた時には、もう日は中天近くまで昇っていた。

ぬるく沸かした湯に、硬い乾麵麭《かんパン》と干し肉をふやかして遅い朝食とし、遊圭は日射しの下で昨夜の計算を見直す。乾いた空気と埃《ほこり》のせいか、目が霞《かす》む。頭も重く、喉がいがらっぽい。こんなところで風邪を引いたら命取りだ。自分の手首を押さえて脈を取り、胃腸と肺が弱っていることを自覚する。薬籠《やくろう》から取り出した沙棘《サージ》の油で喉を潤し咳《せき》を予防する。乾燥した冷気に喉をやられないよう、頭巾《ずきん》の上から紗《しゃ》布を顔に巻いて、外気から鼻と口を守る。喘息《ぜんそく》の兆しを感じたら、すぐに飲めるように、手袋の内側に鎮静薬を忍ばせておく。

日輪が中天を過ぎた頃には、駱駝《らくだ》の世話を終え、荷を積み直した真人と慈仙に促され、一同はふたたび砂漠の船に乗って砂の海へと漕《こ》ぎ出す。

計算の上では、かれらはそろそろ死の砂漠の中央地点にさしかかっており、数日のうちには、劫河《こうが》の川床と交わるはずだ。

頭上にはまばらなちぎれ雲。この乾燥した砂だけの大地に、いったいどこから飛んでくるのか。砂に微細な雪の混ざったつむじ風が、顔や目に当たらないように遊圭は薄青い紗をあごの下までおろした。しかし、どれだけきつく袖を絞り、襟を固く締めても、胡粉《ごふん》のように細かく軽い砂は、衣服のあらゆる襞《ひだ》に忍び込み、縫い目や織り目の隙間をすり抜けて、目や口、下着の内側まで入り込んでくる。

どうして、こんな無謀な砂漠越えに、挑戦しようなどと思ってしまったのか。

遠流《おんる》の刑によって、金椛帝国の最西の関所、楼門関《ろうもんかん》のある西沙州《せいしゃ》河《か》西郡《せいぐん》に腰を落ち着けたときには、ふたたび何千里を行くとも知れぬ、命を懸けた旅をする羽目になるとは、星遊圭はまったく想像していなかった。

刑期を務め上げる日まで、地方の役場で雑用をこなす単調な毎日。

十日ごとの休みには、城の内外を染め上げる鮮やかな黄葉を愛《め》でながら、胡娘と楼門関の市場を冷やかして歩いていた平穏な日々が、しばらくは続くと信じていたのだ。

一、皇帝と内臣

金椛《ジンファ》帝都の宮城の内、天子の住まいである紫微宮《しび》では、日暮れ間近の慌ただしさをよそに、宮殿の主《あるじ》が夜の衣裳《いしょう》に着替えさせられていた。

皇帝陽元《ようげん》は、昼過ぎに敬事房太監《けいじぼうたいかん》が運んできた札の内から、どの内官を今夜の相手に選んだのか、もう覚えていなかった。床に入れば思い出すだろうし、誰だったのかわからないままでも時間は過ぎる。

顔も見分けられない薄闇の中で過ごすのだから、声と心に残るような会話くらいでしか、相手を判別して記憶できない。陽元としては、恥じらっておとなしくしている女性よりも、物怖《お》じせずに話しかけてくる相方の方が好ましい。一日の政務に疲れて、さっさとこちらの勤めを終わらせて眠りたいときもあるが、政務や学問の他に何か面白い話があれば、気分転換にもなる。

身近に召し上げても、薄暗い閨《ねや》でおぼろげにしか顔を見ることがないのに、何のために国の内外から美貌《びぼう》を誇る女たちを集めたのかと、陽元はいささか疑問に思うときがある。

そして、大半の内官はおとなしく、会話を交わすことなく伽《とぎ》を終えて、敬事房太監に連れ去られてしまう。陽元にはそれが少し残念だ。

陽元の即位時に、皇后に選ばれた星玲玉《せいれいぎょく》は、陽元が皇太子の時に一度か二度、伽を務めただけだった。玲玉が床の中ではほとんど言葉を発しなかったせいだろう、陽元はそれきり忘れてしまった。数ヶ月のちに懐妊したと知らされたときは、どんな女性だったかも思い出せず、そんなに簡単に孕《はら》んでしまうものかと不思議に思ったが、それもすぐに忘れた。

玲玉が立后されたときに再会し、その声を耳にして初めて、夜の伽に選んだ理由を思い出した。彼女が美声の持ち主で、何かの会で彼女の歌声を聴いたのがそのきっかけであったことを。

皇后に立てられたために、外戚族滅法《がいせき》によって一族を失ったときも、悲しみの底にありながら凛《りん》とした気品を失わなかった。少しずつ心を通わせるうちに、鈴を転がすような声と、柔らかな物言いが聞き手を穏やかな気持ちにさせるだけでなく、教養の窺《うかが》われる話術も備えていることを知った。もしも、翔《しょう》が生まれてこなかったら、二度と玲玉を召し出すこともなく、その資質について知ることもないまま、永遠に忘れ去ってしまったことだろう。

そういえばこのところ、玲玉を夜に召し出すことがない。三人目を産んでから間遠になってしまった。昼間は三日にあげず永寿宮《えいじゅ》で団欒《だんらん》を過ごすせいだろうか、子どもたちを遊ばせながら、玲玉と話しているだけで満足してしまう。

明日は玲玉に伽を命じよう、たまには子ども抜きで過ごしたい。などと陽元が考えていると、近侍があたふたと駆け込んできた。両手両膝《りょうひざ》をついて叩頭《こうとう》し、陽元の腹心の宦官、陶紹《とうしょう》が参内していると報告する。

「通せ」

陽元が短く命じてすぐに、陶紹、字《あざな》は玄月《げんげつ》が入室する。拝跪《はいき》叩頭の礼とともに、このような時間に参内したことを謝罪した。

玄月が紫微宮に姿を見せるのは、実に七日ぶりだ。

「用件があればいつでも来いと言ったのは私だ。紹が謝る必要はない。用がなくても気が向けば、いつでも青蘭殿《せいらんでん》で鍛えてやるぞ」

むしろ用がなくても、主の顔を見に、もっと頻繁に参内すべきではないだろうか。

玄月は、慇懃《いんぎん》な物腰で皇帝の寛大さに謝意を示し、人払いを願った。

陽元の目配せひとつで、周囲の近侍は潮が引くように姿を消す。広い宮室内には、陽元と玄月のふたりだけとなった。

「麗華《れいか》公主のその後の消息です」

陽元は無言でうなずき、続きを促す。

嫁ぎ先の夏沙《かしゃ》王国が北方の異民族に征服されたため、王都を脱出して国境の楼門関《ろうもんかん》に向かっていたはずの麗華公主が、途中で一握りの側近とともに失踪《しっそう》してから、既に半年以上が経つ。

辺境を守るルーシャン游騎《ゆうき》将軍と、楼門関に派遣した宦官に、帰還した将兵や避難民から聞き取り調査を行わせたところ、失踪前の麗華公主は、死の砂漠の奥地にあるという、伝説の楽園、胡楊《こよう》の郷《さと》に強い興味を示していたことがわかった。

実母が謀叛《むほん》を企てたために、金椛の宮廷に居場所を失った異母妹が、帰国よりも、伝説の理想郷へ逃げ込むことを選んだ気持ちもわからなくはないが、あまりにも無謀であり、また気がかりな点もあった。

兵士の証言によれば、公主の側近のひとりに、金椛人でも夏沙人でもない人物がいたという。それも、朔露《さくろ》国に征服された西国からの難民で、公主の出産の前後に宮廷医師に取り立てられた胡人であることがやがて判明した。

「この者が朔露によって夏沙王宮に送り込まれた間諜《かんちょう》であった可能性を考え、公主様が夏沙王都へ連れ戻されているのではないかと、現地の密偵に探らせていたのですが」

麗華公主の降嫁に伴い、夏沙宮廷の内外に潜ませておいた金椛側の密偵の報告も、このごろでは途絶えがちだ。

「最新の報告では、夏沙の王宮内に公主様がお戻りになった気配はないようです」

「王国の実権を握ったザード侯が、連れ戻させた麗華を、隠しているということは考えられないか」

陽元は硬い声で問う。

「前王の正妃であった公主様を連れ戻す理由は、王子を殺害してイナール王の血統が絶えたことを公表すること、王子の母親であり先王の正妃であった麗華公主をザード侯の後宮に納めることで、自身の即位を正当化させることにあります。また、公主様の身柄は、当国との外交の切り札に使えますので、ザード侯が正妃母子を手に入れたことを隠す必要は、どこにもありません」

陽元は目をつぶり、しきりに頬のひげを撫《な》でる。

「麗華は楽園がそこにあると信じて、本当に死の砂漠の奥へ入り込んでしまったのか」

玄月は答えない。麗華の心境など知りようもないのだから、答えられるはずがない。

死の砂漠をその目で見たことのない陽元であったが、何十日かけて歩き続けても、地上に人や獣の命を見ることのないという、黄色い砂丘がどこまでも連なる灼熱《しゃくねつ》の地平を、目の前に思い描いてみる。

人間は水も食糧もなく、どれだけ生きられるものだろう。まして乳児を抱えた、女と宦官《かんがん》ばかりの一行が。

玄月が低く忠言する。

「大家《ターチャ》。大局を見誤りなさいませんように」

陽元は、右の拳《こぶし》を脇に振り下ろし、同時に足を踏み鳴らした。手の届かない距離であるにもかかわらず、玄月がびくっと肩を震わせる。玄月はわずかに目を細めただけで、それ以上の身動きはしなかったが、陽元はその反応に気まずくなり、唇を嚙《か》む。

玄月を打つつもりもなく、ただどうにもならない苛立《いらだ》ちを処理しただけであった。しかし、幼馴染《おさななじみ》でもある忠臣が時折り見せるこうしたしぐさには、釈然としない不満が募っていく陽元だ。

麗華のことは捨ておけとでもいうような玄月の忠言に、陽元は敢《あ》えて逆らう。

「もし本当に、その伝説の郷に麗華が無事たどり着き、それをザード侯が知れば、必ず追っ手をかけるだろう。麗華は助けを必要としているのではないか」

朔露軍が楼門関の外を跳梁《ちょうりょう》し、天鳳《てんぽう》行路を闊歩《かっぽ》しているこのときに、麗華の捜索のためとはいえ、こちらが武装して朔露の領域に入り込めば、報復の口実を与えてしまう。非戦派の声が大きい金椛帝国側に、戦端を開く準備が整っているとは言い難い。

表情を変えず、意見も言おうとしない玄月に、陽元はふたたび苛立ちが込み上げる。

「おそかれ早かれ、朔露は金椛の領土を侵すだろう。こっちが先手を打って何が悪い。天鳳行路はもともと、我が国の庇護《ひご》下にあったのだぞ」

玄月は床に視線を落として、沈黙する。これはなんとかして陽元の意に沿うよう、考え込んでいる姿勢であることを、陽元はこれまでの付き合いから知っていた。

宦官とは、良かれ悪しかれ皇帝個人の欲求を実現させるための存在だ。政局を左右しかねない麗華の捜索隊を公に出せないのなら、代案を出すのが玄月の役目であった。

天子となるべく、肉親から切り離されて育てられた陽元が唯一、血のつながった家族としての情を抱き、その生死と安全を気に懸けている異母妹《いもうと》。その麗華が、陽元の実母を殺害した、前皇太后永《えい》氏の娘であるという皮肉。

だが、陽元は麗華を実母の仇《かたき》の娘として憎むことはなかった。むしろ、女に生まれたがために、野心家の母親に一度も愛されたことのなかった麗華を、陽元は哀れに思っていた。

永氏は実の娘を愛さなかっただけではなく、自分の野心のために利用し、母を慕う麗華の真心さえも踏みにじったのだ。

大逆の罪人の娘となった麗華が、金椛の国内で幸福な家庭を持つことはあり得ない。ならば誰も金椛皇室の汚点を知ることのない、遠国に麗華の未来を託してはどうか。まして それが一国の王妃の座であれば、金椛公主の嫁ぎ先としては何の不足もない。

陽元はそう考え、折良く紐帯《ちゅうたい》を更新する必要のあった、西域の夏沙王国への降嫁を、異母妹に勧めた。

政略結婚ではあったが、夏沙国王イナールは陽元とも面識があり、温厚な人柄を好ましく覚えていた。そのイナール王に嫁いだ麗華は、誰にも蔑《さげす》まれることのない正妃としての地位を得て、男子を授かったという。ようやくひと並みの幸せを手に入れた麗華ではあったが、二年も経たぬうちに未亡人となり、いまは砂漠で義弟と異民族に追われる身となっている。

このために、陽元の心は鬱々《うつうつ》として晴れない日が続いていた。

「死の砂漠の南を走る天鋸《てんきょ》行路は、まだ我が国の支配下にあります。朱門関《しゅもんかん》から天鋸行路を行けば、朔露に妨害されずに捜索隊を送り込めるでしょう。ただ、その理由が自ら逃亡した公主の捜索では、朱門関の太守《たいしゅ》が納得しますまい。この胡人医師に拉致《らち》された可能性もありますから、そのように話を進めるのがよいでしょう」

陽元はポンと右の拳で左の掌を叩《たた》いた。

「それでいこう」

「御意」

私情によって大局を見誤ってはならないのが、天子の務めである。

ただひとりの女性を捜して、死の砂漠に軍隊を踏み込ませることは、どの角度から見ても愚行である。陽元の家庭内の問題から、朔露のような強国と衝突することになっては、公私混同と非難され皇帝の位も危うくなる。

よって、天鋸行路へ軍隊を送り込むための口実には、細心の注意を払う必要があった。

死の砂漠の南辺を走る、天鋸行路沿いの都市国家群は、おおむね金椛帝国に朝貢している。だが、大陸北部より興った朔露可汗《かがん》国が、北大陸を平定し、西大陸を征服したいま、金椛帝国と朔露可汗国が正面からぶつかりあうのは、時間の問題であった。死の砂漠の周辺に生きる国々は、どちらの陣営につくかの決断を迫られているのだ。そこに、援軍として金椛軍を進め常駐させることは、諸国の離反を予防する効果も期待できるだろう。

「夏沙に送ったわが金椛帝国の援軍が、朔露に敗北し逃げ帰ったという印象を諸国に与えてしまった以上、天鋸行路に派遣する使者と将軍の人選は、慎重に行わなければなりません。また、万にひとつの幸運で、麗華公主様を発見できたとしても、帰国の説得が成功するかどうかはまた別の問題です」

「天鳳行路が不通になってから、朱門関の太守は西方交易の利潤を独占できて、ただでさえせり出してきた腹をさらに肥やしているからな。それなりの仕事はしてもらわねばならん。どこで生きることを選ぼうと、麗華には充分な数の護衛隊をつけるように」

日々、表の大臣や高官と渡り合う陽元だが、官僚の上奏する政策や法案などはあらかじめ中書省《ちゅうしょしょう》で吟味されている。認可せずに差し戻さねばならない事案はほとんどなく、機械的に目を通して玉璽《ぎょくじ》を捺《お》していけばいいのだが、自ら考案した政策を持ち出そうとすると、老練な長官たちを相手に腰が引けてしまう。

もちろん、そんな惰弱さは態度にも顔色にも出すことはしない。

先帝以来の方針や慣習を変えるような政策について発言するときは、自分自身の考えに穴が空いてないか、矛盾がないかと、こうしていつも事前に玄月とじっくり案を煮詰めてから、自信を持って朝議に臨む。

最近は玄月が内廷《ないてい》にあまり顔を出さないので、そうした機会はとみに減っており、積極的に自分から朝堂《ちょうどう》で新政策を持ち出すことは減っていた。

「天鋸行路の支配権は、断じて朔露に渡してはならん。朝堂でも、もっと活発に論議されるべきだ。現職の兵部尚書《へいぶしょうしょ》が、いまひとつうだつの上がらぬ年寄りなのが、防衛論が盛り上がらん原因なのだろうが」

「朝廷全体に危機感が薄いのです。太平の微睡《まどろ》みを醒《さ》ますのは、並大抵のことではございません」

「夏沙王国の滅亡は、並大抵のことではないと思うのだが」

陽元は眉間《みけん》に皺《しわ》を寄せて言い返す。

「夏沙王国は滅んではいません。ザード侯が王となり、朔露の傀儡《かいらい》国となっただけのことです。加えて六品以下の官僚は、夏沙王国がどこにあるかも知らないのが普通です」

陽元はあっけにとられた。

「国士太学《こくしたいがく》では地理は教えんのか」

「国土の全容と諸外国の地誌は、国の機密ですので」

「それもそうだな」

地方官を歴任したのでもない限り、国内の地理すら把握していない官僚は少なくない。ましてて国外の知識に関しては推して知るべしである。

あっさり引き下がると、陽元ははじめの話題に戻った。

「だが、やはり麗華はまだ、生きていれば天鳳行路の近くにいるのではないか。死の砂漠を縦断するほどの体力もなかろう。死の砂漠は、どのくらいあれば渡れるものか、紹は知っているか」

「死の砂漠は東西に三千里、南北の距離はその半分と云《い》われています。死の砂漠の西部では、春から初夏にかけて、天鋸山脈の雪解け水が大量に砂漠へと流れ込み、劫河《こうが》と呼ばれる大河となります。この劫河は北へ数百里を流れてやがて地下へ潜り、天鳳行路側の低地帯でふたたび姿を現し東へと流れを変えます。乾季に足の速い駱駝《らくだ》で、その川床跡をたどれば、十日で南北を縦断することができるといいます」

訊《き》かれることを予期していたかのように、よどみなく答える。

「十日分の水と食糧なら、それほどの量ではあるまい。麗華たちは既に砂漠を縦断して、ザード侯の手の届かぬところに逃げ延びたのではないか」

希望的観測に、陽元の憂い顔に赤みが差してくる。

「十日前後というのは、熟練の駱駝騎手が一日に何時間も走り続けての速さです。畏《おそ》れながら、乳飲み子を抱えた公主様のご一行では、一日に進める距離は限られておりましょう。それに、麗華公主様が砂漠の奥地へと踏み込まれたのは、死の砂漠の東側。道標《みちしるべ》となる川床はございません。しかも時は春、絶え間ない嵐が砂と埃《ほこり》で天地を黄色く染めあげ、二尺先も見通せなくなる季節です」

玄月のきわめて冷静な指摘に、陽元は落胆を顔に出してため息をつく。

「もしも砂漠の露と消えるのがあれの宿命《さだめ》だったのだとしても、せめて骨は拾ってやりたいものだ。生きて路頭に迷っているのなら助けてやりたい」

砂漠のどこかに伝説の郷があるにしても、言い伝えだけを信じてやみくもに奥地へ進むほど、麗華も側近も愚かではないはずだ。進むべき標《しるべ》を知る者がいたはずである。

麗華の失踪《しっそう》した地点から、その標に従って追うことができれば、見つけ出すことはできるかもしれない。文字通り、砂丘で粟《あわ》の粒を拾い当てるほどの、限りなく不可能な希望ではあったが。

＊　　＊　　＊

雲ひとつない蒼穹《そうきゅう》を、一陣の風が吹きすぎる。黄金色にきらめく胡楊《こよう》の葉が、大地と人々の頭上に散りそそぐ。

「さすがにこの西沙州では、秋の訪れが都よりもひと月は早いね」

遊圭は感慨を込めて、かたわらの胡娘に話しかけた。

砂漠に囲まれた金椛帝国最西の都市、方盤城《ほうばんじょう》は、むしろその西面の城壁に設けられた関所、楼門関の名前で知られている。旅人の目には、荒れ果てた大地に突如出現する城《じょう》塞《さい》都市ではあるが、城の北門近くには、遥《はる》か北嶺《ほくれい》の万年雪を水源とする灰青色の河が流れ、西部の人々の生活を潤していた。その岸辺に沿って群生する柳や胡楊の木々はいま、見事な黄葉に染め上げられて、色彩に乏しい西部の人々の目を楽しませていた。

灌漑《かんがい》設備の巡らされた範囲では、麦畑や果樹園などの耕作地や、羊や駱駝を養うための牧草地が街の内外に広がっている。そのせいだろう、視界に占める緑の少なさのわりに、野には萩や秋明菊の花が咲きこぼれ、初秋の早朝はしっとりとした空気が漂う。

とはいえ、この柔らかな大気も朝日が昇ってしまえば、たちまちからからに乾いた風に吹き飛ばされてしまう。それでも、昆虫やトカゲ類は畑や草地に集い、葉裏を伝い下りてくる朝露を、天から贈られた甘露のように飲み干していた。

街のそこここや周辺の集落で、時をつくる雄鶏《おんどり》の鳴き声をかき消すように、楼門関の櫓《やぐら》から、太鼓の音が鳴り響いた。しかし、この数ヶ月のあいだ、西域への出入り口である門が定時に開かれることはなかった。

北大陸の統一を果たした朔露可汗《さくろかがん》国が、さらに西へと膨張し、いまやその版図は大陸の三分の一にまで広がっていた。彼らが各地で巻き起こす戦乱のために、大陸の東西を行き交う隊商の数は激減していた。西から流れてくる難民や、敗残の兵士らを受け入れるときにだけ、楼門関の大門が不規則な太鼓の音とともに開かれる。

「すっかり寂れた感じだな。ひとは多いのに」

胡娘がひどく見晴らしのいい大通りを見渡し、嘆息とともにつぶやく。

「街角から女性や子どもの姿がなくなるだけで、こうまで殺風景になるんだね」

胡娘の従者よろしく、両手に荷物を抱えた星遊圭が、灰色と茶色、黒など暗色に染まった街の風景を評して応じた。

遊圭と胡娘は、久しぶりに方盤城まで足を延ばして、朝の市場を回っていた。配流先での暮らしが落ち着いてきたこともあり、都の留守を預かり辺地への仕送りを絶やさない趙《ちょう》夫妻や、まめに便りをくれる知人たちへ送る、春節《しゅんせつ》の贈り物を買い求めるためだ。
二、三年前に、遊圭たちが公主の降嫁のために往復したときには、楼門関の大通りは活気にあふれていた。近隣の都市や従属国から、交易のために訪れる人々の服飾は多彩で、何千里もの彼方《かなた》から運ばれてきた美しい硝子《ガラス》細工や、金属の器といった工芸品や、色彩の豊かな絨毯《じゅうたん》などが、金椛の絹や陶器と交換され、行き交う地元民たちの表情も明るく、街は賑《にぎ》やかだった。
しかし、昨今の事情を反映して、珍しい物は少なく値段は高く、遊圭の手の届く値段で装飾品に使えそうな貴石類は、小粒の瑠璃《るり》と白瑪瑙《めのう》のみ。遊圭は貴重な戦利品を大切に懐にしまい込む。

最近の市場は、野菜や乾物、古着など、食料や最低限の生活必需品のやりとりが主で、わずかな品を午前中の早いうちに売り切って、露店をたたんでそそくさと引き上げてしまう。そのあと、街を区切る坊条の通りを埋めるのは、先の朔露—夏沙戦役で援軍として出兵し、夏沙の敗北によって不名誉な帰国を遂げた金椛帝国の兵士ばかりだ。どの顔も埃にまみれ、長いこと手入れも洗濯もしていない兵装を解くこともなく、荒《すさ》んだ顔つきで街にたむろしている。

街を彩る灰と茶、黒の色合いは、失意の兵士たちの汚れた衣服や、漆の剝《は》がれた甲《かっ》冑《ちゅう》によるものだ。とはいえ、遊圭と胡娘もまた、かれらに劣らず地味でくたびれた服装ではあった。この日も、兵士と同じような胡風の細い短袴《たんこ》に、ふくらはぎまで覆う革靴を履いていた。そして染色していない、膝丈《ひざたけ》の毛織の上着を羽織っている。

遊圭も胡娘も、戦時下の辺境で庶民を相手に生計を立てているのだ。都にいたときのような上品で広やかな衣類とは無縁であった。

日増しに肌寒くなり、そろそろ日中でも毛皮の胴着が必要な気温になっていた。

「都からも援軍が来るという噂なのに、この兵士たちは帰郷を許されないのか」

胡娘が気の毒そうに訊《たず》ねる。

「朔露軍がいつ、どれだけの規模で攻めてくるかわからないから、戦える兵士は休養したらそれぞれの部隊に戻されて、訓練を再開するんだよ」

「かれらは休養しているといった顔つきではないがな。傷病兵はどうなる」

胡娘は施療院にとどめ置かれた負傷兵を思い出したらしく、憂い顔で言った。

金椛皇帝の司馬《しば》陽元が、妹公主の嫁ぎ先である夏沙王国の援軍要請に応《こた》えて送った軍兵の数は二万。夏沙王都の陥落によって撤退し、帰還を果たしたのはその半数の一万にも満たなかった。

「目や手足を失って、復帰不能になれば、故郷へ帰してもらえるんだろうけど」

傷が癒《い》えれば、ふたたび前線に戻されるのだと、遊圭は重い息を吐いて答えた。

「また戦に送り出すために、手当てしているわけではないのにな」

本職が薬師《やくし》の胡娘は、その知識と経験を買われて、施療院に収容された傷病兵のために、薬の調合を請け負っている。何万という兵士が出入りする方盤城とその周辺の城市では、医者や薬師は何人いても少ないということはなく、胡娘はたびたび最寄りの施療院に呼び出されては、治療や看病まで手伝わされているのだ。

「いくらわたしの療母《りょうぼ》だからって、胡娘が後宮での仕事を投げ出して、わたしについて配所までくることはなかったんだよ。わたしはもうおとなだし、胡娘はそうしたければいつでも都に帰れるんだから」

「遊々、それは言いっこなしだぞ！」

胡娘はピシャリと遊圭を叱りつけた。

「いいか、金椛の風習では『母』とつくものには最大級の敬意を払うものなのだろう？　母代わりの私が遊々の配流先についてくるのは当然だ」

異国出身の胡娘は、金椛国の風習に対してたびたび批判的になるのだが、都合のいいときは金椛の伝統を持ちだして遊圭の口を封じてしまう。

なにしろ、虚弱体質で十歳まで生きられないと医師に断言された遊圭が、今日《こんにち》まで生き延びることができたのは、遊圭が五歳のときから星家に専属薬師として仕えてきた胡娘の、献身的な看病と食育、そして病気の治療以外においても、優秀な護衛として数々の危機から救ってくれたお陰である。

「そうだけど、戦で傷ついた兵士の看病なんて、つらくない？」

遊圭が心を痛めるのは、兵士らと日常的に接していることで、胡娘が戦争で亡くしたひとり息子を思い出してしまうのでは、ということだった。

胡娘の祖国は、金椛の帝都より七千里も離れた夏沙王国よりも、さらに遠くの西大陸、文字通り万里の彼方にあった。その祖国は十年以上も前に戦争によって滅ぼされ、胡娘は生まれ育った故郷を追われた。燃えさかる都市を脱出しようとして夫や家族とはぐれ、幼い息子の手を握って異民族の兵士たちから逃げ惑ったという。

襲いかかる異国人兵士の怒号、狩られる市民の叫喚の中、つまずいて転んだ息子の手が胡娘のそれを離れた瞬間、小さな命は騎兵の蹄《ひづめ》によって踏みにじられた。

時は流れ、国も相手も違うとはいえ、最愛の息子の命を奪った『兵士』の手当てなど、つらい記憶を呼び覚ますだけではないだろうか。

遊圭の問いの意味するところを察してか、胡娘は少し寂しげな微笑みを浮かべた。

「かれらも、誰かの息子だからな。生きて故郷に帰る望みがある限り、手を尽くさないわけにはいくまい」

薬師としての矜持《きょうじ》と、子を愛《いと》しむ母の想いが絡み合った言葉に、遊圭は口を閉ざす。

胡娘が、幼いときから世話をしてきた遊圭に対して過保護なのは、その手を放したとたんに、息子のように死んでしまうのではと懼《おそ》れているからだろう。

しかし、遊圭はもはや、母に手を引かれなければ街を歩けない幼児ではない。胡娘のいないところでも、自力のみでとは言わないが、数々の危機を乗り越えてきた。それに都を出て以来このふた月、持病の喘息《ぜんそく》の発作も起こしていない。高価な常備薬が傷んだり臭いが変わったりして、断腸の思いで処分したことも一度だけではなかった。

いい加減、自立してもと思わなくはないのだが、直近の家族を失った遊圭にとって、胡娘はこの地上に残されたただひとりの家族であり、終生をかけて敬うべき母代《ははしろ》であった。

――金椛帝国の西端、国境の関所、楼門関を擁する西沙州河西郡――

国に背いた罪で追われる友人を匿《かくま》い、逃亡を援《たす》けた星遊圭もまた、重い罪に問われた。そのため配流となった遊圭がたどり着いたのが、この最果ての地だ。

流三千里の刑とは、都より三千里以遠の土地への強制移住を意味する。既婚者であれば妻妾《さいしょう》もついていく。両親や子どもを伴うことも許されている。金椛の伝統において、嫡母、乳母と、母のつく立場の女性は、他人であっても等しく実母として扱う義務があった。幼いころから体の弱かった遊圭の、療母を務めてきた胡娘がついてくると言えば、断ることはできない。とはいえ、配流先でさらに一年の徒刑を科されている遊圭には、都からの仕送りだけでは胡娘を養う余裕はなかった。

遊圭の気苦労をよそに、胡娘ははなから遊圭に養われるつもりなどなかった。楼門関から四十里ほど離れた嘉城《かじょう》という城下町に遊圭の配所が決まると、後宮勤めで得た蓄えを元に、城下でも賑やかな通りに小ぎれいな家屋を借りた。そこで薬種屋の看板を掲げ、都から連れてきた星家の下男に店を手伝わせて、たちまち生活を整えた。

この下男、姓名を潘敏《はんびん》といい、字《あざな》を竹生《ちくせい》という。遊圭の幼いころからの使用人で、星家の家属《かぞく》でありながら、族滅の折りには主筋の遊圭を当局に売り飛ばした罪で、同じく三千里の流刑に処せられたことがある。外戚《がいせき》族滅法が廃止され、星家の跡取りとして認められた遊圭の尽力で、免罪されて都に帰ることを許されたのが一昨年《おととし》のことだ。その恩に感じてか、あるいはかつて主《あるじ》を裏切ってしまった罪滅ぼしのためか、自ら進んで遊圭の従者としてこの最果ての地へとやってきた。

「俺の流刑とずいぶん違いますよね。刑罰なんですか、これ？」

と、居心地よく整えられた新居を眺めて、微妙な顔つきと口調でぼやいた。

断罪されたときの身分と財力、世間や刑罰について持ち合わせていた知識に格段の差があるため、扱われ方に差があるのは仕方がない。竹生が不服に思うところがあっても、彼自身の流罪から解放したのが遊圭なのだから、文句をつけるのは筋違いというものだ。

「都に帰ることを許されない、というのが流刑の意味する罰だからね」

遊圭は殺人や窃盗を犯したわけではない。軽はずみな過ちにより、死刑を免れない罪人となった友人の逃亡を助けたのは、義を貫いた結果でもある。遊圭が神妙に自分の罪を認めたこともあり、護送中も配流先でも客のような待遇であった。

薬種屋の奥と二階を住居として、遊圭はそこから徒刑の服務先である役場に通う。午後は胡娘の薬種屋を手伝い、もともと関心のあった医薬について学ぶ。

非常に忙しい毎日ではあるが、通常の配流徒刑といえば、かつて竹生が経験したような、荒くれ犯罪者たちと住居と過酷な労働を共にし、近隣の住民からは忌み嫌われて、いつになるとも知れぬ恩赦を待ちわびる日々なのだ。初めから自宅に住み、人並みの生活を送れる遊圭はむしろ幸運であった。

方盤城での買い物を終えて宿場に戻り、預けておいた馬を引き出して、遊圭たちは家路についた。

「遊々こそ、役場の仕事は慣れたか」

胡娘は街中で見せていた憂いを顔から消し、にこやかに訊ねる。遊圭は苦笑交じりにうなずき返した。

「事務作業は煩雑だけど、慣れてしまえば単調なものだからね。わたしの役割は租調の種類と量を記録して、納税証明書を発行するだけだから。それにしても、胥吏《しょり》ってもともと俸給をもらえない職業だって初めて知ったよ。公務なのに、ただでこき使われてるんじゃ、徒刑と変わらない。いや、徒刑の方が、服役中は食事や多少の手当は出るんだから、まだましかもしれない」

胡娘は驚きに大きな目を見開いた。

「それは理不尽だな。では、胥吏はどうやって家族を養うのか」

「手続きや訴状を受け付けるときに、陋規《ろうき》という手間賃を取るんだよ。それを、あとで分配する」

「遊々ももらえるのか」

「わたしは咎人《とがにん》だからねぇ」

遊圭は言葉を濁して、曖昧《あいまい》な笑みで返答をごまかした。

役場では、遊圭は浮いた存在だ。

ほんの数ヶ月前までは、遊圭は官僚を養成する国士太学の学生だった。国士という官人の地位にあり、金椛最高の教育を受け、やがては国を動かす官僚を目指して猛勉強中だったのが、今日は罪人となって配流の身だ。

名門官家の御曹司として生まれ育った星遊圭は、十二の秋に族滅の憂き目に遭った。追われる身となるも逃げ切り生き延び、十四にして皇帝と親しく言葉を交わす身分を回復した。十五で加冠《かかん》の儀を経て難関の童試《どうし》を突破し、国士太学に籍を得たのも束の間のこと。官僚から見れば、教養も道徳も一段劣るとされる胥吏の身分に落とされたのが、この十七の初夏のことだ。

人生とはまったく明日をも知れないものだと、遊圭はしんみりと思う。官僚予備軍だった遊圭が、辺境の役場に飛ばされてきたのだから、役場では扱いに困った。流罪にされるくらいなのだから、外戚だろうと元官人だろうと、丁重に扱う必要はないと判断する者もいた。

ありていに言えば、厄介者の爪《つま》はじきという立場だ。

「中央の官僚は、胥吏を庶民の仕事だと軽んじるけどね。でも胥吏がいないと役所は回らない、官僚は国を動かしているかもしれないが、庶民と官人の橋渡しをして、社会を動かしているのは胥吏なんだ。貶《おとし》められたり恥じるべき職業でもないと思うよ」

胡娘は嬉《うれ》しそうに微笑み、誇らしげに遊圭の肩を撫《な》でた。

「うんうん。遊々は見かけによらず苦労しているからな。身分や職業に囚《とら》われずに他者を思いやれるのは、遊々のいいところだぞ。新しい職場では、いじめられていないのだな？　後宮にいたときは、古参相手に苦労させられたと明々《めいめい》に聞いたが、さすがに公の役所でそういうことはないだろう？」

遊圭は薄い笑みを口の端に張りつかせたものの、すぐには返事ができなかった。

遊圭の物腰からにじみ出る育ちの良さや、言葉尻《ことばじり》から零《こぼ》れ落ちる教養を、どうにも我慢できない人間はどこにでもいる。特に、底辺から這《は》い上がってきて、それなりの立場を現場で築き上げた連中が厄介だ。

「まあ、いろいろあるけど、ルーシャンのお陰で、ひどい嫌がらせはされないよ」

「む。その話は聞いてないぞ」

胡娘は手綱を引き、生真面目な表情で遊圭の顔をのぞき込んだ。

遊圭はしまった、と内心で思ったが、もう時効だろうと考え直す。胡娘に心配をさせないように、仕事の内容はともかく、職場の空気についてはあまり話してこなかったのだが、もう慣れてきたから大丈夫だろう。

西沙州河西郡の刑司《けいし》に引き渡されてすぐ、州管轄内でも楼門関に近い城市のひとつ、嘉城の役場に配属されたのだが、まず初っ端《ぱな》から言葉が通じなかった。州や県の管理職ならば、都から派遣されてくる官僚の接待もすることがあるため、中央官語もある程度は理解する。しかし、地元から一度も出たことのない下っ端の役人は、相手が誰であろうと西沙州の方言をものすごい早口でまくしたてる。

夏沙王国に半年ほど滞在し、西域における共通語を学んだ遊圭には、癖の強すぎる西部の方言よりも、移民の話す胡語の方がよほど聞きとり易かった。

とにかく、書面に使用される金椛文字は国内で統一されているので、筆談で指示を仰ごうとしたのだが、それすらも相手にされない。早口で言いつけられた仕事が、まったく理解できないために、渡された木簡を読んで事務の内容を把握しようとしていると、

「もたもたするなこのウスノロっ」と罵声《ばせい》が飛んでくる。

罵《ののし》りの言葉だけは、しっかりと聞き取れるのが不思議だった。

先帝が崩御したあと、族滅法のために指名手配になっていた遊圭は、身元と性別を偽り、下級女官の女童《めどう》として今上帝《きんじよう》の後宮に隠れ潜んだ。そのとき、雑巾《ぞうきん》も絞れない箱入り娘の役立たずだと、阿祥《あしよう》という古参の女童にいびられた記憶が蘇《よみがえ》る。

それ以来、様々な苦労と冒険を重ねて、今日まで生き延びてきた遊圭だ。知り合って間もない田舎役人に面罵されるほど、無能ではないと自分では思う。しかし、反論する言葉も持たないまま、自分より声も体も大きな年上の男に、一日中耳元で怒鳴り散らされていると、畏縮《いしゆく》してどんどん考える力を失ってしまう。どうかすると息苦しさに咳《せき》も出る。

三日目には、使用済みの木簡を再利用する作業を命じられた。山のように積み上げられた木簡の表面に書かれた文字を、出勤から退勤の鐘が鳴るまで、毎日、毎日、役所の片隅で削り落とす係だ。

かかわり合いを避けようとする、ほかの胥吏からも無視され、遊圭は職場で誰とも口を利くこともなく、孤独な作業に耽《ふけ》る日々が続いた。とはいえ、耳元で怒鳴られないだけで、ずいぶんと気持ちが軽くなる。単調な仕事の合間には、耳に入る胥吏たちの雑談に耳を傾ける余裕も生まれた。

遊圭が黙々と木簡の綴《つづ》り紐《ひも》を解いては、文字を削り、また綴り直しているそばで、言葉が通じないことに安心している胥吏たちは、平気で上司や同僚の噂話をする。聞き耳を立てているうちに、だんだん方言にも耳が慣れてきた。自分の噂もしっかり聞き取り、役場の掌長《しょうちょう》や、遊圭の指導に当たった上役に付け届けをしなかったのが、丁寧に教えてもらえなかったり、仕事を干されたりした原因と知ることができた。

うかつだったな、と遊圭は臍《ほぞ》を噛《か》んだ。国士太学に入った時も、教授や職員に束脩《そくしゅう》を納めるのは当然の礼儀であった。官僚登用試験に一番で及第した進士《しんし》でも、時の権勢を誇る大官に挨拶《あいさつ》を欠いただけで、いきなり地方に飛ばされた例もある。

官籍を剝奪《はくだつ》され罪人となった落胆と、山あり荒野あり大河あり、雨や嵐に阻まれたりと、大変だった帝都からの旅の疲れは、言い訳にならない。

正直なところ、楼門関に着いたらすぐにルーシャンと再会して、その配下で働けるものと遊圭は思い込んでいた。数ある配所でも西沙州が選ばれたのは、遊圭がこのあたりの事情に明るいことと、ルーシャンという知己がいることから、皇帝の陽元が配慮してくれたのだろうと。

しかし、受刑者が徒刑に服する現場は、配流時に州の官憲が定めることであった。遊圭はその学歴から、もっとも人手の足りていない役場に必要と判断されてしまった。

誰ひとり知る者のいない町の役場で、言葉も通じないおとなたちを相手にうまく立ち回ることは、これっぽっちも予測していなかったのだ。

しくじってしまったことは仕方がない。

誰にも相手にされず、黙々と木を削る作業を押しつけられたところで、遊圭は平気だった。どのみち、一年間我慢して勤め上げれば解放される職場だ。普通の流刑人に課せられる土木などの労役に比べれば、申し訳ないほど気楽な仕事であった。

　要領を覚えて作業が早くなると、削る前の文書に目を通す余裕もできる。諸税の種類や価格、特産品、流通される物品、そこに頻繁に見られる官吏や証人、有力な土豪の氏名とその家族構成まで自然に学ぶことができた。

　午後には家に帰って胡娘の薬種屋を手伝い、下男の竹生と愛馬の金沙《きんさ》の手入れをし、十日ごとの休日には、金沙馬を駆って遠乗りにも行ける。

「悠々自適の配流生活。もしかしたら、国士太学で学び続けて官界入りするよりも、性に合っているかもしれない」

　と、星家の留守宅を預かり、都で遊圭の帰郷を心待ちにしている家属の趙夫妻が聞けば、卒倒しそうなことまで密《ひそ》かに思っていた。

　だが、遊圭がのんびりと与えられた仕事しかやらないことが、どうにも気に障るらしい人物がいた。遊圭の直接の上役を言いつけられた、林何某《りんなにがし》という四十がらみの胥吏《しょり》だ。

　胥吏という職業は、公務に発生する費用を利用者、つまり庶民から手数料として取り立て、それを生活の糧にしている。林何某は、遊圭にはその分配をしないことで溜飲《りゅういん》を下げていたらしいのだが、当の遊圭が無給の奉仕をさせられることに特に不満も示さず、まして毎日小ぎれいな身なりと、痩《や》せているわりに肌には艶《つや》があり、経済的な不便を微《み》塵《じん》も見せずに出勤してくることが、ますます癪《しゃく》に障っていたらしい。

　ある朝、興味深い訴状を見つけて、つい読みふけっていた遊圭を、林何某は背中からどやしつけた。都で学問を修めたらしいが、文字が読めるだけの役立たず、頭でっかちの鼻持ちならない無能者だと決めつけて、耳を覆うような罵声を浴びせる。

そのころの遊圭は、西沙州の方言の大半は聞き取れるようになっていたので、林何某の暴言はことごとく理解できた。

遊圭は、生まれついての虚弱体質で、成長期に入ってもずっと食が細かったせいか、成人してからもその年齢にしては華奢《きゃしゃ》な体つきに、ほっそりとした顎《あご》は未《いま》だに少年のようにつるりとしている。かつては女装しても誰にも疑われなかった優し気な面差しもそのままに、困惑の眼差《まなざ》しで林何某を見つめた。

物怖《お》じしない遊圭の目つきに怯《ひる》んだのか、林何某が思わず罵るのを止めた隙に、遊圭は口を挟んだ。

「林さん。大声を出さなくても、聞こえてます。用があれば、言いつけてくれればやりますから、いちいち怒鳴らないでください」

このあたりの方言を真似て、落ち着き払って言い返す。

一斉に、周囲の役人たちが遊圭と林何某に注目した。林何某は目を剝《む》き、頬からこめかみを赤く染めていきながら、胡麻塩《ごましお》に散った顎ひげを震わせる。

林は急な動作で手を伸ばした。遊圭は殴られるかと身をすくめたが、林は横に積み上げてあった木簡をわしづかみにして振り上げた。遊圭は本能的に両手を上げて頭をかばう。

そのとき、入り口から「星公子はここにいると聞いたが」と太く重い声が呼ばわった。

遊圭は、命じることに慣れたその懐かしい声に振り向く。

「ルーシャン！　関内にいらしたんですか」

「おお、遊圭。元気でやっとるか」

頭頂で結い上げて布冠に包み込んだルーシャンの赤髪は、強情な巻き毛のために、後れ毛がまとめきれず、放射状にはみ出していた。あたかも獅子《しし》の鬣《たてがみ》のように頭の周りで揺れている。そこにいる誰よりも頭ひとつ抜いて背が高く、肩は広く胸は厚い。甲冑《かっちゅう》こそつけていないが、将軍位にふさわしく、緋《ひ》の短袍《たんぽう》に締めた金帯には長刀を佩《は》いている。背後には数人の護衛兵を従え、その威風堂々としたさまで、呆然《ぼうぜん》とする役人たちを圧倒した。

遊圭は、木簡を振り上げたまま硬直する林何某の横を通り過ぎ、弾む足どりでルーシャンの前に進み出た。宮廷の作法で丁寧な揖礼《ゆうれい》を捧《ささ》げ、満面の笑みで再会を喜ぶ。

「将軍もお元気そうでなによりです」

「帝《みかど》から、おまえさんをよろしく頼むとありがたくも書簡を賜ったのに、一向に俺の城に来ないと思ったら、こんなところで足止めを食らっていたのか」

遊圭は苦笑した。

「配流先は自分で選べないのです。州の役人が適当に振り分けるのに、受刑者のわたしが逆らうわけにはいきませんから」

ルーシャンは首を巡らせ、豪快な笑みを役場の奥に座す掌長に向けた。

「こんな逸材を使えるなんて、ずいぶんと運のいいことだな。前線の運営に熟練の胥吏どもを大勢借り上げて、後方を人手不足にして申し訳ないが、遊圭がひとりいれば十人分の仕事をしてくれて助かるだろう」

毎日ひたすら木簡の再利用作業が職務の遊圭は、ひきつった笑みを浮かべるほかに、言うことはない。役場の掌長は、緋衣金帯の将軍職に直《じか》に声をかけられていることに驚き畏《おそ》れ、慌てて席を立ち、拱手《きょうしゅ》して地べたに膝《ひざ》をつく。ほかの胥吏たちも、次々にそれに倣った。林何某だけが木簡の束を手にしたまま、遊圭とルーシャンの顔を交互に見つめる。

掌長は、しどろもどろになって遊圭に問いただす。

「星郎《せいろう》、いや、星、公子。こちらの——将軍殿と、お知り合い、でしたか」

「はい。この年の春節にルーシャン游騎《ゆうき》将軍が上京された折りには、都の当家に滞在していただきました」

ルーシャンの名前と地位を耳にした掌長の顔色が、白くなったり青くなったりするのを見て、遊圭は笑いをこらえるのがつらい。文字通り、虎の威を借る狐の所業を自覚しつつ、遊圭はすかさず林何某に振り向いて声をかけた。

「林さん。その木簡はまだ削り終わってないので、そこに置いておいてください。今日中にやっておきますから」

「なんだ、遊圭が木簡削りなんぞやらねばならないほど、民間の役所は手が足りんのか。宝の持ち腐れだな。そんなのは寝床で暇をかこっている傷病兵にでもやらせればいい」

ルーシャンが呆《あき》れ声を上げる。遊圭はさりげなく掌長をかばった。

「いえ、事務処理に必要なことです。特に西沙州は竹や木が少なく、資源は有効に活用しなくてはなりません」

ルーシャンは豪快に笑い、遊圭の背中をバシバシと叩《たた》いた。

「相変わらずだな。この嘉城には俺の館《やかた》がある。月に一度の休みはそこで過ごしているから、いつでも顔を出せ。天空《アスマン》の雛《ひな》が飛ぶところを見せてやる」

「アスマンの雛が！　ぜひ伺います」

喜びに興奮して声を弾ませる遊圭に、元気そうな顔を見て安心したルーシャンは、慌ただしく踵《きびす》を返し、思い直してふり返る。

「ああ、忘れるところだった。玄月殿から頼まれていた件だが」

玄月の名を聞くと、条件反射的に身構えてしまう遊圭だが、その反応は間違っていなかった。

「梢子棍《しょうしこん》の師を遊圭に紹介してくれということだったが、あれは市井の武俠《ぶきょう》が使う技だ。軍隊では教えない。それで時間はかかったが、ようやく最近入隊した金椛人に達人をひとり見つけた。こっちの館勤めに手配したから、いつでも指南を受けに来るといい」

遊圭は焦りのあまり、礼の言葉もでない。

梢子棍とは、杖《つえ》の先に縄や鎖で短い棍棒をつなげた武器の一種だ。刃物の携帯を許されない庶民が、治安のよくない場所で、自己防衛のために持ち歩く。辺境への配流に当たって、玄月は餞別《せんべつ》代わりにこの梢子棍を遊圭に贈ってくれたのはいいが、習得の難しさが半端ではなかった。

遊圭がこれまでに習った武術は、体力をつけるための初歩的な護身術と、杖術《じょうじゅつ》の基本のみだ。杖の先にもうひとつ棒がついただけとはいえ、梢子棍を自在に振り回すのは容易ではなかった。自己流で練習はしてみたが、額に何度か青痣《あざ》を作ったところで挫折《ざせつ》し、梢子棍はしまい込まれて久しい。

その日の午後に館を訪ねるよう遊圭に言い残し、ルーシャンは早々に立ち去った。まさに旋風が過ぎ去ったかのようだ。

興奮が収まらないまま遊圭がふり返ると、掌長をはじめ、ほかの胥吏はもちろん林何某まで、遊圭を見る目が変わっていた。

胡娘は遊圭の話を聞いて、快活に笑った。

「その林何某とやらは、気逆《きぎゃく》の質ではないかな。心の落ち着く香草茶と、睡眠をたっぷり摂《と》らせればいい。それでいけなければ、不必要な血が常に頭にのぼっているのだろうから、下げるために玉葱《たまねぎ》を大量に食べさせるか、甘草《かんぞう》茶でも飲ませてはどうだ」

遊圭はここでも職業意識を発揮する胡娘に、思わず噴き出し、笑い声を上げる。

しかし、医薬に情熱のあるはずの自分が、ずっと林の近くで働いていて、それを思いつかなかったことに反省もする。林があのように常に怒りの感情に毒されていては、そのうち肝を傷めてしまうだろう。

林の機嫌が良さそうな時に、脈を取らせてもらって、脈診の勘が鈍っていないかどうか確かめよう、などと遊圭が密かに思っている横で、胡娘は話を続ける。

「それからは仕事も配当も、きちんともらえるようになったのだな。良かった」

「林さんにしても、ほかの役人にしても、わたしの得体が知れないから、仲間扱いできなかったんだろうね。中央の太学まで行って遠流《おんる》にされるなんて、十七やそこらで、いったいどんな問題を起こしたのか、言葉は通じないし、そりゃ気持ち悪かったと思うよ」

胡娘はうんうんとうなずいた。

「遊々は見た目も中身もぼんぼんだから、確かにやりにくかろうな」

遊圭は、「はぁ」と深いため息をついた。

「試験のための、机上の学問漬けで、頭でっかちなのは当たっていると思う。学歴や外《がい》戚《せき》の地位を笠《かさ》に着て、偉ぶっているとか思われたくないんだけど、向こうが勝手にそう感じたり、苛《いら》立《だ》ったりするのは、わたしにはどうしようもない」

「学力も知識も、遊々が自分で努力して身に付けたものだ。他人の妬《ねた》みや嫉《そね》みまで引き受ける必要はどこにもない」

胡娘の力強い断言に、遊圭は軽いうなずきを返し、とつとつと語り始める。

「木簡を削っている間、いろいろと考えたんだ」

遊圭が若くして人並み以上の学問を修めることができたのは、両親がそうした環境を整えてくれたからだ。地方の役所で胥吏を務める林何某のような人々は、成人するまでに基本的な読み書きを習得できれば運がいい方で、その技を生かしてすぐに職を求め、生計を立てるだけで精一杯だ。せっかく読むことができても、その先にある古今の書物に秘められた叡智《えいち》に辿《たど》り着き、理解する時間も余裕もない。

自らは何の行動も起こさないくせに、他者が努力して得たものでさえ、妬ましくて仕方のない人間はいる。まして、どれだけ血の滲《にじ》むような努力を重ねても手の届かない地位や栄誉を、生まれあわせの幸運によって軽々と手にする他者を、嫉《そね》み憎まずにいられないのが人間というものだ。

まして死罪に準じる重刑を科せられて配流されてきたというのに、のほほんとした顔で日々のんびりと古木簡を削っているのだ。不気味に思われたのも仕方がない。

「林さんがわたしに対して抱えている怒りを、正当なものだとは思わないけど、人間ってそういうものかな、って。阿祥とか、玄月とか、わたしがわたしであるだけで許せない、っていう感情は常にそこにあって、本人が自覚して取り除きたいと思っても、どうにもならないんだと思う」

「阿祥はともかく、玄月どのは違うのではないか」

陶玄月は、遊圭とはひとかたならぬ因縁を抱えた宦官《かんがん》だ。有能な官吏で、皇帝陽元の忠実な臣下であり、宦官には珍しく清廉な気質の持ち主だが、遊圭の弱みを握っては、いいようにこき使う。遊圭がこの世でもっとも苦手とする人間だ。

遊圭と同じ名門官家の生まれで、やはり国士太学に進んだ秀才でもある。しかも金椛国史上、最年少で童試に合格し、さらに首席という輝かしい経歴の持ち主であったが、弾劾された親戚に連座させられ、宮刑《きゅうけい》を受けて宦官の身に落とされた。

生まれも育ちも、少年期からの転落人生もよく似た遊圭と玄月だが、このふたりの間には決定的な違いがあった。遊圭は恩赦さえあればいつかは官界に復帰し、自分の家を再興させる望みがあるが、男性の機能を損なわれた玄月は、生涯宮城に仕える官奴《かんぬ》の身から、永遠に這《は》い上がることはできない。

才能も器量もはるかに劣る遊圭が、外戚の特権を利用して家を興し、出世していくのを、日陰の身で眺めているのはどんな気持ちであるか、想像するだけでも胃が痛くなる。

「それは、玄月どのの気持ちではなく、遊々の気持ちだな。玄月どのに対して、抱える必要のない罪悪感を抱えている」

「そう、かな」

遊圭は、手綱をゆるめて首をかしげた。

「罪悪感というのは、つまるところ優越感の裏返しだ。偽善といってもいい。遊圭が自分の境遇を玄月どのよりましだと考えているのなら、玄月どのが遊々に心を開かない原因は、そこにあるのではないか」

遊圭は絶句した。そんな風に考えたことはないが、否定できない。何も言い返せないのは、胡娘の言葉が正しいからだ。

「玄月どのは、宦官であろうと己の職務に誇りを持っている。とても自尊心の高い御仁だ。そういう人間が憐《あわ》れみを受けるのは、耐えがたい屈辱だと私は思うぞ。年下の遊々がそんな罪悪感を抱えること自体が、僭越《せんえつ》というものだ」

遊圭の目から鱗《うろこ》がバラバラと剝《は》がれ落ちる。胡娘の言葉のひとつひとつが的を射すぎていて、胸に刺さる。自分自身が抱え込んでいた歪《ゆが》みを目の前に突き出され、いたたまれない。

それにしても、胡娘は『僭越』などという難しい言葉をいつ覚えたのだろう。後宮に上がり、遊圭の叔母《おば》の玲玉皇后に仕えたのは、遊圭の世話をしていた時間よりもずっと短いはずだが、胡娘の金椛語は飛躍的に上達した。

「玄月どのほど誇り高くなくても、妬みを抱える人間というのはたいてい、憐れみを受けることを憎む」

胡娘は、真剣な口調でこの話題に固執した。

「相手の身分や境遇がどうであれ、同情などいらぬ。憐れみも必要ない。だいいち、遊々にそんな余裕はない。自分が生きるだけで精いっぱいなのだから。特権が与えられたのならそれにしがみつけ。誰にも恥じることなどない。幸運が舞い込んだら、通り過ぎる前に迷わずつかみ取れ」

遊圭は呆然《ぼうぜん》としながらも、素直にうなずいた。

「うん。そうだね。そうするよ」

遊圭が玄月に対して抱えている罪悪感や憐憫《れんびん》に似た感情。それは、玄月の心情を忖度《そんたく》してのものではない。もし遊圭と玄月の立場が入れ替わっていたら、つまり自分が玄月であったら、自分の立場にある者に対して抱く羨望《せんぼう》や嫉妬《しっと》ではないか。

自分は、なんという卑小な感性の持ち主だろう。

遊圭は急に襲ってきた自己嫌悪に、ずんと押し潰《つぶ》されそうになって、口を閉じた。

秋の訪れの早い異郷に落ち着いた遊圭の、十日に一度の休日はこうして過ぎていった。

二、歓迎されざる旧知

遊圭は役場の仕事が終わると、一日おきにルーシャンの館を訪れた。

「鷹匠に言っておくから、時間があれば雛《ひな》の訓練を手伝って、遊圭の声と顔を覚えさせておくといい。そのうち役に立つ」

そう請け合ってくれたので、遊圭がルーシャン館の門をくぐっても誰何《すいか》されることはない。アスマンは二年ぶりの遊圭を覚えていて、その腕に停まって遊圭の手から肉片を食べてくれた。それだけでも遊圭は舞い上がるほどうれしかったのだが、アスマンの雛兄妹《きょうだい》が想像以上に可愛らしく、そして凛々《りり》しかった。

雛たちも遊圭の手から餌を食べるほど慣れてくれるまで、それほど時間はかからなかった。雛と言っても、体の大きさはもうアスマンと変わらない。とうに羽も生え換わり、顔つきもきりっとして、すでに猛禽《もうきん》のそれだ。

特に、雄雛のホルシードが遊圭に懐くのが早かった。

「雄鷹が、育ての親でもない人間に懐くのは珍しいですねぇ。星公子は鷹匠の才能があるかもしれませんなぁ」

遊圭の拳《こぶし》に停まって翼をつくろうホルシードに、鷹匠が感心して言った。

「そうなんですか」

褒められた遊圭の頰が、しまりなくゆるむ。しかし、鷹の臭いが服についてしまうのだろう。遊圭が帰宅すると、天狗《てんこう》が鼻をひくつかせ、歯をむき出して袖《そで》に歯や爪を立てるのが困りものだった。

ルーシャンは関外の城をいくつか預かっており、また楼門関《ろうもんかん》にも高級武官用の官舎がある。本宅となる嘉城の館には、六つになるルーシャンの末息子、芭楊《バヤン》が住んでいた。

芭楊はルーシャンに似ず黒髪で、瞳《ひとみ》も濃い茶色だ。顔立ちも扁平《へんぺい》なところを見ると母親は金椛人《ジンファ》であったのだろう。ただ、はっとするほど色が白い。国士太学で親友付き合いをしていた史尤仁《しゆうじん》を思い出す。尤仁も胡人と金椛人との混血であった。

また、芭楊は性格も父親に似ず、引っ込み思案の恥ずかしがりやであった。ルーシャンが遊圭に紹介しようとしても、扉から顔を半分以上は出そうとせず、遊圭が会釈すると、驚いてすぐに逃げ出してしまった。

遊圭のやんちゃな従弟《いとこ》の翔皇太子とは正反対だなと、思わず微笑んでしまう。

「すまんな。芭楊は生まれてすぐに母親を亡くしてからは、慶城《けいじょう》の親戚や子守りに任せっぱしだったので、滅多に父親の顔を見たことがない。将軍に昇進してから、この館に呼び寄せて一年になるが、俺の顔を見ても逃げ回るばかりだ」

芭楊に物心がついた三年前は、ルーシャンは夏沙王国へ嫁ぐ麗華公主を護衛して、半年近くも外国へと旅をしていた。遊圭を守って帰国したのちは金椛の帝都に滞在し、一年も会わなかったのだ。その後も月に一度帰ってくるかどうかという父親では、芭楊にしてみれば赤の他人と変わらないのだろう。

ルーシャンは帰宅するたびに、遊圭を招いて近況を訊《たず》ねるが、遊圭が気にかけている、朔露《さくろ》軍の侵攻と麗華公主の消息には触れようとしない。

言葉の端々から、遊圭を幕友に引き抜きたい意思を匂わせるが、積極的に招くことはなかった。そこにためらいを感じるのは、皇后のただひとりの外戚《がいせき》を、危険な前線に引っぱり出すことに迷いがあるからだろうか。

ルーシャンの本意は量りきれなかったが、異郷に友人がいるというだけで、心が少し軽くなる。通いつめるうちに、芭楊も遊圭に少しずつ慣れてきた。遊圭のあとをこっそりとついて歩き、振り向けば隠れ、声をかければ逃げてしまう。だが、そんな鬼ごっこも、やがては距離を詰めていき、気がつけば打毬《だきゅう》で遊ぶようになり、乗馬に誘えば喜んでついてくるまで親しくなった。

「遊々は都から来たひと？」

まだひとりでは成馬に乗ることを許されていない芭楊《バヤン》を、金沙の鞍《くら》の前に座らせて庭を歩けば、首をねじるようにして手綱を操る遊圭に訊ねる。

「そうだよ」

「どんなところ」

小さな目に、ひどく思いつめた色を湛《たた》えて遊圭を見上げた。

「人間がたくさんいて、建物がいっぱいあるところだよ」

「この町より？」

「この嘉城の千倍は大きい」

芭楊は目を細め、唇を尖《とが》らせて、都のありさまを想像しようとした。

「にいさんが、都に行った。ルー父さんのおうちが都にもあって、にいさんがそこに住むために。ばあやは、にいさんはもう帰ってこないだろうって」

芭楊の兄は、ルーシャンに託された兵権と引き換えに、人質として都へ移り住んだのだ。夷狄《いてき》の侵略よりもなお朝廷が怖れているのは、巨大な兵権を手にした地方の勢力が、皇帝に対して牙《きば》を剝《む》くことだった。ルーシャンは息子を差し出して、金椛の皇室に叛意《はんい》のないことを示さねばならなかった。

ルーシャンの家庭内のことまで、遊圭に口は挟めない。ただ芭楊は親しんだ兄が遠く離れて住み、もしかしたら一生会えないかもしれないことに胸を痛めている。

「芭楊も、そのうち都に行けるかもしれないよ。ルーシャンは皇帝陛下に拝謁できる将軍なんだから、公務で都に行くことはある。芭楊がいい子にしていたら、いつかは連れて行ってくれるかもしれない」

芭楊は目を丸くして遊圭を見上げた。頰に血の気が差してふわっと赤くなる。

「本当？　本当にそうなる？」

芭楊はほとんど叫ぶようにして念を押した。遊圭は少し困って、言い添える。

「約束はできないけど、そういう可能性はある。芭楊がおとなになれば、ひとりでだって行けるよ」

幼年期を過ごした慶城から、隣人や友人と引き離されて、六百里も離れた嘉城に連れてこられたのだ。ひとりぼっちで寂しかったのだろう。遊圭が来るのを心待ちにして、果物や菓子を用意してくれる芭楊がいじらしく、弟がいたらこんな感じだろうかとひとりでに笑みがこぼれる。

いっぽう、地元の高官と懇意であるということで、遊圭の職場や近隣における待遇は劇的に改善された。中央から流されてくる貴人は、もともと官界や財界に人脈を持っているものだ。辺境にいても利に敏《さと》い者は、中央への伝手《つて》欲しさに交際を求めてくる。しかし、遊圭があまりに若年で、本人も自分の口からは何も話さず、目立たないようにしていたこともあって、無力な罪人と思われ遠巻きにされてきたのだろう。

それに、金椛朝に入ってから五十余年、皇室の外戚が迫害されてきた歴史がある。都からの錯綜《さくそう》した情報を勝手に解釈して、族滅法がなくなったかわりに流刑になったのだろうと受け取った者もいたようだ。

夕食後に厩舎《きゅうしゃ》で愛馬金沙の手入れをする遊圭に、下男の竹生が床を掃く手を止めて、苛立《いらだ》ち気味に訊ねた。

「胡娘さんから聞きましたけど、役場では除《の》け者にされていたそうですね。大家《ターチャ》が黙っているから、俺も胡娘さんも、職場ではうまくいっているんだと思っていましたよ」

遊圭は金沙の口の中をのぞき込み、歯のすり減り具合を確認してから首を横に振った。

「もっとひどい扱いを予想していたし、仕事は楽すぎるほど楽だったから、文句なんか言ったら罰があたる。それに、不要文書の処分ってのはね、地元の経済状態とか治政の良し悪しを知るのに、けっこうな情報源なんだ。林さんが癇癪《かんしゃく》を起こさなければ、もう少しやっていたかったよ」

竹生が、眉《まゆ》を上げてかぶりを振った。

「大家は相変わらずですね。しかも転んでもただでは起きなくなって、案外と大物かもしれないです」

「案外とは失礼な言い方だな。傑物ではないかもしれないが、小者ではないと思う」

気心の知れた主従は、馬小屋で談笑を続ける。

「俺が流刑にされたときは、服務中は住むところは用意されてたし、飯も出してくれましたよ。まあ、ろくなもんじゃなかったですけど。肉体労働でつらかったですが、大家みたいにただ働きってわけじゃなかったです」

「配流先や職種によって違うんだろうね」

遊圭は曖昧《あいまい》に応じた。

「それで、ルーシャン将軍が大家の後ろ盾だとわかったとたんに、役場の待遇が掌《てのひら》返しになったんですか」

「さらにこき使われるようになったよ」

役場を訪ねたルーシャンが言ったように、帰還兵や各地から送られてくる援軍や物資などをさばくため、楼門関では事務処理の担い手が足りない状態である。近隣の役場では有能な胥吏《しょり》が次々と駆り出され、残されたのは経験不足の若手と、目の遠くなった老役人。中堅で役場にいるのは、使えない役人の評価を下されたのも同じだ。

林何某《なにがし》にしても掌長にしても、相手が遊圭であろうとなかろうと、新人の指導そのものが無理な相談だったのだろう。

「国士太学で学んだことが、役に立つならいいですね」

遊圭はふたたび曖昧な笑みで返事をごまかす。国士太学では実務は学ばない。方言に慣れて意思の疎通が可能になった遊圭が重宝がられるのは、かつて後宮で培った、医薬から経理に至る、多彩な職務経験に負うところが大きい。

「だけど、上のひとたちに可愛がられすぎて、その林さんとやらに恨まれないようにしないといけませんね」

竹生は年上風を吹かせて、出る杭《くい》は打たれると遊圭に忠告した。

「もちろんだ。この町にも役場にも、必要以上に長居するつもりもない。刑期が明けたら、評判のいい医師を見つけて、弟子入りするつもりだ」

「やっぱり、医者になるんですか」

竹生は眉を寄せて、不安そうに聞き返した。遊圭の帰りを都で待っている趙《ちょう》夫妻や使用人たちが、がっかりする様を思い浮かべたのだろう。

「敏はいまでも、わたしが官僚になればいいと思っているんだね」

「そりゃ、御家再興にはそれが一番ですから」

遊圭の出世と成功に、竹生やほかの使用人たちといった、星家の家属《かぞく》の未来と生活がかかっているのだ。遊圭は小さく嘆息して、竹生に自分の立ち位置を説明した。

「官人が一度流罪にされたら、六年は官職に復帰できない。ましてわたしは官位そのものを剥奪《はくだつ》されたんだ。官僚登用試験を一から受けないといけないのだから、たとえ官位を授かるとしても、何年も先のことだよ。それより来年からの生活を立ててゆくことのほうが大事じゃないか。いつまでも胡娘の稼ぎや、都からの仕送りには、頼っていられない」

「大家《ターチャ》がそう言われるんなら、そうなんでしょうけど」

不服顔の竹生に、遊圭は星家の当主として、いまひとつ信頼されていない空気を感じ取った。

竹生は、遊圭より年上でそれなりに苦労もしている幼馴染《おさななじみ》だが、上流社会や官界の面倒臭さを肌で知っているわけではない。財産も人脈も持たない竹生が、自立を求めて星家の庇護《ひご》から抜け出すつもりがないのであれば、どれだけ若く頼りなく見えようと、主人である遊圭の判断に黙ってついていくしかなかった。

「焦っても仕方がない。いまできることから、やっていくしかないんだよ。敏」

「大家は、明々さんと所帯を持ちたいんですね。色よい返事はもらったんですか」

竹生はにやりと笑って主人を冷やかした。

「まだだけど、断られたわけじゃない」

明々は、遊圭が外戚《がいせき》族滅法によって指名手配されていた当時、匿《かくま》ってくれた少女だ。さらに後宮での潜伏中も、遊圭の秘密をともに守り抜き、族滅法の撤廃にも協力してくれた。その過程で、宮中の謀叛を未然に暴くなどの功績も立てた明々が、皇帝に願い出た褒美が、後宮から解放され実家に帰り、両親の住む村で薬種屋を営むことであった。

出会ったときは瑞々《みずみず》しい少女であったが、別れ際の明々はすっかり成熟したおとなの女性になっていた。遊圭は、いつまでも手を振って見送ってくれた明々の姿を思い出して、無意識に目を細める。

「明々は家族想いだからね。両親を置いて国境近くまでやってくるのは勇気のいることだと思うよ。その相手が配流人なら、両親だって反対だろうし、断られても仕方がない。

わたしはただ、自分の気持ちを伝えたかっただけだから」

遊圭は旅立つときに、明々に徒の刑期が明けたら配流先に来て、一緒に暮らさないかと訊《たず》ねた。明々は動揺して是とも非とも答えなかったが、その後も近況を伝え合う書簡のやりとりは続いている。

「それにしても、どうしてもっと早く告白しなかったんですか。都にいたときに申し込んでいれば、明々さんの考えがどうでも、向こうの親は二つ返事で許してくれたでしょうに。そしたらいまだって、ここで何不自由ない所帯が持てたのに」

遊圭は苦い物を嚙《か》んだように、口の端を歪《ゆが》めて笑った。

「敏、官人は良人《りょうじん》階級から正妻を迎えられない。わたしは明々を妾《めかけ》にしたくはなかった。それに明々は、わたしのことを弟分としてしか、見てないかもしれないじゃないか」

竹生はその可能性を想像したらしく、気の毒そうに年若い主人を見つめた。

遊圭と明々の出会いは、街角で麵麭《パン》を盗んで捕まりそうになった明々とその弟を助けたのが縁だった。その場に遊圭のお供として居合わせた竹生は、明々と遊圭のやりとりの一部始終を知っている。弟の阿清《あせい》に対する明々の世話焼きぶりを、逃走潜伏中の遊圭にも発揮したとしたら、男女の仲に発展するのは難しいだろう。

竹生は、遊圭の逃亡生活については、明々の妹として二年間女装を通したことのみを聞かされていた。女らしく見えるよう、明々は遊圭の化粧や衣裳《いしょう》にとても気を遣って暮らしたという。そして共に過ごした二年の間に、何も起きなかったというのだから、双方ともに異性に対する意識が育ちにくかったのではと、竹生でも希望のない想像をしてしまう。

金椛の習俗では、近親婚は不浄であり畜生道に落ちる大罪とされていた。同族はもちろん、同姓間での結婚すら禁じられており、血のつながらない義理の兄弟姉妹はもちろん、乳母の兄弟や姉妹も配偶者にはできない。

明々が遊圭を弟もしくは妹と見做《みな》して世話をしていたのなら、遊圭に告白されても禁忌を犯すことへの嫌悪感しか抱かないことだろう。

もう、一生会えないかもしれない、これが最後かもしれないとなって初めて、遊圭は明々に本心を明かす勇気を搾り出せたのだ。

遊圭は夜明けとともに、誰よりも早く出勤する。新入りだからというよりも、未処理の申請書や、訴状の分類を真っ先に行うためだ。

嘉城市の役場では、裁判と刑罰以外のあらゆる陳情や申請をひとつの窓口で受付ける。前日に持ち込まれ積み上げられた木簡を、手が空いた者が上から拾い上げて処理していくのだが、拾い上げるたびに、それが納税関連であったり、移住や戸籍の登録であったり、あるいは水路や井戸の使用権の申請であったり、また刑司《けいし》へ回すべき訴状であったりとまちまちで、とにかく面倒臭い。

もとからそうであるのか、楼門関に人手を取られたために、部署ごとに担当者をあてる余裕がなくなり、なし崩しにそうなってしまったのかは、遊圭の知るところではない。

だがそれでは、下のほうに埋もれてしまった文書は、何日も後回しにされてしまう上に、文書をひとつ拾い上げるたびに、未知の事案を引き当て、いちいち上役にやり方を訊ねては手探りで処理することになり、非効率極まりなかった。

遊圭は業務の方針に口を出すつもりはまったくない。それこそ出過ぎた杭として、林何某あたりに木槌《きづち》で杭が粉砕するまで打たれてしまうだろう。そこで、もっとも単純な台帳への転写作業と、定型の証明書を発行するだけの、納税関係の木簡だけを選び取って、そそくさと自分の席に積み上げる。

前日までの記録作業が終わるころには、すっかり日が昇っている。そして、休憩の茶を淹《い》れる暇もなく、城市や近隣の郷里から人々が役場を訪れる。ほかの役人たちは、まだ前日に持ち込まれた書類の処理に追われており、平民百姓《ひゃくせい》の公民たちは、誰かが応対に出るまで、いつまでとも知らされず、辛抱強く待ち続けなくてはならない。

国士太学で学んだことが、胥吏として役に立つとすれば、それは字を速く正確に書けることに尽きる。もちろん太学以前に、童試合格を目指して何十万という文字を幼いころから繰り返し書いてきた。そして入学後も毎月のように課される試験では、誤字を削っている時間などない。

多くの文字を知り、一読して文章の意味を正しく読み取り、間違いなく書き写せることで、ほかの胥吏の倍の速さで作業を終えることができるのだから、これは便利だ。

遊圭は腰を上げた。不安げな顔で公務の手続きを求める人々の受付に出る。

自分から申請を受けることで、その場で仕分けができる。簡単な事務を自分が担当し、そうでないのは未処理の山に置いてほかの胥吏に任せた。

百戸の里ごとに集められた戸税を、里の庶務を司《つかさど》る里正《りせい》の提出した目録と戸籍に照らし合わせて検分し、倉庫に納めさせる。遊圭が発行した納税証明書を受け取った里正は、丁寧な筆蹟《ひっせき》に感心した。

「新しい令史《れいし》さんは、きれいな字をお書きになりますなぁ」

「星遊圭といいます。ただの書士です」

遊圭はそっけなく答えて、お世辞を聞き流した。公民が見知らぬ役人と話すときに、見た目よりも上の役職名で呼びかけるのは、相手の機嫌を損じないためだ。

「星郎令史のお蔭《かげ》で、今日中に里に帰れますわぁ。助かります。お役目がこんなに早く終わるなんぞ、何ヶ月ぶりかなぁ。新しい人が入って良かった良かった。これからもよろしくお願いしますよ」

心から嬉《うれ》しそうに、染みだらけの皺《しわ》深い顔を一層くしゃくしゃにして喜ぶ。歩き方もしっかりとして、背筋も伸びた里正は、瞳《ひとみ》にあふれる生気から見て、まだ壮年と思われるが、乾燥した風の強い西沙州の気候は、ひとの肌に容赦しないものらしい。

里正は満面の笑みを浮かべて、遊圭の掌《てのひら》に銀色に輝く物を握らせようとした。

「いいえ、決められた陋規《ろうき》を窓口で支払ってください、あとわたしは配属されたばかりの、

「一番下っ端の書士ですから」

賄賂など受け取れないと遊圭が毅然と断っても、里正はいっそううれしげに何度もうなずいた。

「いやいやこれは、星郎さんのお陰で浮いた、今夜の宿代ですよ。みなさんに菓子でも酒でも振る舞ってください」

有無を言わさず銀貨を遊圭の袖《そで》に放り込む。変化に敏感な辺境の住民らしく、興味もあらわに出身や年齢を聞き出そうとした。

「で、星郎さんは、ご内室はおられるんかね」

「まだですが、まあそのうち」

見合い話など持ち込まれないよう、遊圭は適当に言葉を濁した。里正には年頃の娘でもいるのか、粘り強く身上調査を挑まれ、遊圭は辟易《へきえき》とした。

どうにか里正を振り払ったころには、太陽は中空にあった。遊圭は袖を振って銀色の小さな円盤を取り出し、日光にかざして眺めた。夏沙王国で見たことのある、異国の硬貨だ。長虫ののたくったような異国の文字に囲まれて、特徴のある帽子あるいは冠を被《かぶ》った、鼻の高い長髪巻き毛の人物の、いかにも高貴な横顔が鋳込まれている。

ルーシャンに少し似ているな、と思いながら、遊圭は硬貨を帯に挟み込んだ。

西域から大量に難民が流れ込み、入植を希望している辺境では、こうした異国の銀銭も流通しているものらしい。金椛領内では、硬貨に含まれた銀の純度に応じた価値しかないものだが、数多《あまた》の手から手へと渡されて、万里の地平を越えてこの地まで辿《たど》り着いたものだ。熔《と》かしてしまうのももったいない。表面はかなり摩《す》り減ってはいたが、胡娘に見せればどの国の硬貨かわかるだろう。着服するのも気が引ける。掌長に見せて、適正な価格で買い取らせてもらおう。

そろそろ正午の鐘が終業を告げるころ合いだ。空腹を覚えつつ、遊圭は持ち場に戻った。席に座る間もなく、掌長に長い方の行列をさばくように言いつけられる。役場外まで行列を作っているのは、読み書きができないために、空白の木簡や木切れ、どうかすると古着の端切れを持参して、口頭で書面を作ってもらわなくてはならない公民たちだ。もう何日も通っているのに、受付すらされていない顔はひとつやふたつではない。

遊圭が何人目かの陳情を聞き取り、書状を書き起こして顔を上げると、林何某《なにがし》が誰かと怒鳴り合っていた。林が公民とやりあうのは珍しくない。一日に何度かは、滞る手続きが腹に据えかねて癇癪《かんしゃく》を起こしたり、怒鳴り込む者がいる。お役所仕事といえばそれまでなのだが、人手が足りないために役所としての機能が限界を超えているのも事実だ。胥吏の中では古参の林に、特に煩雑な仕事が回されてくるために、林の席には処理されない木簡が日々溜《た》まっていくのだが、誰も手を貸す余裕はない。

請願の書き起こしの順番を待つ、次の公民に声をかけようとした遊圭は、林に怒鳴り返す声に聞き覚えがあるような気がして手を止めた。目を細めてそちらを見やる。

「こっちはひと月も前に申請したんだぞ！　あさってには出発しなきゃならないんだ。

いい加減に許可証を出してくれないと困るんだよ！」

州をまたぐ旅には、関所で提示しなくてはならない通行許可証がいる。その発行に手間取っているらしい。おそらく木簡の山に埋もれたまま、ひと月のあいだ放置されていたのだろう。

「順番を待っているのはあんたひとりじゃない！　文句を言うなっ」

「いますぐやってくれよ、今日中に親方に渡さないと、こっちは路頭に迷ってしまう」

どの地方の訛《なま》りとも聞き取れない発音で叫び返しているのは、ふくよかな頬と顎《あご》を、手入れされていない薄いひげに縁どられた、三十そこその男だ。中肉中背なのに、丸顔と童顔が小太りの印象を与える。目も鼻も丸く、目の下にできた隈《くま》が大熊猫《パンダ》を連想させた。

その妙に懐かしい容貌《ようぼう》に気を取られたのもつかの間、遊圭はぎょっとして筆を机に落とした。その筆が机から転がり落ちそうになるのを、慌てて押さえようとしたはずみに、横に積み上げていた木簡に肘《ひじ》が当たり、騒々しい音を立てて床に崩れ落ちる。

林何某がこちらを向き、丸顔の男もつられて遊圭の方を見た。男の顔が一瞬ぼんやりと曇り、次いで驚きの色が浮かぶ。丸い目をさらにまん丸く見開いて、歓喜の叫びがぽってりとした唇の間から放たれる。

「遊々さん！　遊々さんじゃないですか！　こんなところで何やってるんですか。というか、役人になったんですか、いっこうきゅ――」

遊圭は席を蹴《け》って立ち上がった。普段の悠長な物腰からは想像もできないほどの俊敏さで、間に並ぶ机や榻《とう》を蹴散らし、林何某と男を隔てる台を曲芸師のごとく華麗に飛び越える。丸顔の男の肩を押し倒し、馬乗りになってその口をふさいだ。

「橘《きつ》さん！　お久しぶりです！　こんなところで会うなんて奇遇ですねっ。お元気そうで何よりです！」

泥棒でもひっ捕らえたかのような荒々しさと、ひきつった笑顔に裏返った声で叫ぶ、友好的な口上の挨拶《あいさつ》が、まったく嚙《か》み合っていない。

そこで正午の鐘が鳴ったのをいいことに、遊圭は役場の人々に「じゃあ、今日はこれでっ」と退出を告げて、橘真人《まひと》の襟首を引きずり逃げるようにしてその場から逃れた。

「橘さん、あなたは都を追放されて、故国に帰ったんじゃないですか」

通りを歩きながら、遊圭は歯の間から絞り出すようにして詰問する。橘真人は悪びれずに頭を搔《か》きながら、へらへらと答えた。

「国に帰るっていっても、海を渡るのに銀十五貫もいるんですよ。貧乏な偽学生の僕にそんな金があるわけないじゃないですか。第一、船が難破したら一巻の終わりだ。命あっての物種ですよ。どのみち故郷に飾る錦《にしき》もなし、辺境で交易商の雇われ通詞や書生をしながら、東から北へ、北から西へ、流れ流れて旅の空の人生ですよ」

いわれてみれば、目の下にできた隈や無精ひげだけではなく、かつては艶《つや》やかな愛《あい》嬌《きょう》に満ちていた丸顔の肌はくすんでかさつき、頰はたるんで下がり気味と、遊圭の記憶よりひどく老けた印象になっていた。

遊圭はここで再会した橘真人を、どうしたものかと頭を抱えた。あんな公の場で人目をはばからず『後宮』などという言葉を発しかけたのだ。遊圭の過去を知り、この国の常識というものがまったくわかっていないこの異国人を、このまま野放しにはしておけない。

かつて、女装して後宮に潜んでいた当時、遊圭は皇帝陽元を相手に外戚《がいせき》族滅法の廃止を賭《か》けて、女官を巻き込んだ医生官《いせいかん》試験に臨むことになった。女性が国に認められた医師になるという前代未聞の挑戦に、金椛帝国の医学を司《つかさど》る太医署《たいいしょ》の面々は、さまざまな妨害を仕掛けてきた。医学の履修に必要な専門書の貸し出しを拒んだのもそのひとつだ。途方に暮れていた遊圭たちに協力してくれたのが、東の海に浮かぶ島国、東瀛《とうえい》国からきた留学生、当時は橘子生《きっしせい》と名乗っていたこの青年であった。

橘が自身の学生証を用いて専門書を借り出してくれたおかげで、遊圭たちは受験に必要な知識を学ぶことができた。だが、橘子生の正体は偽学生で、女官のひとりと駆け落ちをして、遊圭の生き残りと女官たちの悲願を懸けた医生官試験を、あやうく台無しにするところだった。さらに、駆け落ちは遊圭をおびき出すための罠《わな》で、遊圭の命を狙う反皇帝派に誘拐させるなど、橘は文字通り疫病神そのものであった。

結局、橘子生は駆け落ちした女官の周秀芳《しゅうしゅうほう》ともども捕まった。女官を連れ出した咎《とが》で死罪になるところを、秀芳が見事に医生官試験に合格したことから、駆け落ちの事実は揉《も》み消され、橘は命拾いをした。そして恋人たちは引き裂かれ、名のみで姓を持たぬ真《ま》人《ひと》というこの異国人は、永久に都を追放となった。

「異国で野垂れ死んでも、本望だというんですか」

「僕の父親は金椛人ですよ。この体の半分は金椛の血が流れているのだから、ここだって僕の故国です」

橘真人は開き直って断言した。

「それに、東瀛国では僕の才能は活《い》かされません。あちこち渡り歩いてわかったことですが、僕には言語の才能があるんですよ。金椛の東部北部西部の方言だけでなく、胡《こ》語だっていくつか操れるようになりました。いまの親方は興胡《こうこ》で、西域文字も学ばせてくれているんです。西域をぐるっと廻《まわ》って商いの修行をすれば、僕も立派な興胡になれます！」

興胡とは、百姓《ひゃくせい》の戸籍に入り金椛領内に定住することを拒み、交易を専門とする胡人の商人のことだ。東西の行路が戦争で封鎖され、一般人の身分では楼門関の出入りが禁じられている現状では、誇り高き興胡といえども、商売は上がったりではないだろうか。

「あ、そうだ！　遊々さんはあの役場で働いているんですよね。僕の通行証を発行してくださいよ。昔のよしみじゃないですか」

「わたしはあなたが手引きした旺元《おうげん》皇子に誘拐《く》されて、蹴られたり殴られたりしたあげく、爪を剝《は》がされそうになったり、目玉を刳り抜かれそうになったり、あやうく殺されるところだったんですよ」

どの面下げて昔のよしみと言えるのだろうか。

「でも五体満足で生きて帰ってきたじゃないですか。それに、旺元皇子は遊々さんに惚《ほ》れて自分の女にしたいと言って僕をだましたんです。殺すつもりと知っていたら、手引きなんかしませんでしたよ」

舌を五回くらい抜いてやろうかと遊圭は思ったが、深呼吸をして腹立たしさを胃の下に押し込んだ。

「第一に、私は通行証発行の担当じゃありません。いまの職場には入ったばっかりで、そんな越権行為をすれば、馘《くび》になってしまいます。無理なものは無理です」

「そこをなんとか」

屈託のない、ひとの好《よ》さそうな真人の笑みに、男を知らずに後宮に入り、少女から女になった真面目な秀芳はだまされたのだろう。

「あさっての出発と言ってましたね。どちらへ向かうのですか」

「史安市《シアン》です」

遊圭は啞然《あぜん》とした。

「それ、絶対に無理ですよ。天鳳《てんぽう》行路は封鎖されています。楼門関を出ていきたければ兵士になるしかない。そこを強引に出ていこうとしたら、間諜《かんちょう》の嫌疑をかけられて牢屋《ろうや》に放り込まれてしまいますよ」

橘真人は、少し驚いた顔をしたが、すぐに首を横に振った。

「親方は伝手《つて》があるから大丈夫だって言ってました。いまは物流が滞っているから、行って帰ってくれれば大儲《おおもう》けになるって」

遊圭は頭を抱えて嘆息した。

「百歩譲って親方とやらの言葉が本当だとしても、異国人で前科のある橘さんに、故国以外への国境を越える許可が下りるわけが、ないじゃないですか」

橘真人は丸い小鼻をひくつかせ、初めて不快と怒りの色を浮かべた。唇をぎゅっと結んで顔を突き出す。そうすると大熊猫というよりは、狸のようだ。遊圭は愛獣の天狗《てんこう》を思い出したが、真人の狸顔には、天狗の愛らしさはまったくない。

「初犯だから顔に墨も入れられなかったし、僕が前科者だというのは、遊々さんが黙っていればわからないでしょう。遊々さんこそ、どうやって後宮から抜け出したんですか。男だとばれたら、生きて抜け出せるところじゃないんでしょ？　遊々さんが元は女装の美少年だったってこと、職場の皆さんはご存じなんですか」

語尾とともに、唇の端が三日月のようにきゅっと上がる。遊圭は絶句した。とてつもなく不快な感情が、胃《い》の腑《ふ》から喉元《のどもと》まで噴き上がり、自分を抑えることもできずに真人の胸ぐらをつかんだ。

「あなた、わたしを脅迫しているんですか」

年の功か、踏んできた場数が違うのか、真人はふてぶてしく笑う。

「この状況は、遊々さんが僕を脅しているようにしか見えませんよね」

遊圭は深く息を吸い込んで、理性を取り戻す。真人の衿《えり》を放し、汗ばんだ手を上着の裾《すそ》で拭《ふ》く。

「昔のことを持ち出されても、どうしてあげることもできません。わたしには旅行関連の書類を発行する権限がない上に、一般の民は楼門関の出入りを禁じられているんです。興胡がそれを知らないはずがない。橘さんを国外へ連れて行こうとしているその親方は、本当に信用できる人間なんですか」

橘真人は一歩下がって、遊圭から目を逸《そ》らした。

「もう半年も雇ってくれて、交易を教えてもらってるんです。いま誰も敢《あ》えて西域に出ないこのときに、西方からたくさん貴金属や香辛料を持ち帰って銀に替えれば、渡航費用どころか、故郷に御殿だって建てられるほどのお大尽になれる」

遊圭は、橘真人に対する怒りが一気に冷めた。

半分は金椛人だ、帰ってもどうにもならない、などと口では言いながら、本音では戦場を通る危険を冒してまで帰国費用を稼ぎたいのか。橘真人は擦れた身勝手なおとなではあるが、望郷の念とはそれほどまでに切実なものなのか。

「橘さん、金椛に来て何年ですか」

遊圭は少しだけ優しい口調で訊《たず》ねた。橘真人は指を折る。

「今年で十年、ですかね」

遊圭は肩を上下させて、深呼吸する。

「昼も過ぎました。お腹が空《す》きませんか」

遊圭は目についた茶楼に真人を誘った。

自宅に真人を連れて帰ることはできない。遊圭を旺元皇子の隠れ家から救い出すために、半狂乱になって都中を捜し回った胡娘が真人の顔を見れば、問答無用で絞め殺しかねないからだ。

三、千里を駆ける

非常に消耗した一日を終えて帰宅した遊圭だが、胡娘が留守であることに少しほっとした。疲れを隠せない自信があったので、顔色を読まれてあれこれ問い詰められることを恐れたのだ。

遊圭の帰りを喜んで迎えるのは愛獣の天狗《てんこう》だ。奥から駆けてきて榻《とう》や卓へ飛び移り、遊圭の顔をめがけて跳躍する。ムササビのように四肢を広げて襲い掛かってくる灰褐色の大きな毛玉を、遊圭は空中で捕まえた。

冬が近いせいか、このごろとみに体重を増した天狗の胴体を両手でつかみ、胸に抱きかかえる。

羊と香草の湯《スープ》のよい香りが表にまで漂ってきた。遊圭は慌てて厨房《ちゅうぼう》に入る。

「おかえりなさい、大家《ターチャ》。すぐに召し上がりますか」

夕食の支度をして待っていた竹生が、笊《ざる》に置いた麺《めん》を指して訊ねた。

「今夜はわたしが作る番だったのに、遅くなってすまない」

竹生は苦笑いしてかぶりを振った。

「大家を厨房に立たせてるって趙婆《ちょうば》に知られたら、俺の首が危ないんですがね」

「料理だって敏の仕事じゃないよ。料理人を雇えないのは、わたしにその甲斐性《かいしょう》がないからだ。それに、わたしは家のことをするのは、そんなに気にならないんだ」

女装して後宮にひそんでいた当時の遊圭は、下級女官として掃除も洗濯も料理もたっぷり学ぶ機会があった。都の自邸でも、私室や書斎などの汚れが気になると自分で掃除してしまうので、使用人たちの仕事を取り上げるつもりかと、よく趙婆に叱られていた。

庭仕事や、鳩と馬の世話といった外の仕事が中心で、厨房や邸《やしき》の奥に上がることのなかった竹生よりも、家事は得意かもしれない。

「俺も、料理を覚えるのは嫌じゃないですよ。大家が小さかった時、よく城下の酒楼の厨房をのぞき見して歩きましたよね」

竹生が懐かしいことを思い出させる。遊圭は何の苦労もない官家の御曹司だったが、虚弱体質で胃腸が弱いために、油脂や肉類を多用した贅沢《ぜいたく》な食事を禁じられていた。その反動もあって、竹生と外出するたびに、こっそりと酒楼の料理や、厨房の調理風景を眺めるのが好きだった。

「ああいうの、大家はもう食べていいんですか。この羊湯と麵を売ってくれる麵飯店の親父さんが、俺に料理を教えてやろうかって言ってくれるんですよ」

「わたしや胡娘の作る食事は、物足りないか。敏は力仕事が多いからな」

遊圭や胡娘が作る、薬食中心の簡単かつ質素な食事に、竹生は不満があるのかと、遊圭は心配する。竹生は慌てて首を横に振った。

「そうじゃないですけど。そうですね。たまにはこってりしたのもいいんじゃないでしょうか。大家は、もう少し太った方がいいですよ。それに、西沙州の料理を覚えて、都に帰ったらみんなに食べさせてやりたいです」

遊圭の口元に、無意識の笑みが浮かんだ。

「うん。いい考えだ。胡娘は、わたしのような気虚《ききょ》体質には羊肉がいいと勧めていたからね。胡娘にとっても羊料理は故郷の料理だし、ここでも敏がいろいろ作ってくれたら、とても助かるよ。そういえば、胡娘はまだ帰らないの」

「今日は急病のお客さんに調合する薬があったとかで、施療院へ薬の配達に出るのが遅くなったんですよ。でも、もう帰ってきてもいいころあいですよね。先に食べますか」

「いや、待つよ。それとも途中まで迎えに行った方がいいかな。日が暮れたらいくら胡娘でも危ない」

薬師が本業の胡娘だが、馬術と弓術は本業の騎兵並みの腕前を持つ。いったいどんな半生を送れば、そうした技を身に付けられるのか謎であるが、なんとなく訊《き》きそびれて今日までできている。

「胡娘さんより、女ひとりと侮って、絡んでくる連中のほうが危なそうです」

竹生はにっと笑う。

「確かに胡娘は並みの男子よりは強いけど、多勢に無勢というのがあるからね。与太者というのは、たいていつるんでうろつき、連れのいない人間を襲うものだから」

遊圭が厩《うまや》から金沙を引き出そうとしたとき、カッポカッポとゆったりとした馬蹄《ばてい》の音とともに胡娘が帰ってきた。

遊圭は駆け寄って胡娘の馬の手綱を取った。

「何があったの」

「別に、何も」

胡娘にしては口数が少なく、明らかに何かあったという沈んだ声で、馬上から返事がおりてきた。遊圭が顔を上げると、外套《がいとう》の頭巾《ずきん》をおろした胡娘の顔は少し青ざめている。

「何もなかった、って顔じゃないよ、胡娘。それとも、具合が悪いの？」

「そうだな。少し寒気がする。患者に風邪をうつされたかな」

胡娘はあっさりと同意して、滑るようにして鞍《くら》からおりた。

「熱はない？　葛根湯《かっこんとう》を作ろうか」

「うん。頼む」

その日の夕食はひどく静かだった。胡娘は心ここにあらずという表情で、遊圭が水を向けても反応が鈍い。

食事を済ませて洗い物も終えるころには日が沈む。遊圭は燭台《しょくだい》に灯をつけた。

「胡娘、生薬の台帳はわたしがつけておく。疲れているのなら、今夜は早く休んだ方がいいよ」

就寝前のお茶を淹《い》れて胡娘の部屋に運び、遊圭は胡娘にいたわりの言葉をかけた。

胡娘はうつむいていた顔を上げ、胸元に広げていた手を握っておろす。握りしめた手から、袋の端と紐《ひも》がはみ出していた。遊圭は、まずいところに来てしまったかと戸惑う。

「悪いな、遊々」

揺れる灯火に、胡娘の麦わら色の長い睫毛《まつげ》が影を落とす。儚《はかな》げに微笑んだ胡娘の目尻《めじり》に小皺《こじわ》が寄った。遊圭ははっと胸を突かれる。

胡娘の年齢を訊いたことはないが、もう三十路《みそじ》はとうに超えたはずだ。

昼間に橘真人と交わした会話のせいだろうか、脈絡もない問いが歯の間から滑り出た。

「胡娘が故郷を離れてから、今年で何年になる？」

胡娘は巴旦杏《アーモンド》の形をした目をはっと見開いて、遊圭を見つめた。青灰色の瞳《ひとみ》に悲しみとも困惑ともつかない炎が揺れた。遠くを見つめながら、胡娘は少し考え込んだ。

「星家に引き取られ、遊々と出会ってからもう十二年か。金椛国《ジンファ》に来るのに二、三年かかったから、およそ十五年になる。早いものだな」

そうつぶやいてうつむき、カミツレ茶を口に運ぶ胡娘の肩が、ずいぶんと丸く小さくなってしまったように遊圭には思えた。


「胡娘は、自分の生まれた国に、帰りたい？」

胡娘は顔を撥《は》ね上げて、驚いた目をして遊圭を見つめた。そして、胡娘は口を歪《ゆが》めて微笑む。

「たとえ帰りたいと思っても、私の祖国はもうない。私が生まれ育った都市は焼け落ちてしまった。そこにはいま、私には理解できない言葉を話し、私の知らない神を信じる民が移り住んで、聞いたことのない名前の国を建てたそうだ。だから、私にはもうどこにも帰るところはない」

遊圭の胸がぎゅっと痛んだ。帰る場所がこの地上のどこにもないなどと、胡娘が考えていたことがつらい。遊圭は目の奥が熱くなるのをこらえて言った。

「この国は胡娘の故郷になれないのかな。そりゃ、言葉も信仰も違うし、胡娘の髪や肌の色をとやかく言う人も少なくないけど。わたしは胡娘の家族だろ？　世界のどこにいたって、家族のいるところが、故郷じゃないのかな」

胡娘は、見ている方が切なくなるような笑みを湛《たた》えて、遊圭の肩をたたいた。

「もちろんだ。金椛のひとたちには世話になった。全部が親切ではなかったが、星家に引き取られて遊々に出会えた。全知全善の神が私をこの国に導いて、ここで生きろと命じられたのだから、ここが私の故郷で、遊々は私の家族だ」

床についてから、遊圭は国が滅ぶということの意味を考えた。

祖国はなくなったと胡娘は言ったが、彼女の同胞は大陸のあちこちに大勢いる。近隣の国々や、遠く金椛の地まで移住した現在でも、その言語と信仰は絶えることなく受け継がれてきた。

都には胡人の居住区もあれば、胡娘が信じる神の教会もある。遊圭は、胡娘が都でもこの嘉城市でも、同郷らしい胡人と交流があるのは知っていた。

胡娘と母語を同一とする胡人が、どれだけこの大陸に散らばっているのか、遊圭には想像もつかない。何万、何十万、いやそれ以上だろうか。祖国を持たないかれらは、父祖の国の名をいつまで、何世代先まで記憶していられるのだろうか。

そういえば、ルーシャンの故国、康《こう》宇国も朔露《さくろ》可汗国に征服されたと聞く。では、ルーシャンの祖国は失われたのだろうか。それとも夏沙王国のように、朔露可汗の支配のもと、隷属の民として生き続けるのだろうか。

金椛帝国にしても、建国されてまだ五十年かそこらだ。その前は遊圭と同祖の椛族によって建てられた紅椛《ホンファ》王朝であったが、その前は別の民族によってこの東大陸は支配されていた。その当時は支配者であった彼らの何割かは、化外《けがい》にある父祖の地へ戻ったが、その子孫の多くはいまも金椛国の領内に残り、徐々に椛族に同化している。

遊圭の小さな頭では、その果てすら想像のつかない大陸に生きる人々と、時代を超える王国の興亡を思い描くのは、不可能に近い。

ただ、なぜ、国は滅びるのだろう。人々は、滅ぼし合うのだろう、という問いだけがぐるぐると頭の中を泳ぎ続ける。

ルーシャンと遊圭のように年の差を超えて友人となったり、胡娘と遊圭のように、家族として慈しみあったり、共存したりすることは可能なのに。ルーシャンの末息子の芭《バ》楊《ヤン》や、国士太学でともに学んだ史《し》尤仁《ゆうじん》のように、母国を異にする両親の間に生まれてくる子どもたちも、無数に存在するのに。

あれこれと思い悩んでいるうちに、遊圭は不安な眠りに落ちていった。

翌日、いつも通り調合を終えた薬を施療院に配達しようとする胡娘を、遊圭は引き留めた。

「役場の方は休みをもらってきたから、施療院にはわたしが代わりに薬を持っていく。胡娘は今日はゆっくり休むといいよ」

胡娘は困惑して肩をすくめる。

「大丈夫だ。生薬もだが、薬食の食材は、新鮮な方がいいから、旬のものを選んで持っていきたい」

「自分の体調が良くないのに、無理を押して行くことはないよ。そういうの、医者の不養生っていうんじゃないかな。施療院には専属の医師もいるんだから」

押し問答の末、胡娘は意志を曲げず、遊圭がついていくことで話がまとまる。遊圭は休みの日なのに、家事を手伝えないことを竹生に詫《わ》びた。

「掃除や洗濯がそもそも大家《ターチャ》の仕事じゃないんですから、謝ることないんですよ。大家も胡娘さんも、毎日外向きの仕事で忙しいですし」

「でも敏ひとりで家を切り回すのは大変だ。昨日も言ったように、庭の畑や掃除はともかく、洗濯と料理は敏の仕事じゃない。家長のわたしに家政婦を雇う甲斐性《かいしょう》がないんだから、家事を手伝うのは当然だ」

遊圭がいたって真面目に主張すると、竹生ははにかみながら微笑み返した。

「そのお気持ちだけでうれしいですよ。徒の刑期が明けて稼げるようになったら、内向きの使用人を入れて、俺に楽をさせてください。あ、そのころには明々さんが内に入って家政を仕切ってくれますかね」

遊圭はぐっと言葉に詰まって、耳まで熱が上がった。手にした乗馬鞭《むち》で首筋を掻《か》き、逆襲を思いつく。

「どうだろうね。胡娘と明々が店を切り回して、わたしは学問に専念できるようになって、敏が内向きを仕切るようになるんじゃないか」

「ええっ」と竹生は抗議の悲鳴を上げた。

「じゃあ、行ってくるから」と言い捨て、遊圭は急いで家を出た。

嘉城の施療院には、壁と屋根のある建物はわずかしかない。石や日干し煉瓦《れんが》を積み上げた長屋状の平屋家屋の周囲を、傷病兵を収容した無数の天幕が囲んでいた。これでは遠征時の野営場と変わらない。

負傷によって戦線復帰できなくなった兵士は、冬が来る前に郷里へ送り返さなくては、十分な暖房のない天幕では凍死者がでてしまうだろう。

遊圭が事務兵を相手に生薬を納品している間に、胡娘は林立する天幕の間に姿を消してしまった。

「あれ、どこにいったんだろう」

遊圭がきょろきょろと見回していると、事務兵が端の方に固まった天幕群を指さして答えた。

「あっちの十虎部《じっこぶ》の方へ行かれましたよ。ありがたい薬師《やくし》さんですね。薬を納めるだけじゃなくて、傷病兵の脈も診てくれるんです。ここではよほど重篤でないと、医師に脈なんか取ってもらえませんから、助かってますよ」

「医師は何人いるんですか」

「医官がひとりと、疾医《しつい》と瘍医《ようい》の医生官に、薬工と医工がひとりずついるはずですが、あまり姿を見ませんね。あと、太医《たいい》主薬《しゅやく》が三日おきに巡回してきます」

ざっと見ただけでも、数百人の怪我人や病人がいそうだ。医者の数は足りていない。民間の薬師まで駆り出されるわけである。

「都から、もっと医師を寄こしてもらえないのかい」

「こんな辺鄙《へんぴ》なところまで、来たがる医師がいないでしょう」

事務兵はうんざりした口調で応《こた》えた。遊圭はそんなはずはないと反論する。

「太医署の医学生は、国費によって育成されているんだから、官医が辞令を受けとったら、親が危篤でもない限り拒否はできない。太医署に辺境の医師不足を報告しないのか」

「そういうのは、上つ方が判断されることですしねぇ」

あきらめきった表情でぼやいた事務兵は、金庫から取り出した軍札を数え、生薬代を遊圭に手渡すと、さっさと持ち場へと戻ってしまう。

遊圭は、皇帝の陽元に陳情の書簡を送ることをちらっと考えたが、一介の配流人がそんなことをしては、太守の面目を潰《つぶ》してしまう。次にルーシャンに会ったときに相談してみようと思い直し、遊圭はこの問題を心の隅に追いやった。

胡娘を捜しに、事務兵に示された十虎部という天幕群へと足を運ぶ。

自力で起きて動き回れる傷病兵は、戸外で包帯の洗濯や炊事をしつつ談笑している。靴や甲冑《かっちゅう》の修理をしている者もいれば、煙管《キセル》を回し吞《の》みしたり、手札やサイコロ遊びに興じたりする者もいた。彼らの頭や手足に包帯が巻かれていなければ、練兵のために野営中の軍団かと見間違えそうだ。

ひとつひとつの天幕をのぞき込んで、胡娘を捜す。五つから六つの低く簡素な寝台が並ぶ天幕の内側には、長く入浴できずにいる男たちの、汗や垢《あか》をため込んだ饐《す》えた体臭が濃厚に漂っている。遊圭は思わず鼻に皺《しわ》を寄せた。

みっつめの天幕をのぞき込んだところで、胡娘がひとりの兵士と話し込んでいるのを見つけた。ほかに傷病兵はおらず、胡娘は空の寝台のひとつに腰かけていた。

「では、公主の一行は、その胡人の医師に連れられて、間違いなく砂漠の奥にある、伝説の郷《さと》へと向かったのだな」

耳に飛び込んできた『公主』という言葉にぎくりとして、遊圭は厚い垂れ布にかけた手を止めた。行方不明の麗華公主のことだろうか。それ以外に、砂漠の周辺に金椛帝国の公主はいない。

『伝説の郷』なるものと、麗華の失踪《しっそう》が、遊圭の頭の中で結びつかずに、聞き取れた単語を脳内で並べ直す。

──死の砂漠の奥へ連れ去られた公主の一行──

いったいどういうことなのか。久しぶりに聞いた麗華の消息に、遊圭の鼓動は速まった。垂れ布を撥《は》ね上げて、天幕の中へと足を踏み入れる。

「麗華公主が、死の砂漠へ向かった、だって?」

突然の闖入者《ちんにゅう》に、胡娘は驚いてふり返った。目を飛び出さんばかりに怯《おび》えた兵士が、遊圭を見上げる。胡娘は人差し指を唇に当てて、シッと音をたてた。

「大きな声を出すな、遊々。人払いをしている意味がない」

胡娘は兵士にふり返り、安心させるようにその肩を軽くたたいた。

「この青年には聞かれても大丈夫だ。私の弟子で、息子のようなものだからな」

よほど怯えているのか、兵士の顔は青ざめ、膝《ひざ》の上に置かれた手は震えている。

「昨夜、胡娘の元気がなかったのは、この話のせい？」

遊圭は、兵士を挟んで胡娘とは反対側の寝台に腰をおろして訊《たず》ねた。麗華の消息を聞いて、胡娘が元気をなくす理由はひとつしかない。最悪の事態を思い浮かべた遊圭の掌《てのひら》に、じっとりと汗が滲《にじ》む。

「いや、公主のことは、さっき初めて聞いた」

胡娘は目を泳がせつつ、垂れ幕の隙間から射し込む陽光に顔を向けた。兵士がおずおずと身を乗り出す。

「あの、昨日は、胡人の女性で薬師って珍しいので、お名前を訊ねたんです。その、俺は夏沙領から撤退するときに矢傷を負ったんですが、そのとき手当てしてくれたお医者さんに、金椛国に帰ったら、麦藁《むぎわら》色の髪をしたシーリーンという名前の薬師を捜して、渡してほしいものがあると、託《ことづ》かっていた品があったので」

昨夜、胡娘が握りしめていた小袋が、遊圭の脳裏に蘇《よみがえ》った。

「夏沙人の医師に、矢傷を治療してもらったんですか」

遊圭は兵士に問い返した。

「はい。俺たちの部隊は、公主様を守って撤退していたので、朔露軍に追われたときに負傷した兵士は、公主様付きの医師に治療してもらったのです」

遊圭は中腰になって兵士に詰め寄った。

「では、公主様の消息を知っているんですね」

遊圭の剣幕に、兵士は驚き怯えて、申し訳ありませんと寝台の上を後ずさる。

「遊々、落ち着け。彼は公主一行と途中ではぐれてしまったのだそうだ。正確には、置き去りにされたらしい」

「置き去り？」

不可解な言葉に、遊圭は聞き返す。兵士は顎《あご》を突き出してうなずいた。

「ええ。王都から史安市へ向かう途中のある朝、いきなりいなくなっておられたんです。幼子と後宮からついてきたひと握りの宮女とふたりの宦官《かんがん》、そしてその宮廷医師も、みんな消えていました」

「それは、いつのことですか」

遊圭は蒼白《そうはく》になって訊ねた。蔡《さい》大官から夏沙王都陥落の報を聞いたこの初夏より遡《さかのぼ》って逆算する。年が明けて、春節から上巳《じょうし》節の間だろう。

「上巳節の、少し前です」

「ルーシャンは、捜索隊を出してくれたのか」

かすれ声で問いを重ねる遊圭に、兵士は怪訝《けげん》な顔で問い返した。

「あの、あなたはどういうひとですか？　青くなるほど公主様を心配したり、ルーシャン将軍を呼び捨てにしたり」

遊圭は、はっとして視線を落とす。

「わたしは、星遊圭といいます。麗華公主が降嫁された折り、典薬師《てんやくし》として同行したそちらのシーリーンの助手をしていました。当時は公主様の護衛隊長を務められたルーシャン将軍とは、いまも懇意にお付き合いをさせてもらっています」

遊圭は無理やり話をつなぎ合わせて、胡娘の顔を見た。胡娘は唇の片隅に笑みを浮かべ、小さくうなずいて同意した。

「そういうことだ」

兵士はそれを聞いて、ほっと息を吐いた。

「捜索隊は、たぶん出してないでしょう。公主様を捜しに行くべきかと、指揮官たちが騒いでいる間に、俺たちは史安市から攻めてきた東朔露軍と、夏沙王都から追ってきた朔露本軍との挟み撃ちになってばらばらになり、半分以上が死んだり捕虜になりました。殺されるよりはと、死の砂漠に逃れて史安市を迂回《うかい》した俺たちが、半死半生の体《てい》で楼門《ろうもん》関《かん》まで辿《たど》り着けたのは、奇跡でした」

遊圭は、兵士の語る生々しい戦場の報告に触れて、身震いがした。

「公主様は」

「ルーシャン将軍にも話したんですが、たぶん、死の砂漠の奥にある伝説の村に逃げたんじゃないかと思います。俺、少しだけ夏沙語がわかるんで、その医者が公主様の宦官と話しているのを、ちらっと聞いてしまったんです」

「ここまで話を聞いたところで、遊々が入ってきたんだ。昨日、彼に話しかけられたときは、ひとが多くて込み入った話ができなかったのでな」

兵士がおずおずと身を乗り出す。

「あの、俺が公主様のことをあなたたちに話してしまったことは、内密にしてください。これは極秘なんです。外部に漏らしたことが知れたら、首をはねられてしまう」

命拾いした彼の部隊は、みな固く口止めされているのだが、この兵士だけは、医師から胡娘への伝言を預かっていたので、その約束を果たすために、成り行きで話すことになってしまったのだ。

遊圭と胡娘は、彼から聞いたことは口外しないことを誓った。

「それで、その公主様と砂漠へ逃げた宮廷医師って誰？　わたしも会ったことがあるだろうか」

胡娘はふたたび視線を泳がせ、返答をためらう。

「いや、私たちが夏沙を去ったあとで、朔露の戦禍を避けて、西大陸から移住してきた医師のようだ」

遊圭は息を呑む。まぶたの奥で、白い光がちらついた。

「その医師って、もしかして」

故国が滅びる前、胡娘は医師の夫とともに診療所を営んでいたという。しかし、胡娘の家族は、戦禍によって散り散りになってしまった。早々に捕らえられ、奴隷としてはるか東方に売り飛ばされた胡娘は、生き別れた家族や親族の消息を知る術《すべ》がなかった。

言葉もなく、血の気の引いた胡娘の白い顔に、遊圭は言葉を失う。

「遊々、そろそろ帰らねば」

胡娘は硬い声で促し、兵士の手に布の包みを握らせると、礼を言って立ち上がった。

「砕いた胡桃《くるみ》と糖蜜《とうみつ》を小麦粉で練って焼いた胡菓子《こがし》だ。独り占めして食べるといい」

胡娘の強張《こわば》った笑みに、兵士は小さくうなずき、小声で礼を言った。


ふたりは、馬留まで無言で歩いた。遊圭は、麗華の消息や、胡娘の夫らしき医師の存在といった、いきなり投げ与えられた情報を、どう整理していいのかわからない。

遊圭たちが近づいてくるのを見て、金沙馬が嬉《うれ》しそうに鬣《たてがみ》を振り嘶《いなな》いた。引き綱を解きながら、遊圭は胡娘に訊ねた。

「公主様と一緒にいた医師は、本当に胡娘のだんなさんなの？」

胡娘は、遊圭の方を見ずにうなずいた。懐から、昨夜ひとりで握りしめていた小袋を出し、中身を取り出して遊圭に見せた。それは一枚の銀貨であった。里正が遊圭に握らせようとしたものと似ているが、一回り大きく、鋳込まれた横顔は別人のものだ。肖像画も、縁を囲む飾り文字も、摩《す》り減った形跡はなく、新品のように銀色に輝いていた。

「わたしたちが結婚した年に鋳造された銀貨だ。その年に国王が即位十年を迎えたので、通常の銀貨よりも銀が多く使われていて、価値も高い。私の両親から、持参金の一部として夫に授けられたものだ」

前後を整理して考えられることは、胡娘の夫は十五年前の戦禍を生き延び、西域のどこかで医師を続けていた。そして、この二年の間に朔露軍の侵略を避けて東へと流れ、夏沙王国で宮廷医師の地位を得たのだろう。

「それで、麗華公主から胡娘のことを知ったのかな。金椛にはシーリーンという名前の、胡人の女性薬師がいることを」

「そういう、ことだろうな」

胡娘の口調は淡々としていて、喜びや驚きは感じられない。

「捜しに、行きたい？」

遊圭はためらいつつ訊ねる。

「砂漠に消えた公主の一行をか。平和な時でも砂漠越えなど自殺行為だ。まして楼門関の外は、朔露軍がどこをうろついているか、わからないんだぞ」

「伝説の郷《さと》って、言ってたね。どういうことだろう」

胡娘は顔を上げて、西の地平へと目をやった。

「死の砂漠のどこかに、月牙《げつが》の形をした湖がある。その湖のほとりには、胡楊の森に守られた美しい郷があるという。そこでは小麦を育て、果樹を守り、駱駝《らくだ》の乳を搾り、羊を追って機を織る。争いはなく、四辺を万里の砂丘に守られて、平安のうちに暮らす人々の郷があると。しかし誰もそこへ行った者はいないし、帰ってきた者もいない」

「金椛にも似たような伝説はあるよ。山の彼方《かなた》に息づく桃源郷とか、海の果ての蓬萊島《ほうらいとう》。誰も行ったことのない楽園の話」

胡娘はうなずいた。

「砂漠に迷い込み、何日もさまよって生還した者がときに、砂漠の果てに森や城の蜃気《しんき》楼《ろう》を見たと話すことがある。追っても追ってもたどり着けない、逃げ水と変わらない。だから伝説が生まれるのだろう。私はそれ以上のことは知らない」

麗華は、祖国への帰還ではなく、伝説の楽園へ逃げ込むことを選んだのだろうか。

「私の夫は、根拠のない夢物語は信じない人間だ。楼門関を目指すよりも、その楽園を目指した方が生き延びられると判断したから、公主を連れて行ったのだろうとは思うが」

遊圭は金沙馬に飛び乗った。

「ルーシャンに会って話してくる。公主様のことは、国家機密だって教えてくれなかったけど。胡娘のだんなさんがかかわっているなら、放ってもおけないよ」

「あの兵士に迷惑がかかるのではないか。初めは公主のことは話そうとしなかった。ただ、私の名を聞き、夫の名を言って、この銀貨をくれようとしただけだった」

遊圭は少しのあいだ考え込む。

「公主様のことは、黙っているよ。西方からの移民の噂で、胡娘のだんなさんらしい医師が、難民たちと一緒にこちらに向かっていたはずなのに、途中で行方がわからなくなったので、調べたいんだって言えば、何か教えてくれるかもしれない。だんなさんの名前は？」

「ファリドゥーン」

かすかな甘みを含んだ声音に、遊圭は小さな針で胸を突かれる痛みを覚えた。とても儚《はかな》い微笑が、胡娘の口元に浮かんだような気がした。灰色の瞳《ひとみ》は常より青みを帯び、いまにも泣きそうで、同時にあきらめきった哀しみを帯びている。

「会いたい？」

胡娘はしばらく西方を仰ぎ見ていたが、弱々しく首を横に振った。

「どんな顔をして会えばいいのだ。私はファリドゥーンの息子を守りきれなかった」

胡娘のせいではない、と言おうとして、遊圭は言葉に詰まる。

「それでも、ファリドゥーンさんはいまでも胡娘を捜しているんだし、麗華公主のことも放っておけないよ」

四、伝説の地

関外の城塞《じょうさい》を見回り、楼門関《ろうもんかん》に戻れば、文武の高官たちと会議続きのルーシャンと会うのは、簡単なことではない。民間人の遊圭が、公務中のルーシャンに急いで会いたければ、楼門関の官舎まで行って、面会を申し込まねばならなかった。

嘉城から楼門関までは、馬で半日弱の行程だ。金沙の脚で急げば、二刻《にとき》で行けないことはない。楼門関まで行ったところで、今日中にルーシャンに会える可能性は低いが、この日は無理を言って役場の休みをずらしてもらったのだ。次の休みを待っていたら、それこそいつルーシャンに会えるかわからない。

百人から千人の部隊ごとに、訓練を終えた兵隊が日々関外の城塞へと送り出され、あるいは兵務の期間を生き延び、疲れ切った兵隊が戻ってくる。こうした兵馬の活動を支える大量の物資や食糧もまた、楼門関に運び込まれ、そして送り出されてゆく。

殺気立つ街の雑踏に圧倒されつつ、遊圭はルーシャンの官舎を訪れ、取次ぎを頼んだ。

幸運なことに、ルーシャンはこの日は関内にいた。太守の官府へ出向いているとのことだが、待っていればそのうち戻ってくるという。

何万という兵士を預かる游騎《ゆうき》将軍ルーシャンの官舎は、それ自体が大きなひとつの軍務局であった。二階建ての大きな石造りの建物で、一階には公務に関わる将兵や民間人が出入りし、そこで働いている。

雑多な人々が行き交うのを、遊圭がぼんやりと眺めていると、ふと通りすがった黒っぽい直裾袍《ちょっきょほう》の青年に声をかけられた。

「おや。星公子じゃありませんか。いつからこちらにいらしていたんですか」

不自然に甲高い声と、そして袖《そで》も裾《すそ》も広やかな直裾袍が、兵装の男たちであふれる辺境の官舎では場違いだ。宦官《かんがん》特有のつるりとのっぺりした顔は年齢不詳である。

遊圭はこのような場所に宦官がいることに意表を突かれたが、その人物が知った顔であったことも驚いた。立ち上がりつつ拱手《きょうしゅ》を組み、記憶の底からその名前を引き上げる。

「えっと、王《おう》、慈仙《じせん》さん、でしたっけ」

麗華公主の降嫁に侍従として夏沙王国へ随伴した、玄月の部下のひとりだ。

夏沙の宮廷に滞在中、金椛《ジンファ》帝国を揺るがす情報を得た玄月は、真夏の砂漠越えの危険を冒して、急遽帰国《きゅうきょ》の途についた。しかし、その行く手に賊軍が罠《わな》を張っていることを察知した遊圭は、玄月に追いつき警告するために、ルーシャンや胡娘と高原行路の強行軍を敢行した。王慈仙はその一行に護衛として加わり、遊圭たちと何日も困難な旅を共にしたことから、宦官ながらも気心の知れた相手であった。

遊圭は、現在は嘉城で胥吏《しょり》を務めていることを手短に話した。

「王さんは、お仕事でここに？」

どうして、帝都の後宮から何千里も離れた国境に宦官がいるのか、遊圭は近くに玄月がいるのではと、思わず周囲を見回しそうになるのをこらえて、不思議そうに訊《たず》ねた。

「昨年より楼門関における監軍使《かんぐんし》を拝命し、ルーシャン将軍の帷幕《いばく》に席をいただいております」

監軍とは文字通り、軍隊の監察をする役職だ。軍律が守られているか、軍幹部らが不正を働いていないかと目を光らせるだけではなく、作戦会議や軍務に関する合議においても発言権を持つ。

荒くれた将兵たちが闊歩《かっぽ》する中を、ひげのない、女性かと見間違えるような優しげな顔立ちに、裾長のゆったりとした薄墨色の直裾袍は、ひどく目立つ。

「おひとりで、ですか」

「もちろんです」

王慈仙はまったりと微笑んでうなずいた。見た目は男とも女ともつかない物柔らかな風情の青年だが、玄月が夏沙行きの侍従に選んだだけあって、有事には武器をとって戦う、文武両道の宦官である。

「その若さで監軍をお務めになるなんて、王さんはすごく優秀なんですね」

礼を失しはしないかと怖れながら、遊圭は言葉を選んだ。

宦官を蔑《さげす》む文官や軍人たちに囲まれ、たったひとりで皇帝の耳目を務めるのは、心身ともに大変な重責だろう。遊圭の戸惑いを察したように、王慈仙が微笑を返した。

「監軍には、大家《ターチャ》が最も信頼する者が派遣されますので、日頃から大家にお仕えする宦官が命じられることは、珍しくないのですよ。特に、少年時代から大家とともに学び、育ってきた青蘭会《せいらんかい》の宦官は、若輩ながらも重要な役目を仰せつかることが多いのです」

「青蘭会」

遊圭は鸚鵡《おうむ》返しに、どこか聞き覚えのある名前をつぶやいた。

「紫微宮の一角にある青蘭殿という宮殿をご存じですね。大家がご自身のために特別に改築させた鍛錬場ですが、その青蘭殿に出入りを許された十二人の宦官の会です」

「あの、玄月さんも、その青蘭会の？」

「もちろんです。青蘭会では体の鍛錬だけではなく、書経はもちろん、兵法の手ほどきも陶太監に受けたお陰で、我らは卑賤《ひせん》の出でありながらも、監軍の職務もどうにかこなせている次第です。もっとも、夏沙行ではひとりが欠けて、十一人になってしまいましたが」

遊圭は、紅椛《ホンファ》の賊軍から玄月の背中を守って、殉職した宦官がいたことを思い出した。神妙にこうべを垂れて、哀悼の意を表す。

「あのときは、気の毒なことでしたね。ちゃんとした埋葬も弔いもできずに、異郷に置き去りにしてしまって」

慈仙は、穏やかに首を横に振った。

「大家《ターチャ》の御代を守るために力を尽くしたのですから、本望でしょう」

遊圭は話の接ぎ穂を探したが、王慈仙に麗華の消息を訊ねることは賢明とは思えなかった。玄月の近況でも訊ねようかと思った矢先に、先に相手が話を続けた。

「私がこの任務を与えられたのは、夏沙王国への道中、ルーシャン将軍と行動を共にしたことから、信用が得やすいだろうと判断されたからですが、その任期も間もなく切れます。星公子とは、せっかく再会できたのに、またすぐにお別れで残念です」

「あ、そうなんですか」

遊圭は辺境で知った顔に会ったことに、無意識の安堵《あんど》を覚えていたせいか、ふたたび縁が切れてしまうことが残念に思えた。

「今日明日中には後任者が到着する頃合いなので、昨日から関内に戻り、将軍ともどもここで待っているのです。あ、もしかして、星公子はそれでここに呼ばれたのですか」

遊圭は口を「えっ」という形にして言葉を失くした。かつてはルーシャンと命を預けあった知己とはいえ、現在の遊圭は民間人である。ルーシャンの公務がらみで呼び出されることはない。

「いえ、今日は将軍にお時間があれば、お目にかかりたいと思って伺いました」

「嘉城にお住まいとおっしゃいましたね。それでは今夜はこちらにお泊りですか」

「いえ、閉門までに面会できなければ、あきらめて帰ります。今日しか仕事を休めないので」

王慈仙の瞳に驚きが浮かぶ。

「それでは、いますぐ将軍にお目にかかれたとしても、嘉城に帰り着くころには真夜中になってしまう。こんな辺境には城外に泊まれるところなどない。野宿は危険です。この官舎に部屋を手配させましょう。ご用件が何であろうと、日が暮れてから星公子を帰したと将軍がお知りになったら、私も門兵もとんだ罰を受けますよ。役場を一日くらい休んだからといって、この世の終わりにはなりません」

王慈仙は親切かつ強引に遊圭を引き留めた。確かに、徒によって課せられた労務を一日休んだところで、刑期が一日延びるだけのことだ。役場の業務が滞っているのは、昨日今日に始まった問題ではないし、遊圭が引き受ける責任でもない。

遊圭はありがたく王慈仙の好意を受け取った。

声の高さが多少耳障りなほかは、王慈仙は腰の低い穏やかな人物で、遊圭は玄月を相手にするときのように身構える必要はない。慈仙の言う通り、物騒な辺境地帯の夜間をひとりで歩き回る愚は犯したくなかった。

案内された部屋で休んでいると、ルーシャンが帰ってきたらしく、階下が騒がしくなった。王慈仙が遊圭を呼びに来て、ルーシャンと幕僚たちとの夕食の席に通された。見知らぬ無骨な軍人ばかりの会食者の中に、遊圭はよく見知った壮年の武官、達玖《タルク》の顔を見つけて安堵した。達玖は一昨年から一年ほど、遊圭の邸に寄宿して護衛を務めてくれたルーシャンの腹心だ。

「遊圭。よく訪ねてくれた」

ルーシャンは遊圭が楼門関の官舎まで立ち寄ったことを、単純に喜んで食堂に招き入れ、彼の幕僚を紹介してくれた。とはいえ、遊圭は公主の行方について、ルーシャンと一対一で話したくて来たのだ。これでは本題に入れそうにない。

「今日は千客万来だ」

やたらと上機嫌で、ルーシャンは盃《さかずき》を回した。遊圭は達玖と慈仙の間に席を取り、当たり障りのない近況報告や雑談で時間が過ぎていく。

そろそろ日が暮れて燭台《しょくだい》が必要かというころ、さらに来客が到着した。王慈仙の言っていた新任の監軍使であろう。遊圭は食堂に案内された人物を見て、思わず箸《はし》を落とした。

薄墨色の直裾袍に丸い宦官《かんがん》帽をかぶった、眉目《びもく》秀麗な年の頃二十二、三の青年は、遊圭ができるだけ遠く距離をおいてその健勝を祈っておきたい人物、陶玄月そのひとであった。

箸や盃を宙に浮かせたまま、ぽかんと口を開けて新来の客を眺めているのは、遊圭だけではなかった。

駐留する軍隊の数が膨張を続ける楼門関と、その周辺の城塞《じょうさい》には、極端に女性の人口が少なく、まして公の場で将兵の目を楽しませる美姫《びき》は存在しないに等しい。そのような辺境に、都の風雅と白檀《びゃくだん》の香りを全身にまとった青年が現れたのは、目の保養か、あるいは目の毒であったか。

長旅の疲れを感じさせない、玄月の冴え冴《ざ》えとした美貌《びぼう》は、再会するたびに磨かれていく。ぼうっと注がれる幾対もの視線に、玄月が雅《みやび》やかな微笑で会釈し、宦官には珍しい低く透き通った声で遅参を詫《わ》びると、あちこちで箸や盃を取り落とす雑音がした。

「お久しぶりです、ルーシャン将軍。ご健勝のようで、何よりです」

玄月は滑らかな動作で抱拳《ほうけん》の礼をとる。玄月の言葉遣いが以前より丁寧になったのは、ルーシャンの地位があがったためだろうか。

「玄月殿、予想はしていたが、やはり新任の監軍使は貴殿だったか。劉《りゅう》太守への挨拶《あいさつ》はもう済ませたのか」

ルーシャンの朗らかな歓迎の言葉に、玄月は艶然《えんぜん》と微笑み返した。

「ええ、大過なく到着したと報告して参りました」

てくる。

武張った作法ですら優雅にこなす玄月が、宦官に落とされ男性性を奪われたのは、生まれつきの美しさと、神童とも謳《うた》われたその頭脳を、天が嫉妬《しっと》したからではとすら思えてくる。

「懐かしい面々がこんな辺境にそろうとは、なにやら天の配剤という気がしてくるな」

ルーシャンは一座を見回し、遊圭の顔を見てにやりと笑った。玄月は遊圭に視線を当てても驚いたようすもなく、無表情に会釈する。遊圭は緊張して強張《こわば》った会釈を返した。

ルーシャンの幕僚たちとの会食は、王慈仙の送別と、玄月の歓迎を兼ねた宴会となり、乾杯が重ねられる。

元服して二年になる遊圭だが、飲酒の習慣はなく、こうした席は数えるほどしか縁がなかった。小さな盃でも、二回も干せば顔が火照《ほて》り、目が回る。周り中おとなだらけで、誰も彼も競うようにして盃を干しては、だれかれ構わず乾杯を勧めている。王慈仙はいつの間にか席を立って玄月とルーシャンのそばへと移ってしまい、達玖《タルク》がそれとなくかばってくれなければ、代わる代わるやってくる武官たちの盃をうまく断ることもできずに、早々に酔い潰《つぶ》れてしまっていたであろう。

とてもではないが、ルーシャンとふたりだけで、麗華公主や伝説の郷《さと》の話などできそうにない。しかし、西域生まれの達玖ならば何か知っているのではと、遊圭は声を低くして話しかけた。

「達玖さんは、死の砂漠のどこかにあるという、伝説の郷のことをご存じですか」

達玖は黒く濃い眉毛《まゆげ》の下から、探るようなまなざしで遊圭を見つめた。遊圭が質問したことを後悔し始めたころ、低く重たい声でおもむろに語り始める。

「どこにでもある伝説です。太古の昔に滅んだ王国の財宝が、いまも砂漠の胡狼《ころう》に守られて眠る廃墟《はいきょ》。食器や靴だけが残された無人の村にたどり着いたものの、拾い上げようと手に取れば、何もかもたちまち砂や埃《ほこり》となって崩れ去り、気がつけばただひとり黄色い砂漠の中に立ち尽くしていた旅人の話。俺の育った村には、胡楊の郷へ行ってきたという老人がいましたが、砂漠で蜃気楼《しんきろう》の森を見ただけだろうと、誰ひとり信じませんでした。老人は死ぬまで、村の誰彼かまわず捕まえては、胡楊の郷に残してきた女のことを話し続けていました」

「では、その胡楊の郷は伝説ではなく、実在している可能性はあるんですか」

「星公子。人間が暮らしていくのに、水と緑だけでは無理ですよ。水場があれば、多少は生き永らえるかもしれませんが、村を作るとなると穀物や野菜、家畜を育てる必要がある。家も建てる。布を織って服も作るでしょう。そのための道具や材料はどうしますか。胡楊の木から、それなりの道具は作れるかもしれませんが、堅い木を伐採して加工するには、金属の刃物が要る。金属の道具は、できた物を買うにしても、作るにしても、原料の銅や鉄は砂漠にはありませんから、交易によって得なくてはならない。ところが、商人たちは誰も、そんな郷がどこにあるか知らない。砂漠で道を失った者が、たまたま行き着けたとしても、帰ってくる者もほとんどいないという陸の孤島です。村を作るために必要な道具や食べ物を、どこからも運んでくることができないのです。そんなところで伝説の楽園を作れると、本当に思いますか。少しでも方角を読み違えれば魔物に取り憑《つ》かれて、飢えと渇きで干からびて死ぬまで、同じ所を回り続けることになる死の砂漠ですよ。金椛に伝わる理想郷、緑豊かな山懐にあるとされる、桃源郷とは違うんです」

遊圭の軽く酔った頭に、達玖《タルク》の思慮深い言葉が沁《し》みこんでくる。達玖は宴の喧噪《けんそう》を避けるように、遊圭の耳にささやいた。

「だから、もし星公子が麗華公主を捜しに、死の砂漠へ飛び出そうなどと考えておいでなら、やめておきなさい」

遊圭が楼門関までルーシャンに会いに来た理由は、とっくにお見通しのようであった。言葉を返せずにいる遊圭に、図星をついたことを確信した達玖は、酒気混じりの息を吐きながら残念そうに訊《たず》ねる。

「公子は、誰からその話を聞きましたか」

胡娘の夫との約束を守った兵士に、迷惑がかかってはいけない。遊圭は目を泳がせながら言葉をつくろう。

「あの、胡娘が、十五年前に生き別れになった夫が、その伝説の郷にいるかもしれないという話を移民から聞いたそうなんです。何度も西域行路を行き来したことのあるルーシャンや達玖さんなら、その郷について何か知っているんじゃないかなと思って」

最初から最後までしどろもどろになって説明する。

達玖の右の眉がくいっと上がるのと、ふたりの背後から低く透き通った声が降ってきたのが同時であった。

「シーリーンの夫は、医師であったな」

遊圭はぎょっとして、手にしていた冷まし湯の茶碗《ちゃわん》を取り落とした。こぼしたぬるま湯を慌てて袖《そで》で拭《ふ》いた遊圭は、振り返って背後の人物に苦情を申し立てる。

「玄月さん！　立ち聞きしてたんですか。背後から忍び寄っていきなり声をかけるのは、どうかと思います」

「達玖殿は気づいていたが？」

王慈仙を隣に従えた玄月の目配せに、達玖が笑いを噛《か》み殺しつつ盃を干した。

胡娘が、祖国では医師の夫と診療所を営んでいたことは、星家の誰もが知っていたことだ。後宮の人事に精通した玄月が、胡娘の過去をあるていど把握していたことは、だしぬけに背後から話しかけられるほどには、遊圭を驚かせはしなかった。

「胡娘の生き別れた夫とやらの話を詳しく聞きたい。遊圭、こちらへ」

相変わらず、玄月には有無を言わせない威厳がある。ためらう遊圭に選択の余地はなく、どういうわけか達玖も席を立って遊圭についてきた。食堂を横切るときに、玄月とルーシャンの間で目配せがあったのを、遊圭は見逃さなかった。

連れて行かれたのは二階の奥、二間続きの広々とした高級武官用の居室だった。しかし達玖《タルク》やルーシャンの居室ではなく、監軍使に割り当てられた部屋と遊圭が察したのは、あたりに薫香の薫りが漂っていたからであった。

執務室や応接室も兼ねているのか、広い前室には執務用の書机と、大きな円卓が備わり、円卓の周りには来客用の椅子が四脚、用意されている。

玄月は書机の向こう側に腰を下ろし、慈仙は遊圭の隣に腰掛けた。達玖は扉の横に直立の姿勢となった。それは、廊下の気配を警戒しているようにも、中の人間が逃げ出さないように出口を塞《ふさ》いでいるようにも受け取れ、遊圭は緊張で胸が苦しくなってきた。

玄月は食堂では絶やさなかった、優しげな微笑をきれいに拭《ぬぐ》い去り、遊圭の見慣れた冷然とした無表情に戻っている。それはそれで馴《な》染《じ》んだ光景ではあるが、ついさっきまで友人や知人だと思って談笑していた人々が、急に敵とも味方ともわからなくなった居心地の悪さに、どうにも尻《しり》が落ち着かない。

すぐに話を切り出そうとしない玄月の沈黙に耐えかねて、遊圭が先に口を開いた。

「玄月さんが監軍使に任命されたということは、東廠《とうしょう》から異動なさったのですか」

「李《り》徳《とく》・旺元派や、紅椛党の反政府分子はほぼ粛清した。喫緊《きっきん》の問題は、朔露《さくろ》可汗国の侵略対策だ。前線の情報をできるだけ正確に、かつ迅速に大家《ターチャ》にご報告申し上げねばならない、というのは表向きの理由で——」

そこでいったん言葉を切った玄月は、怜悧《れいり》な瞳《ひとみ》で遊圭を見据えた。

「内侍省《ないじしょう》の内部調査に、熱心な宦官がいる。李綺令史《りきれいし》というのだが、反乱分子の根絶が一段落してからは、特に大家の信任の厚い宦官の身辺を嗅《か》ぎ回るようになった。私の場合は、どこかの軽率な公子のしくじりのお陰で外戚《がいせき》との癒着を疑われ、痛くもない腹を探られるのも面倒なので、大家の温情を賜って辺境に飛ばされた次第だ」

暖房の入っていない肌寒い部屋にいるにもかかわらず、遊圭の背中に汗が滲《にじ》んできた。

李綺は外戚の遊圭を憎みつきまとった東廠の宦官だ。謀叛《むほん》を疑われた友人を遊圭が匿《かくま》い、逃がした証拠を探し当て、告発して流刑にまで追い込んだ。

李綺はそれ以前にも、遊圭に間諜《かんちょう》の嫌疑をかけて拘禁したことがある。そのときは玄月を呼び出して無実を証言してもらい、釈放されたのだが、それを逆恨みして玄月にもまとわりついていたらしい。

「どうもすみません」

素直に頭を下げた。玄月は表情を変えずに話を続ける。

「どの道、東廠勤務における目的はすでに果たした。特に手柄を立てたわけではないので、昇進よりは左遷の方が、異動の口実としては都合がいい」

「私は左遷されていたのですか」

慈仙がおどけた口調で口を挟む。

辺境勤務とはいえ、監軍職は五品位より上の将軍にも意見し、諸将の軍事運用を査察調査した結果を皇帝に上奏し、処罰の対象を決める権限まで有する。若手の王慈仙にとって、楼門関への赴任は、その有能さを見込まれての栄転であったことは間違いない。

玄月は淡い笑みを同僚に向けた。

「李綺のような中央指向の連中には、そう思わせておくことが都合がいいのだ。中央から遠く離れ、大家《ターチャ》の信頼を背負って、自分自身の判断で動ける宦官は少ない」

それ以前に、宦官と官僚の両方の組織の内部調査を行う、東廠のような機関に勤め、特別な任務でも帯びていない限り、宦官が宮城の外で活動することはほとんどない。

宦官とは、貧困に耐えかね後宮に職を求めるために自宮した者か、死罪を免れるために腐刑《ふけい》によって去勢されることを選んだ犯罪者のどちらかである。男を捨てて後宮の裏口から皇室に取り入り、皇族の寵《ちょう》を得て巨万の富を貯め込み、皇帝の威を笠《かさ》に着て政治に介入する宦官を、何年もかけて学問に打ち込み、厳しい試験地獄を勝ち抜いて官職を得た官僚は、露骨に嫌悪し差別する。

いっぽう民衆は、かれらを奇異の目で見ることはあっても、老宦官にありがちな悪臭でも放っていない限り、積極的に差別したり迫害することはない。とはいえ『普通』の人々の中に置かれた宦官は、男でも女でもないというおのれの異端を目の当たりにして気に病み、孤独に耐えかね、同族を求めて宮中に留《とど》まりたがるのが常だ。

それでも、皇帝の勅命があれば、たとえそれが地の果てでも、単独で赴かねばならないのは、官僚も宦官も同じであった。

「楼門関の防衛は国家の一大事だ。大家の関心はいまこの西沙州にある。ただ、大家のお心を悩ませているのはそれのみではない」

玄月はそこで言葉を切って、達玖《タルク》が無言で開いた扉へと顔を向けた。

「待たせたな」と豪快な挨拶《あいさつ》をふりまきながら入ってきたのはルーシャンだ。

遊圭は反射的に立ち上がり、玄月と王慈仙も起立してルーシャンを迎える。

「遊圭まで巻き込むことになるのか」

ルーシャンは遊圭の緊張した表情を見て、眉を曇らせた。遊圭は何に巻き込まれているのか皆目見当がつけられないまま、一同を見回した。

玄月が軽く首を左右に振る。

「巻き込む前提はありませんが、麗華公主を拉致《らち》したと思われる胡人医師について、耳寄りな情報を持っているようでしたので、話を聞くために連れてきました」

遊圭は耳を疑った。玄月は、麗華が胡娘の夫に誘拐されたと考えているらしい。

玄月は遊圭に向き直って、この面子《メンツ》をこの部屋にそろえた理由を話し始めた。

「麗華公主の失踪《しっそう》について、ルーシャン将軍と王監軍は、帰還した兵士や夏沙の避難民への聞き取り調査を進めてきた。兵士たちは、麗華公主は史安《シアン》市までの途上、乳飲み子の王子と数人の側近とともに、忽然《こつぜん》と姿を消したと証言した。また、麗華公主はかねがね、金椛《ジンファ》へは戻らず、胡楊の郷を目指したいと側近たちに洩《も》らしていたという。しかし、帰還軍とともに楼門関にたどり着いた夏沙の宮人には、同行していた宮廷医師が、秘密裡《ひみつり》に公主一行を連れ去ったと考える者もいる」

「宮廷医師……」

遊圭は無意識につぶやいた。

「この医師は、康《こう》宇国より北東にある小さな都市国家カラが、朔露に征服された折りに、夏沙王国へ亡命してきた胡人とされている。西方の状況について憂慮するイナール王と引見することが重なり、気に入られて宮廷医師に取り立てられ、麗華公主の出産にも立ち会った。出産後は王と王妃の信頼はさらに厚くなり、王都陥落時には麗華公主のそばに控え、金椛軍の撤退とともに王都を脱出した」

遊圭は淡々と語る玄月の口元を眺めながら、胡娘の夫である胡人医師と、麗華公主を連れ去った宮廷医師を、ひとつの人物像におさめることができずにいた。

「この胡人医師の来歴を詳しく調べようとしたが、避難亡命してきた夏沙人たちもよくは知らない。この医師が亡命してきたカラという都市は、金椛国の地図にも朝貢国要覧にもその名を記していない。同時期に夏沙に流れてきた難民たちとは、顔立ちや発音も異なっており、その出自も謎だそうだ」

砂漠や荒れた山岳地帯、あるいは乾燥した高原に点在し、飛び石のように大陸の東西をつなぐ都市群は、一都市でひとつの国であることも珍しくなかった。時に夏沙王国のようにゆるやかな連合都市国家の形態を取ったり、膨張する朔露可汗国といった強力な国体に呑《の》み込まれたりすることはあっても、個々の都市は自治を保ち、時に繁栄を誇り、時に細々と生き延びてきた。

しかし、胡娘の祖国は、遊圭が物心つく前にはすでに滅んでいたのだ。生き残った国《くに》民《たみ》は大陸中に拡散して、移住した土地に溶け込むために、その祖国の名を口にしなくなっていたとしても不思議はない。

「夏沙王都に至る前に、夏沙領の最西の城市ハタンにも、しばらく滞在した形跡があり、その当時の行動は明らかではない。それゆえ、朔露に与《くみ》し、イナール王に反旗を翻したザード侯との関係も疑われている」

ここにきて、遊圭は玄月のいわんとすることを漠然と悟った。

「この医師は、朔露とザード侯が夏沙王都に送り込んだ間諜だというのですか」

「可能性として、あり得る。何ヶ月でも籠城に持ちこたえられたはずの王都が、たったの二ヶ月で陥落したのは、内通者がいたからだ。ザード侯が自分の生まれ育った王都の弱点を知りぬいていた可能性もあるが、その備えをイナール王がしていなかったとは考えにくい。そして難民に間諜を紛れ込ませて次の侵攻国に送り込み、内部から攪乱《かくらん》、内応させるのは、朔露可汗の使う常套《じょうとう》手段だ」

遊圭は、汗の滲む掌《てのひら》が気持ち悪く、なんども手を握ったり開いたりした。

「もしその医師が朔露の送り込んだ間諜だとして、夏沙王都が陥落した時点で、役目は終えてますよね。わざわざ撤退する金椛軍と一緒に逃げたり、麗華公主を誘拐する理由がありません」

胡娘の夫が、敵国の間諜として働いている上に、麗華を害するような人間だとは、遊圭は思いたくない。

「ザード侯が夏沙王位を継承するために、イナール王の血を引く王子が生きていては都合が悪い。また、西方では先王の妃妾《ひしょう》をも新王の後宮に納めることで、王位継承の完了とする風習もあるらしい。麗華公主を取り戻すために撤退に同行し、隙を見てうまく言いくるめ、引き返させたのかもしれない」

「でもそれは、すべて憶測ですよね」

遊圭は、強く言い返した。遊圭が知る限り、玄月は確証のないことを、憶測で語ることを嫌う人間のはずであった。

それまで黙っていたルーシャンが、指先で卓を叩《たた》いて会話に入る。

「麗華公主の消息がどうあろうと、ザード侯が夏沙王になろうと、我々にできることは、ここで朔露の来寇《らいこう》を待って国境を死守することだ」

「それは、麗華公主を見捨てるということですか」

遊圭は気色ばんで言い返した。ルーシャンは厳しい顔つきで断言する。

「生きているかどうかも、わからんのだぞ」

不安のために青ざめていた遊圭の頬に、赤みが差す。玄月が冷静に口を挟んだ。

「公主一行の天幕は、荒らされていなかった。側近たちの荷物もきれいになくなっていたという。公主様は無理やり拉致されたわけではない。自らの意志で、その医師についていったと思われる」

「だから、公主様の安否を確かめなくてもいいと言うんですか」

「落ち着け、遊圭」

ルーシャンに言われ、遊圭は浮かしていた腰を下ろして、気持ちを落ち着ける。

「遊圭の気持ちはわかるがな。確かめようがない。史安市から西の天鳳《てんぽう》行路は、朔露可汗の手に落ちた。関外はどこに朔露の尖兵《せんぺい》が潜んでいるかわからん。捜索隊を送れば、必ずどこかで鉢合わせになって戦闘が始まる。朔露軍を避けて死の砂漠を横断したところで、公主一行を見つけ出せる確証はどこにもない。遊圭、砂漠を甘く見るな」

玄月は片手を上げて、ルーシャンを遮り、遊圭に向き直る。

「遊圭、その胡人医師はシーリーンの生き別れた夫だと言ったな。確証はあるのか」

「名前とおおよその年齢、外見の特徴は一致しているそうです。そして、その人物はシーリーンという名の女薬師を捜しています」

遊圭は、銀貨について口にすることは避けた。

「その胡人医師が朔露の間諜《かんちょう》として、公主様を拉致して連れ戻すのが目的だったのなら、金椛国のどこにいるかわからない胡娘に、自分が生きていることを伝えようとはしないと思いますが」

玄月は首をかしげた。

「医師の伝言には、公主様のことは言及されていなかったのか」

遊圭は目を細めて、今朝の記憶をたどった。少なくとも、兵士は公主の失踪について触れるつもりはなかった。胡人医師の伝言と硬貨だけを、胡娘に伝えようとした。

「されていませんでした」

玄月は滑らかな顎《あご》を指先で撫《な》でつつ、いぶかしむ。

「行動に整合性がとれないな。いったい何者だ。その医師とやらは」

確かにそうだ。胡娘を妻として取り戻したいのなら、帰還する金椛軍について金椛国へ亡命すればいいことだ。胡娘のことは麗華公主から詳しく聞いていたはずだから、人違いを疑うこともなかっただろう。さまよい込めば必ず方角を失い、渇きに命を落とすといわれる死の砂漠の、どこにあるかわからない伝説の郷に逃げ込むなど、正気の沙汰《さた》ではない。

もし朔露とザード侯の手先となり下がって、麗華公主をだまして夏沙王都へ連れ戻すのが目的だったのなら、いまさら胡娘に自分の生存を知らせる必要もない。

玄月はルーシャンに詫《わ》びた。

「申し訳ありません。遊圭の話から、くだんの医師の正体がわかるのではと期待しましたが、たいして役に立つ情報ではないようです」

勝手に立ち聞きした上に、尋問目的で連れてきて、何を言い出すのかと遊圭はむっとしたが、口を開く前にルーシャンが玄月に応じる。

「正体はともかく、身元はわかったのだから、まったく無駄でもあるまい。シーリーン殿は、夫の消息が知れて、さぞかし落ち着かないことだろう」

ルーシャンの後半の言葉は、遊圭に向けられていた。遊圭はここぞとばかりに身を乗り出す。

「ええ。それで将軍に相談に来たのです。もしその胡楊の郷が実在するのならば、そして麗華公主がそこにいるかもしれないのなら、なおさら真相を確かめる必要があります」

ルーシャンは唸《うな》り声を上げた。椅子の背もたれに寄りかかって、赤いあごひげを引っ張りながら天井を見上げる。

「知っているやつはどこかにいるかもしれんが、まず見つからんな」

「それは、ルーシャンは胡楊の郷が実在すると考えているってことですか」

「実在するかもしれないし、しないかもしれない」

ルーシャンは謎めいたことを言った。それから不意に無骨な右手を上げて、西の方角を指さした。

「史安城から二百里ほど南に、砂丘に埋もれた巨大な廃墟《はいきょ》がある。そこには、かつて夏沙の王都にも劣らぬ城塞《じょうさい》都市があった。水の豊かな湖のほとりに建つ、麦や牧草の豊富な国であったという」

「それが、廃墟に？　戦争のせいですか」

「いや、湖が干上がってしまったのだ。そのために、その土地には誰も住めなくなってしまった。五百年前のことだとも、千年前だったともいうな」

遊圭はそんなことがあるのかと驚いた。その都市の人々は、どこに行ってしまったのだろう。

「言い伝えによれば、湖は干上がったのではなく、砂漠の奥へ奥へと移動していったともいう。そのために都の民は、湖を追って砂漠の中へ消えた」

ルーシャンは一呼吸おく。

「その民は、いまもさまよう湖を追って、永遠に砂の海を移動し続けていると信じる者は少なくない」

遊圭のまぶたの裏に、陽炎《かげろう》の彼方《かなた》を、逃げ水とともに放浪する人々の群れが浮かんだ。

「でも、家畜はともかく、森や麦畑は移動できないんじゃないですか」

懐疑的な遊圭に、ルーシャンは肩をすくめて見せた。

「だから、伝説だ。胡楊の郷を指す伝説はひとつやふたつじゃない。夏沙の西には、かつて死の砂漠を縦断する大河が流れていた。劫河《こうが》といって、現在も春には天鋸《てんきょ》山脈から大量の雪解け水が砂漠へと流れ込み、吸い込まれていく。劫河が一年中砂漠を流れていた時代には、その河に沿っていくつもの都市や村があったが、何千年も過ぎる内に川筋が変わったり、干上がったりしたために、次々に放棄された。劫河とその支流の川床跡には、いまでも城塞の廃墟が無数にある。大半の住人は天鳳山脈か天鋸山脈の裾野《すその》に移住したが、大河の支流の湖では、人々は孤立していくことに気がつかず、そこで暮らし続け、ついに死の砂漠に永遠に閉じ込められてしまったという。伝説の郷へ行ってきたとうそぶくやつらが訪れたのは、文明から隔離されても湖の水が涸《か》れることなく、今日まで生き延びてきた村のひとつかもしれんな」

遊圭は、砂漠の海を漂う緑の小島の風景をぼんやりと思い浮かべる。水はある。緑もある。砂漠に迷って渇きと空腹でたどり着いた旅人の目には、限りなく美しい楽園として映るだろう。だが、人界から孤絶した小さな緑地に、人間が集まって暮らしを営むことはできないという達玖《タルク》の言葉は、きっと正しいのだろうと遊圭は思った。

五、都の花

『明々

元気でやっていますか。

前の便では乾物と漬物をありがとう。このあたりでは育たない青菜の漬物は、とても懐かしい味でした。

わたしは仕事にも慣れてきて、なんとかやっています。初めのうちは言葉が通じなくて苦労しましたが、隣人も職場も、打ち解ければ親切なひとばかりで、世話になりっぱなしです。こちらの冬は厳しく、また一年の半分は中原の冬と変わらない寒さという話なので、いまから毛皮を買い集めたり、上着の打ち合わせや布団に羊毛を仕込んだり、燃料の薪《まき》や獣糞《ふん》を倉庫がいっぱいになるほど溜《た》め込んだりと、冬の準備に忙しいです。

この手紙が明々の手元に届くころには、こちらには雪が舞っていることでしょう』

明々は顔を上げた。薬種屋の明かり取りの窓を上げて、外をちらつく小雪を眺める。もうすぐ日が暮れてしまう。そろそろ店じまいをしなくてはならない。

明々は戸締りをすませると、また机に戻り、十二通の書簡を並べた。書かれていることはほとんど西沙州の気候や風物、珍しい食べ物についてだ。国境に聳《そび》える楼門関《ろうもんかん》近隣の城市は、迫りくる朔露《さくろ》軍に備えて緊張しているはずだが、そのようなことはひと言も書かれていない。

遊圭は筆まめなたちであったらしく、旅の間も配所に落ち着いてからも、十日ごとに近況を知らせてきた。しかし、年の瀬も迫ってきたこのひと月あまり、西沙州からの便りは途絶えがちになっていた。

明々は、今朝受け取ったばかりの速達を広げた。

『――公務でしばらく家を空けます。行き先に駅があるかどうかわからないので、当分は便りを出せないかもしれませんが、竹生が留守を守ってくれます。何かあったら今まで通り、そちらに連絡をください。春までには戻ってこられると思います。これから寒くなりますが、明々とご家族の皆様の健康を祈ります。　星遊圭　拝』

同封されていた銀貨を左の掌《てのひら》に載せて、すり減った硬貨の縁を、右の人差し指で撫でる。見たことのない文字と彫りの深い顔立ちの肖像は、異国の香りがする。

公務で駅のないところへ出かける、という意味が分からない。どの州でも県でも、三十里ごとに駅逓《えきてい》が置かれ、手紙を出せないなんてことはないはずだ。遊圭は駅もないような辺鄙《へんぴ》なところへ使いに出されたのだろうか。

明々は頭の髷《まげ》から、瑠璃《るり》玉と白玉をはめ込んだ簪《かんざし》を引き抜いた。きれいに結い上げた髪の下に簪の足を突っ込んで、いらいらとした仕草で頭を掻《か》く。

今年は冬の到来が早く、初霜が降りてすぐに雪が舞い始めた。綿入れの衿《えり》をかき合わせて、明々は手焙《てあぶ》りの火を熾《おこ》す。勢いを取り戻した炎に手をかざし、指のこわばりをとかしてゆく熱にほっとする。こちらでこの寒さなら、遊圭のいる西沙州はどれほど冷え込むのだろう。

三千里を隔てている、という実感は、手紙に記された日付から、一ヶ月以上もかけて届けられたことから知る。民間人には高価過ぎるために、危篤や訃報《ふほう》くらいにしか使われない速達ですら、半月近くかかるのだ。

薬種屋の扉を叩《たた》く音がした。明々が一度は閉めた扉を開くと、迎えに来た弟の阿清《あせい》がおろした看板を小脇に抱えて入ってきた。肩を濡《ぬ》らす小雪を払い落として帳場に上がり、机の上に並べられた手紙の束を見て、阿清は眉間《みけん》にしわを寄せた。

「また遊々さんからの便りを眺めていたんだね」

明々は口を尖《とが》らせただけで、返事はしない。

「ここにいたって遊々さんの消息はわからないよ。だいたい、徒刑が明けるのを待つ必要があるの？　いつ恩赦が出て遊々さんの復官が認められるかわからないんだ。いま祝言を挙げておけば、姉さんは皇太子の従兄《いとこ》の正妻になれるんだよ」

明々はきゅっと眉根《まゆね》を寄せて、手元の小筆を阿清に投げつけた。阿清は空いた方の手を上げて小筆を受け止める。

「あんたは、自分の姉がそんな理由で、遊々の流刑先に押しかけて行くような女だと思ってるの！　見くびらないでよ！」

「遊々さんが一番大変なときに、そばにいてこそ糟糠《そうこう》の妻ってもんじゃないの」

明々はプンと横を向いた。

遊圭が一番大変なときなら、ずっとそばにいたのだ。後宮で身を寄せあって生き延びた二年間に比べれば、書面からは配流先で特に苦労をしているようすは窺《うかが》えない。もちろん楽な暮らしではないだろうが、明々の助けを必要とするほどの困難があるようには思えなかった。

阿清は、はぁーと白い息を吐き出し、小筆を机の上に置いた。

「姉さんが縁談を片っ端から蹴《け》るから、このあたりじゃ姉さんを嫁にもらおうという男はひとりもいなくなった。生涯独身を通したければそれでもいいけど、遊々さんだっていつまでも待ってくれるとは限らないよ」

明々は、椅子を蹴って立ち上がった。

「待たせてるわけじゃないわよ。だいたい、なんでギリギリになっていきなり『ついて来い』なんて言い出せるのか、遊々が何を考えてるのか、わからないじゃない！」

明々は下唇を噛んで、袖《そで》で口を覆った。

「はいはい、犬も食わないなんとやらだね。勝手にすればいいよ」

明々はきっと弟をにらみつけた。

「だいたい、あんたがいつまでも子どもだから、私が家を見なくちゃいけないんじゃないのっ」

阿清は子どもっぽい仕草で口をすぼめた。

「だからって十六にならなきゃ、嫁取りはできないだろ。無茶言わないでくれよ」

年齢の割に小柄で華奢《きゃしゃ》な印象を与える遊圭とは対照的に、家の野良仕事と村の労役作業に明け暮れる阿清は、背も伸び体格も良く、顔と腕は日に焼けて、逞《たくま》しい外見は十代後半にも見える。

「父さんも言っていたけど、姉さんのお陰でうちの暮らし向きは良くなったし、いまはおれだって一人前の働きはできる。家事はひとを雇えばいい。姉さんはうちに縛られていることはないんだよ」

「私がいなくなった方がいいの」

阿清は両手を挙げてのけぞった。

「そーんなこと言ってない。だいたいさ、姉さんは遊々さんが何を考えているかわからないって怒ってるけど、遊々さんだって姉さんの考えていることとわかってないんだから、ちゃんと伝えないとだめじゃないか。ちなみに、おれだって姉さんの考えていることなんか、口で言ったことしかわかってないからね。もし姉さんの言ったことが嘘だったり、あとになって気が変わったのなら、早めに訂正してくれよ」

明々は阿清をじっとにらんでから、ふいっと目を逸《そ》らした。阿清はしばらく黙って姉の返事を待ったが、明々は横を向いて黙り込み、やがていきなり頭をかかえた。

「どうしたの、姉さん」

「私たち、どんな話をしていたのか、思い出せなくて。自分の考えとか、気持ちなんか、話し合ったことない。遊々が気のある素振りを見せたことなんか一度もないのに、いきなりよ！　配流されるけどついて来て、って言われたら、誰だってびっくりするでしょう！」

「なんだよ、それ」

阿清はあきれて物も言えない。明々は探るように弟を見つめた。

「遊々は自分の考えをあんたに話したこと、あるの？」

「特にないけど、うちの家系に官籍を持った人間がいないかとか、いないとわかったら、おれに童試を受けないかって誘ってきたことならあるよ」

「それがどうしたのよ」

明々は目を怒らせて弟を問い詰めた。

「うちの家系に、ひとりでも官籍を持った人間がいれば、遊々さんは姉さんに結婚を申し込めるじゃないか」

明々の顔にぱっと朱が散る。

「遊々は、そんなこと、ひと言も匂わせたことないわよ！　いつの話よ！」

「日蝕《にっしょく》の後の、いや、もっと後か。遊々さんが加冠の儀を終えた少しあとの頃かな」

遊圭は元服してすぐに、明々に求婚することを考えていたのかと、明々は驚きに開いた口が塞《ふさ》がらない。

「なによ、男同士で陰でこそこそと。それって、うちに官人がいなかったから、当事者の私にはひと言もなく、さっさとあきらめたってことでしょ」

「姉さんが妾《めかけ》でもよければ、当事者同士でいつでも決められただろうけどね。遊々さんは姉さんを正妻にしたかったんだよ。まあその辺は、嫁を取る資格もないガキに過ぎないおれの想像だから、やっぱり本人に聞いた方が早いと思うよ」

「阿清！　あんたはいつの間にそんなませたガキになっちゃったのよ」

明々の顔から、一度は引いた血の気が、ふたたび頰にのぼった。弟の頰へと平手が飛ぶ。阿清は素早く姉のびんたを避けると、にへらと笑った。

「いくらガキでもさ。姉さんが嫁に行かないのはおれのせいだって、親戚《しんせき》中からいびられてれば、おとなの事情だって嫌でもわかるようになるよ」

明々の表情がすっと暗くなった。顔色と表情の変化が実にめまぐるしい。

「え、そうだったの？」

薬種屋の営業と家事、そして足の悪い母親の世話で忙しい明々は、弟を取り巻く状況にいまひとつ無知だった。申し訳なさそうに弟の顔色を窺う。

「そうだよ。それで、おれの嫁さんもう決まったから。次の誕生日で祝言挙げるし。だから姉さんは心配しないで遊々さんの後を追って行けばいいよ」

明々の顔がまた赤く染まる。

「次のって、なんでそんな大事なこと私にひと言もないわけ？　遊々もあんたも、なんでいつもそういきなりなの？」

阿清はやれやれといった面持ちで、かぶりを振った。

「親戚のおばさんたちが、ここんとこ結納の準備で忙しく出入りしてたじゃないか。気がつかない姉さんの方がおかしい。っていっても、姉さんは店が忙しいし、暇があればぼんやりと北の空を眺めたり、引きこもって遊々さんに手紙を書いたりと忙しいから、みんな気を遣ってるんだよ」

怒りと驚きと、好奇心が綯《な》い交ぜになった表情で、明々は身を乗り出した。

「あんたの嫁になる娘って、どこのお嬢さん？」

「隣村の農家の娘だよ。十五歳の働き者だってさ」

明々が後宮に上がっていた間、実家の両親を支えていたのは、まだ十を過ぎたばかりの阿清だった。後宮からの仕送りで、生活に不自由はなかったとはいうが、家族の少ない李《り》家の田畑や村の仕事を手伝ってきた阿清は、明々が後宮から解放されて再会したときには、すっかり逞しく成長して見分けもつかなくなっていた。

明々は、張り詰めていたものがはらりとゆるんだような、柔らかな口調になる。

「あんたにも、苦労をかけたしね」

姉の言葉に、阿清は気恥ずかしげに微笑んで立ち上がった。

「姉さんが本心から、ひとりでずっとこの店をやっていきたいんだったら、誰も反対しないよ。父さんも母さんも、本音では姉さんが辺境に嫁入りするのは賛成じゃない。遊々さんの身分なら、そのうち帰ってくる見込みがあるから、反対もしてないだけだ」

明々はゆっくりと薄暗い店内を見渡した。見慣れた光景が、いつもと違うように見えてくる。

その日、明々は一羽だけ残っていた星家の伝書鳩を、都へと飛ばした。

三日後、明々はひとり店に出て少なくなった在庫をまとめ、棚や机の埃《ほこり》を払った。生薬のほとんどは、阿清の婚礼の引き出物に使えるよう残し、また義妹《いもうと》になる新婦のために、いつか必要になる生薬は別に包んで、服用の方法も書き留めて置いてきた。

中がすっきりしたところで、家から持ってきた正装に着替える。いつもよりも念入りに化粧をして、髪を結う。鏡をのぞき込み、納得のいく仕上がりにうなずくと、表に出て『明薬堂《めいやくどう》』の看板を下ろした。

看板を抱きしめて、ぼんやりと街道の向こうに流れる川を眺めていると、錦衣《きんい》兵に守られ導かれた二頭立ての馬車が、こちらへ向かってくるのが見えた。

馬車が店の前で止まり、車の背後から駆け寄った宦官《かんがん》が扉を開けて、その下の地面に踏み台を置いた。

薔薇《ばら》の香りが開け放たれた扉からあふれだし、明々の鼻腔《びこう》をくすぐった。薄紫に菊花を散らした華やかな色合いの深衣《しんい》が扉から現れ、深紅の絹生地に金糸の刺繍《ししゅう》をみっちり施された沓《くつ》が、踏み台をおりて地面に触れる。まるで季節外れの花束が街路にこぼれ落ちたようだ。

「明々！　久しぶりっ！　元気だった？」

明るい声が呼びかける。高く結った当世風の髷《まげ》に挿した歩揺《ほよう》の音も軽やかに、弾むように明々に抱きついてきたのは、明々が後宮で仕えていた主人、蔡才人《さいさいじん》であった。

「蔡才人！　お待ち申し上げておりました！」

明々は両手を広げて蔡才人を抱きとめる。

お互いに飛び跳ねるような勢いで、再会の喜びを表すふたりに、護衛の兵士も随伴の宦官も啞然《あぜん》としている。蔡才人の侍女など、馬車から降りる折り合いを失して、中で目を丸くしたままだ。

蔡才人は皇帝の妻妾《さいしょう》たる内官で、皇后の使者としてここに来たのだから、もっと厳かな登場と恭しい出迎えであるべきだった。とはいえ、蔡才人と明々はともに庶民の出身で、年頃も同じ、性格もちゃきちゃきとしたのりに馬が合って、後宮における女官同士の競争とも無縁だった。

利害における腹の探り合いの必要もない、友人に近い関係であった彼女たちが、久しぶりに会って興奮を抑え込めるはずがない。

「まあー、娘々《ニャンニャン》にあなたを迎えに行くように命じられたときは、びっくりしたけど。元気そうで何よりー」

蔡才人特有の、語尾を伸ばして上げる話し方がとても懐かしくて、明々も笑いと涙がこみ上げる。

「蔡才人に迎えに来ていただけるなんて。大后様《おおきさき》のお心遣いがすごく嬉しいです」

「娘々は明々から便りを受け取って、それはそれは喜んでおいでだもの」

蔡才人の視線が、明々の胸に抱えられた看板に落ちる。顔中に浮かべた笑みが寂しげに曇り、がらんどうの店内に向けられた。

「ほんとうにやめちゃうのね。繁盛していたそうなのに」

「もともと、ひとりで続けるつもりはなかったんです。成り行きでそうなっただけで」

「このお店はどうなってしまうの？」

「売ることにしました。西沙州までの旅費も要りますし」

蔡才人は目を瞠《みは》って、明々の袖《そで》を引っ張った。

「旅費なんか明々が心配する必要ないの。娘々が全部そろえるおつもりでいらっしゃるんだから。本当に、ご両親も都についてこなくていいの？」

「宮中なんて、うちの両親には畏《おそ》れ多くてとても無理です。出発の時に立ち寄って、晴れ姿を見せることができれば充分です」

恐縮しつつも嬉しそうな明々に、蔡才人はにっこりとうなずいた。

「明々のお父様からの答書は持った？」

明々は恥ずかしげにうなずく。その明々の腕を取って、蔡才人は馬車に乗り込むよう促した。

「蔡才人がお先にどうぞ」

「仲人《なこうど》が花嫁より先に乗り物に乗れないでしょ。さあさあ」

蔡才人は位の高い内官とは思えないほど明るい声で笑い、明々の背中を押した。

都へと引き返す馬車の中は、箱炉に赤く燃える炭火のお陰でとても暖かい。中に控えていた侍女が、温めた生姜《しょうが》入りの蜜酒《みっしゅ》を茶碗《ちゃわん》に注いで、主人と明々に差し出す。冷え切った明々の両手に、茶碗の熱が伝わり、こくりと飲み込んだ蜜酒が、喉《のど》から胃袋へとじわりと温かい。

この侍女は、明々が蔡才人に仕えていたときからの顔馴染《かおなじみ》だ。三十路《みそじ》にさしかかるこの侍女は、蔡才人が入宮のときに実家から連れてきた小間使いでもあった。蔡才人の叔母《おば》とも姉ともいうべき立ち位置で、その気心の知れた侍女のみを連れてきた蔡才人の心遣いが嬉しい。

「それにしても、遊々があなたに肝心なことを何も言ってなかったっていうのが、信じられないわ」

蔡才人はあきれた顔でかぶりを振る。その動きにつれて、髷の歩揺がしゃらしゃらと音を立てた。

「本当に、父と遊々だけで話がついてたんですよ。腹が立つったら」

明々は膝《ひざ》を叩《たた》いて訴えた。

阿清の結婚が決まったと知った日、明々は西沙州へ発つ決心を両親に告げた。母親は複雑な表情だったが、父親はむしろほっとした顔でおもむろに一通の書状を出してきた。

それは遊圭から明々の父に宛てた『婚書』であった。遊圭が配流先に旅立つ前に、二疋《ひき》の絹とともに届けられたという。明々の父親がこれに返信すれば、婚約が成立したことになるわけだが、書面には、明々の決心がつくまで待つようにと添えてあった。明々にまったくその気がないようであれば、婚書はそのまま破棄して、絹は返す必要はないとも。

李家が結納の絹を受け取った以上、既に婚約は成立しているも同然なのだが、遊圭の流刑を口実に、李家の側ではいつでも婚約を破棄できる。

「どうして遊々は、段取りは全て整ってることを、はっきり言わなかったのかしらねぇ」

蔡才人は首をかしげて言った。それに応《こた》えて、侍女が遠慮がちに口を挟む。

「星公子は、明々さんの名誉をとても大切にしているんですよ。当人同士の口約束だって世間に知られたら、正妻に立てられないじゃないですか」

「そもそも口約束もしてないですし。旅立ち際に、いきなり『迎えをよこしたら来るか？』ですよ。そんなこと急に訊《き》かれても、妻にしたいのか、召使いにしたいのか、はっきりしないじゃないですか！」

明々がうんざりした口調で反論する。蔡才人と侍女は、視線を交わして微笑んだ。召使いとして雇いたければ、わざわざ迎えを寄越《よこ》す必要などないのだから、それは即断できなかった明々の言い訳にすぎない。

すべては金椛《ジンファ》における、求婚の手続きのややこしさが生んだ行き違いだ。

阿清のように、婚約が成立するまで新婦の顔も知ることがないのは珍しくない。地方の農村でもそうなのだから、遊圭が親の合意を得る前に、明々に申し込むことを避けようとしたのは当然とはいえる。だが、それでは明々の意思が確認できない。遊圭としては、どちらに転んでも明々の名誉が傷つかないよう、まどろっこしい方法をとらねばならなかった。

「いまは飛ばされているけど、帰ってきたら外戚《がいせき》星家の奥様だものね。帝はいつでも恩赦を出す気満々だし。まあ、ほとぼりが冷めてからだけど。婚姻の手続きに少しの疵《きず》でもあったら、星家の姻戚になりたい大官たちが、娘を遊々の正妻にするために、どこから突っ込んでくるかわからないからね。迂闊《うかつ》な遊々にしては、この案件についてはおそろしく慎重にことを運んでいたわけよねー」

「そんなところに気を遣ってるから、もっと大事なところでへまをして、流刑にされちゃったんですよ」

明々が不満をぶちまければ、蔡才人はすかさず言い返す。

「あらそれは順序が逆よ。へまをしたお陰で身分が同じになって、これで求婚できると踏んだわけでしょ。転んでもただでは起きない遊々ねー。主上に外戚族滅法を廃止させただけのことはあるわ」

侍女も身を乗り出して合いの手を入れる。

「流刑になるっていうときに、とりあえず婚約してしまおうと画策していたんですね。で、明々さんに断られても、初めから何もなかった顔ができるような、誰も傷つかない方法を考えつかれたんですから。お若いのに、賢い上に図太いところのある方ですね。将来が楽しみです。ああっ！」

侍女は突然、両の拳《こぶし》を胸の前で握り締めて、感極まった声を上げた。

「星公子は、明々さんに申し込むために官位を捨てたんですよ。きっとそうです」

侍女は目を潤ませて断言する。外戚特権で刑罰を逃れる道もあったのに、遊圭は官籍を返上して、明々のところまで下りてくることを選んだのだと断言する。

あり得ないことだが、もしそうだったとしたら、それはそれで悪い気はしない明々だ。

都への三日間の馬車旅は、こんな調子で賑《にぎ》やかなおしゃべりが続き、あっという間に宮城に到着した。明々と蔡才人は、旅の埃《ほこり》を落としたあと、華やかな衣裳《いしょう》に着替えて、皇后宮へと参内した。

皇后の宮殿である永寿宮は、子どもたちのはしゃぎ声が響き渡っていた。

七つになる翔《しよう》皇太子と、その三歳年下の同母弟、瞭《りよう》皇子、まだようやく歩き始めた蓮《れん》華《げ》公主だ。翔は明々を覚えていて、タタタっと駆け寄ってきた。下から見上げてにっと笑う。明々も思わず微笑み返し、膝をついて叩頭《こうとう》拝を捧《ささ》げた。翔は昔のようにいきなり女官や宦官《かんがん》の背中によじ登ることはない。しかも、珍しがってついてきた瞭が明々たちに触れないよう、手をつないで引き留めもする。

「お久しぶりです。東宮《とうぐう》さまにはご機嫌よろしゅう」

「うん。大義だ。明々は何をして遊ぶ？」

格式張っても言うことはかわいい。皇后の玲玉が笑いながら前に出て、明々の旅をねぎらった。玲玉はこのところますますふっくらとしてきて、優しさに満ちた慈母の顔に、訪れる者はその笑みだけで安らいだ気持ちになる。

「東宮さま。明々は遊びにきたんじゃありませんよ。輿《こし》入れの準備に来てもらったのです。蔡才人、明々。立ち上がってこちらへ来てちょうだい」

「こしいれ？」

滑るように宮殿の奥へと向かう三人の婦人に追いすがりつつ、翔は後宮の外から訪れた珍しい客から離れようとしない。玲玉はそんな息子をやんわりとたしなめた。

「わたくしたちは大事なお話があるのです。それがすんだら遊んでもらうよう、わたくしから明々に頼んであげますよ」

少し離れた柱の陰に、六、七歳の男児がこちらのやりとりを窺《うかが》っているのが、明々の目の端に映った。

「大后さま、あのお子は、どちらの」

宦官にしては幼すぎる。幼い男児なら翔の遊び相手として、後宮に上がることもできるのだろうか。玲玉は明々の視線を追って微笑んだ。

「陽元様のお子のひとりです。宝林《ほうりん》であった母親が先月、血の道を悪くして亡くなったので、永寿宮に引き取ったのですよ。まだ日が浅くて、こちらの宮に馴染《なじ》まないのですが。東宮さま、駿王《しゅんおう》と遊んでらっしゃい」

皇子の数には入っていないのか、皇室の男児の名につく尊称が、年下の瞭よりも一段低い。宝林とは妃嬪《ひひん》妾妻では、もっとも低い御妻の地位である。母親の位によって、生まれながらにして子どもたちの序列が決まる皇室の掟《おきて》が、そのまま庶民にも当てはまることに明々は思い当たった。

遊圭が明々を正妻にすることにこだわった理由に、きゅっと胸が絞られる。

永寿宮の居間に通された明々は、蔡才人とともに宮廷ならではの選び抜かれた茶と菓子でもてなされた。

「せっかく明々が決心をしてくれたというのに、游《ゆう》はお役目があって、あちらの家は当分留守にしているそうなの。明々がこれから西沙州へ発《た》っても、真冬の河北を旅した上に、新郎が春まで不在ということになりそうだから、出発は先に延ばして、しばらくこちらに留《とど》まりなさい。その方が準備にも手間をかけられるでしょう？」

玲玉は終始申し訳なさそうに、明々に接する。

必要な手続きを終えたら、すぐにでも都を発つつもりだった明々は、出鼻を挫《くじ》かれてしまった。

「でも、三月《みつき》もかかるような、行き先も言えないお使いって、いったいどこへ行かされたのでしょうか」

明々は最後の手紙を読んでから、拭《ぬぐ》えないでいる不安を打ち明けた。

「お国のためのお務めですから、口外できないのでしょうけど。でも、紹には、あの子を戦場の近くには絶対にやらないようにとは、申しつけてありますから、危険なことはないと思いますよ」

玲玉は優婉《ゆうえん》なしぐさで微笑む。紹とは玄月の諱《いみな》だ。諱で呼ぶことができるのは、両親と配偶者、そして仕える主人だけであった。明々もやがては遊圭を、諱の『游』で呼ぶようになるのだろうか。そして、遊圭は明々の本名である『明蓉《めいよう》』と。

急に照れくさくなった明々は、慌ててかぶりを振った。

そういえば、と玄月の姿を見ないことに気がついた。玲玉の遣いで蔡才人が出てくるのなら、その随伴宦官は玄月だろうと、なんとなく思い込んでいたのだ。

「玄月さんはどうされているんですか」

玲玉はちらと蔡才人の方を見て、明々へと視線を戻す。

「楼門関へ、ルーシャン将軍のお手伝いに行っているのです。軍隊を査察するお役目だとか。こちらは寂しくなりますけど、紹があちらにいてくれれば、游が危ないことに首を突っ込んだりしないよう、目を配ってくれるでしょうから安心ですよ」

明々は内心で「えっ」と思ったが、用心深く口を閉ざした。明々の記憶する限り、むしろ積極的に危ないところへ遊圭の首を突っ込ませて、存分にこき使うのが玄月の身上であったはずだ。明々としては、この寒い季節に駅逓《えきてい》もない地方へ使い走りを命じたのは、ほかでもない玄月ではと疑ってしまう。

遊圭ほどには、玄月を懼《おそ》れも警戒してもいない明々だが、玄月がとりわけて遊圭に親切でないことは、知っている。それに、遊圭は玄月が楼門関に赴任していたことは、ひと言も手紙に書き添えていなかった。玄月に対して、まだ心に隔てがあって書きたくなかったのかも知れないが、それ以上に、書けない理由があったのかも知れない。

目の端で蔡才人を盗み見たが、蔡才人はにこにことお茶を口に運んでは、唇の紅が落ちたかどうかを気にしていて、会話に注意を払っているようすもない。

玲玉は玄月を信頼しきっているから、下手なことが言えない。蔡才人も、蔡家と陶家は密接なつながりがあるようで、蔡才人が宮中で知り得たことは、全て陶家に筒抜けだと遊圭が言っていた。

明々は胸の内にもやもやするものをうまく言葉にできず、婚礼の支度にたわいのない会話を続ける玲玉に調子を合わせた。

六、星の暗号

これが現実なのか幽明を隔てる異界の狭間《はざま》にいるのか、何日も同じ風景の中を駱駝《らくだ》の背に揺られている遊圭には、もはや判別できなくなっていた。腰の革帯に結わえた竹の水筒に、夜明けごとに小刀で刻んだ疵《きず》の跡で、楼門関《ろうもんかん》を出て二十日が過ぎたことがわかる。

そもそも、どうしてこんな無謀な砂漠行に出る羽目になったのか、そのいきさつがぼんやりとしか思い出せない。

もちろん、麗華公主の消息はずっと心掛かりであった。幼子を抱え、この広い砂漠のどこかで途方に暮れている麗華の後ろ姿が、絶えず思い起こされて、遊圭の眠りを妨げてきた。

そして、胡娘の夫と思われる胡人の医師。叶《かな》うことなら、胡娘に生き別れた家族と再会させてやりたかった。金椛《ジンファ》国に十五年、再婚しようと思えばできた胡娘が、ずっと独身を通したのは、やはり夫に対して想いが残っているからなのだろう。幸せな家庭が突然引き裂かれたのだから、相手の生死が確認できないうちは、新しい人生など仕切り直せないのではないだろうか。

だが、砂漠の外縁に沿った交易路でさえ、二年前は半死半生のありさまで往復した遊圭だ。しかも往《い》きも帰りも同行者頼りで、遊圭自身はどこをどう進んでいたのか、まったく見当がついていなかった。

それだけに、道標《みちしるべ》もなく、波打つ砂丘がどこまでも果てしなく続く砂漠の深部へ、自らの裁量で入り込むことが、自殺行為でしかないことを骨身に沁《し》みて知っている。

麗華が自ら決意して奥地を目指したとしたら、死も覚悟の上だったはずだ。むしろ誰にも追ってきて欲しくなかったであろう麗華の想いが、皇族になど生まれてこなければ良かったと嘆いていた日の姿を思い出させて、胸に迫る。

ルーシャンは反対していたし、玄月は命令ではないと言った。

しかし、玄月が楼門関の監軍に就任してきたあの夜から、遊圭が嘉城の職場に戻れなくなったのも事実だ。

王慈仙《おうじせん》が楼門関に勤めていた間、勤務の合間にこつこつと集めていた、胡楊の郷に関する膨大な量の伝承や証言の整理と、検証を手伝わされたからだ。

玄月と慈仙が、本気で麗華を見つけ出そうと働いていた事実とその意気込みに、遊圭は知らぬ顔をして通り過ぎることができなかった。

「公主様が厭世観《えんせいかん》の虜《とりこ》となり、伝説の郷へ逃れることを希望されたとしても、近侍が誰ひとり反対もせずについて行ったとは考えにくい。有事の際には公主様の脱出を促す宦官を派遣してあり、一行の中には足の悪い菫児《きんじ》もいた。人数分の駱駝と荷駱駝、二ヶ月分の水と食糧が消えていたことから、ずいぶんと計画的でもある。失踪《しっそう》地点もルーシャンの語った『太古の湖宮跡』からはおよそ二日の距離だ。まるで、そこから胡楊の郷へたどり着ける確信でもあったようではないか」

玄月は胡楊の郷の実在性を、頭から否定することはしなかった。

遊圭が、玄月と王慈仙の三人で西域の地図を広げていたとき、帝都から玄月宛に一通の書簡が届いた。署名は、かつて玄月の侍童であり、現在は麗華の近侍を務めているはずの菫児《きんじ》という少年宦官のものだ。

麗華の消息を知らせる書簡に、三人は歓喜の声を上げた。しかし、文を読み進める玄月の眉間《みけん》が曇り、皺《しわ》も寄りだしたので、不吉な知らせかと遊圭はまた胸が塞《ふさ》がってくる。

読み終えた書簡を卓の上に置いた玄月は、落胆もあらわに嘆息した。

「これは、半年以上も前に発送された書簡だ。菫児が王都を脱出したときに、天鋸《てんきょ》行路を目指して避難する商人に託したものらしい。その商人は無事に砂漠を縦断して、天鋸行路から朱門関を抜けた。この書簡は金椛帝都を経由して、こちらへ転送された」

遊圭はがっかりした。王慈仙も気落ちして眉《まゆ》を下げる。

玄月は気を取り直し、地図を指した。夏沙王国から西へ進み、死の砂漠を縦断し、天鋸行路へ抜ける道筋を示す。

「書簡を運んだ商人が、劫河《こうが》の川床沿いにたどった縦断行路だが、死の砂漠の南北千五百里に亘《わた》って、街もなければ宿場もない。天鋸山脈から死の砂漠へ流れ込む劫河の上流部分は、春から初夏にかけて増水氾濫《はんらん》し、途中で砂に潜り、千里の地下を流れて低地でふたたび姿を現し、天鳳《てんぽう》行路の近くで砂漠地帯北辺の川に合流する。夏から冬季には涸《か》れるこの川床を標に、南北を往来することが可能だが、毎年のように川筋が変わる上に、一度干上がった川床は、数日のうちに砂の山に覆われてしまう。迂闊に伏流水に近づけば、流砂に引きずり込まれる危険もあり、よほどの目利きでないと道筋が見分けられない。川筋が見えたとしても、地下水脈の涸れた箇所は、何丈も地盤が沈下して、駱駝でさえ通ることができず迂回《うかい》を迫られるともいう。慣れた道先案内人がいなければ、行程半ばにして迷い死にしてしまう行路だ」

遊圭は舌を巻いた。玄月は恐ろしいまでに、死の砂漠について広範かつ、詳細な情報を集めていた。真剣に死の砂漠を渡るつもりなのだろうか。

「この劫河に沿った行路の名は、なんというのですか」

「『墓場行路』、もしくは『失われた王国の墓場の道』と呼ばれている」

その不吉な響きが好ましくないのか、現地語の名を発音するのが難しいのか、遊圭の問いに、玄月はしぶしぶといった調子で答える。

名前からして、水の涸れた川沿いに多くの廃墟《はいきょ》が並んでいるのだろう。砂丘の間に見え隠れする、太古の昔に築かれ栄えては、見捨てられ風化してゆく王国たちの墓場。

なんとなく、見てみたい気持ちになった遊圭は、慌てて首を左右に振った。そこまで生きてたどり着ける保証がどこにもない。行き着けたとしても、生還することはなおさら困難であろう。

菫児《きんじ》の書簡には、麗華は赤ん坊の行く末をひどく気に病んでおり、王家のしがらみから逃れて息子を育てたい、と考えていることが記されていた。菫児はどこまでも麗華に従うつもりであり、生きて帝都に戻らない覚悟と、玄月への別れの言葉で締めくくっていた。

手渡された書簡に目を通した遊圭のまぶたに、別れたときの菫児の顔が浮かんだ。体が不自由になったために遊圭らとともに帰国できず、異国の宮廷に置き去りにされ、怒りと不満に取り付く島もなかった菫児が、いつの間にか、麗華の近侍として責任を背負うほどに成長していた。

玄月に見いだされ教育を受けたことに感謝し、麗華に仕えることに誇りを持っていたことが、社交辞令でない真摯《しんし》な彼自身の言葉と、その筆跡からひしひしと伝わってくる。菫児とは短いつき合いであった遊圭でさえ、思わず涙が滲《にじ》みそうになる。それなのに、旧主である玄月は、要件だけの簡潔な報告文でも受け取ったかのように平然として、未開封だった櫃《ひつ》を片端から開けては、探し物を始めた。

遊圭は菫児の長い手紙を、もう一度読み直した。

菫児の便りによれば、麗華は夏沙人の乳母が歌っていた子守唄《うた》から、胡楊の郷の存在を知ったらしい。それがひどく暗号めいていて、もしかしたら本当にあるのではと、麗華が歌詞の解析を熱心に行っていたことをつづり、その歌詞の訳文を添えていた。

歳神の生まれる闇に　天狼《てんろう》、湖の乙女を貪《むさぼ》らんと欲す
乙女、胡楊の森にひそみ　胡楊の都、乙女とともに去らん
狩人《かりゆうど》の帯を解きて三日三夜　牡牛《おうし》の右眼を射て生け贄《にえ》とする
七人の姉妹とともに七日踊り　黄金の羊を獲て憩う
天馬の背に乗りて五日　罪深き王妃の宮に至る

さらに十行近く続く夏沙の童謡には、意味不明な部分も多く、異国語の歌詞を金椛の言葉に置き換えるのに、董児が難儀したあとが読み取れる。それでも、なんらかの示唆を含む詩文であると思いながら読めば、天文の知識のある遊圭には閃《ひらめ》くものがあった。

玄月がようやく探していた巻物を見つけ、卓の上に広げる。遊圭は玄月が自分と同じ結論に至っていたことに、さほど驚かなかった。

「もしかしたら役に立つかと思い、これも入れてきたのだが」

卓の上には冬の南天を描いた星宿の図が広げられ、遊圭は思わず見入った。

王慈仙が首をかしげて訊《たず》ねた。

「星宿が、子守唄の謎を解く鍵《かぎ》となるのですか」

玄月はにやりと口の端を上げ、うなずきながら遊圭に視線を流した。

「わかるな？　そなたならこれを読み解けるだろう」

遊圭の額にたちまち汗が噴き出し、無意識に一歩下がって必死に謙遜《けんそん》した。

「わかりませんよ。歳神と天狼でそうだろうとは思いましたが。だいたい、天文学の門外漢である玄月さんや、耳学問なだけのわたしに、こんなに簡単に察しがつくんですよ。もっと一般に伝説の郷の位置が知れていたって、不思議じゃないと思いませんか」

玄月の顔から笑みが消え、長い指先が鬢《びん》のあたりを掻《か》いた。遊圭の意見に一理あると思ったのだろう、不満そうに鼻を鳴らして星宿図を見下ろす。そこへ慈仙が口を挟んだ。

「何を論じているのか知りませんが、一般に流布している子守唄とは限らないでしょう。宝の秘蔵場所を伝える、王家に秘伝の謎かけ唄という可能性もあります。子守唄にしては、節ごとの繰り返しもなく、歌詞そのものが長過ぎる気がしませんか」

玄月は、その意見は心に留めておいて損はないと判断したようだ。

「まあいい。天文に関しては、ここでは遊圭が一番詳しい。この星宿図と詩文を照らし合わせて、意味のわかるところまで解読してくれるか」

どうして自分がそんなことをしなければならないのかと、反抗心が芽生えそうになった遊圭だが、玄月の切り口が命令でも脅しでもなかったので、かろうじて踏みとどまる。

「わたしひとりでは無理です。星宿の名が我が国とは異なる、西域のそれで歌われているのです。対比できる文献か、あるいは西域の天文学に通じた人間の助けが必要です」

「天文学に通じずとも、交易商人ならば東西の星宿名を知っていそうだが」

「それでもいいですけど」

遊圭は逆らいきれずに譲歩した。

海や砂漠をゆく旅人は、夜の方が方角を誤りにくい。大まかな太陽の位置よりも、複数の星の配置が固定され、その運動が規則的な星宿によって角度を測れば、正確に方角を見定められることから、現在位置だけでなく、暦や時刻まで割り出せるのだ。

まさに、星を読む者は時空の変転の予知者であった。

「でも、あまり時間がありません。この詩文によると、胡楊の郷に行き着きたければ、『歳神の生まれる闇』、つまり冬至の子《ね》の刻に、その湖の都から天狼星を目指して出発しなくてはなりません」

「だが、公主様一行が失踪《しっそう》したのは、冬至の時期ではない」

玄月が眉間に皺を寄せて、失望の色を浮かべた。星を導き手に発《た》つべき時を誤れば、砂漠の中で道を失うのは必至だ。考え込む玄月と遊圭の間に、慈仙が発言を挟み込む。

「たぶん、公主様は詩文を解析する時間が、たっぷりあったのではないでしょうか。あるいは直接イナール王に詩文の意味を知らされていたのかも知れません。王家の天文学士に、冬至の天狼星の位置から計算させることで、季節に頼る必要のない全体の行路を、割りだすこともできたでしょう」

意外と、といっては何だが、麗華にはそれくらいの周到さがあったとしても、不思議はないという気が遊圭にはしてきた。出会った頃の麗華はがんぜない子どものように母親の関心を引くことに必死であったが、夏沙王国に嫁いだころから、だんだんと落ち着きと聡明《そうめい》さを備えていった。金椛帝国を乗っ取ろうとして、その野望をほぼ達成しかけていた永前皇太后の血を引く麗華に、それくらいの才覚はあってもおかしくはない。

「わたしたちにはそこまでの時間は許されてませんから、冬至の日に星宿の示す方角に従って進むのが一番手っ取り早い。ただ、この日数ですが、一日に進む速さが特定できません。駱駝《らくだ》だとは思いますが、歩いてか、走らせてなのか、一日に何十里歩いてのことなのかわかりません。一里でも誤差があれば距離もずれてきます」

帝国内に整備された街道でさえ、縄目できちんと測っている帝都周辺と、徒歩や騎馬の進む速さで適当に里程を割り出している地方とでは誤差が出る。まして絶えず小国の興亡する異郷の砂漠地帯だ。一日に駱駝が進む距離だってまちまちだろう。第一、この唄が作られた時代もわからない。

「それで、胡楊の郷の位置が割り出せたら、玄月さんは公主様を捜しに行くんですか」

遊圭が問いただせば、玄月は視線を逸《そ》らして返答をしぶる。任じられたばかりの監軍職を放り出して、公主ひとりを捜しに行けるはずもない。

「大家《ターチャ》は、公主の消息を調べるように命じられたが、捜索隊を出せとは仰せられなかった」

「私は行きますよ」

躊躇《ちゅうちょ》なく名乗りを上げたのは王慈仙であった。

「次の官職は、まだ拝命していませんでしたね」

穏やかな微笑みを玄月に向ける。

「慈仙は都に帰れば、望みの官職を賜ることになっている」

昇進をほのめかす言葉とは裏腹な、詫《わ》びるような響きで玄月は応《こた》えた。

玄月でも人並みに他者をいたわることもあるのだと、遊圭はなんとなく面白くない。

夏沙の後宮でも、毒のある果実を誤食して危篤に陥った菫児《きんじ》や、殉職した青年宦官《かんがん》を弔ったときなど、玄月は仲間の宦官には情のこもった対応をする。身内を大切にするのは金椛人の風習ではあるが、後宮のような閉鎖された環境で、少年期をともに育った青蘭会とやらの結束は、兄弟の絆《きずな》にも匹敵するのだろう。

「現時点で、職務がないのが私ひとりなのですから、大家のお心を鎮める役割が私に任されていることは、明白ではありませんか」

身内同士の阿吽《あうん》の会話をそばでされているからといって、遊圭が疎外感を感じる必要はどこにもない。早々に退散し、西域の星宿に詳しい人間を捜しに行こうと、遊圭は立ち上がった。

そのとき、薄く開いた扉から兵士が遠慮がちにのぞき込み、来客を告げる。

「胡人のご婦人が、星公子に会わせろと下の階に来ていますが、通しても良いですか」

「通せ」

遊圭に返事をさせる隙もなく、玄月が許可を出した。

胡娘が足音も軽やかに監軍の執務室に入り、にこやかに玄月に挨拶《あいさつ》をする。

「ひさしぶりだな、玄月どの。長旅の疲れを癒《い》やす食材をたくさん持ってきたぞ。お、王慈仙どのではないか。夏沙からの帰国以来だな。元気そうで何よりだ」

と、籠《かご》いっぱいの野菜と季節の果実を差し出した。慈仙は再会を喜んで胡娘を迎え、玄月も対女官用の爽《さわ》やかな笑顔で胡娘を迎える。これが遊圭の実母ならば、とんでもなく過保護な親が職場に乗り込んできた図であろうが、胡娘は直接的にも間接的にもかれらとともに仕事をしたことから、旧交を温める和やかな光景となった。

「シーリーン。ちょうど良いところに来てくれた。そなたは、西域における星宿の名を言えるだろうか」

玄月は、手っ取り早くここで解決してしまおうという腹づもりらしい。後宮で医生官試験の受験勉強をした胡娘は、少しばかりだが天文学と陰陽《おんよう》学も齧《かじ》ったことがある。

「む？　なんの話だ」

「天狼、狩人の帯、牡牛の右眼、七人の姉妹、黄金の羊、天馬、罪深き王妃の宮と西域で呼ばれている星宿が、この金椛の星宿図のどれにあたるのか知りたいのだ」

促されて星宿図をのぞき込んだ胡娘は、すぐに納得してうなずいた。

「『狩人の帯』とは、この三つ並んだ星だ。こちらでは参宿《しんしゅく》と呼んでいる。この三つ星を囲む四つの星。こっちのふたつが狩人の両肩を、下のふたつが左右の膝《ひざ》と踵《かかと》を示している」

胡娘はすらすらと答える。

「『牡牛の右眼』は、この赤いのだ」

胡娘は迷いなく狩人の左肩の上方に、赤く塗られた星を示した。

「畢宿《ひつしゆく》の五、天の耳、火官の星」

遊圭が横から金椛における星の名を言い添える。三年も前に頭に詰め込まれた知識が、水底の貝を網ですくうように、するすると引き上げられてくる。

胡娘がいたずらっぽく笑って三人を見回した。

「『七人の姉妹』は言わずともわかるだろう」

「昴《ぼう》か」「昴宿！」

玄月と遊圭が、七つ固まった大小の星の群れを見つめて同時に答えた。

「え、昴って、六つですよね。七つもありましたっけ」

夜空を見上げているわけでもないのに、慈仙は目を細めて星宿図の昴七つ星を見つめた。

「昴宿の七はとても光が弱いので、注意して観測しないと見えません。ここでも他の六つに比べて、小さく描かれているでしょう」

遊圭の説明に、慈仙は「ほう」と感心してうなずいた。

さらに天穹《てんきゆう》をぐるりと西の端にいたり、端に描かれた西域人が天馬と呼ぶ星宿に沿って、気がつけば北極星を仰ぎ見ていた。その近くにある、金椛人が『馬車と御者の鞭《むち》』と呼び、西域では『罪深き王妃の宮』と呼ばれている星宿へと入る。

そうして残りの詩文にある星宿と思われる名称を、金椛のそれと置き換え、星を特定する。だが、その作業が終わったとたんに、遊圭は達成感よりも、どうしようもない徒労感に襲われた。

「だけど、この星宿図をどう地上に置き換えて、どこへどれだけの速さで進んでいいのか、この唄《うた》からは判然としません。そもそも異なる言語です。それぞれの語の対訳では意味をなさない文章は、夏沙語による暗喩《あんゆ》と考えられます。たとえば同音の異義語で別の意味や数字を暗示していたり、韻を踏んでいる語彙《ごい》を入れ替えれば、隠されていた語句が明らかになるとか。おそらく、夏沙語を母語か母語並みに操る人間にしか、理解できない暗号が組み込まれているのだと思います」

玄月と慈仙は顔を見合わせて、落胆の息をついた。

楼門関で再会してからの玄月には、遊圭はどういうわけか以前のような威圧感を覚えない。国士太学の不正調査でさんざん遊圭を利用した挙句、そのために将来有望な学生であった史尤仁《しゆうじん》を、反逆罪に仕向けてしまったことへの罪悪感でもあるのか、あるいは単に青蘭会という、身内意識で結ばれた王慈仙と仕事に取り組んでいるからなのか。

もしかしたら、胡娘の忠告のお陰で、遊圭が玄月に対して一方的に抱えていた苦手意識が薄まってきたせいもあるかもしれない。

「すごいですね。シーリーンさん。それとも、胡人はみな、普通にいろんな星宿を知っているものですか」

慈仙が驚きと尊敬を込めて訊《たず》ねた。

「さあ、みながそうかは知らないが、どの星宿も、その星の描く獣や人物、道具にかかわる、なんらかの伝説や物語を持っている。そのいくつかは神話や信仰とも深くつながっているから、我々は幼い頃から、その星々にまつわるおとぎ話を聞いて育つ。だが、すべての星宿の位置と組み合わせを知っているのは、神官か占星術に詳しい者ぐらいだな。私の夫は医師だったから、それで私も自然に学んだのだ。金椛でも、天文学が医術とつながっているように、あちらでも、星の巡りはひとの運命や寿命と切り離せないと考えられている。命運の尽きを星が告げてしまえば、無駄な治療はしない。ところで、どうしてまた、三人がかりで星宿図の翻訳など始めたのだ。軍隊の監督に関係があるのか」

胡娘がにこにこと訊ねたとたん、遊圭はこの検証作業に胡娘の夫がからんでいたことを思い出した。玄月も少し眉《まゆ》を上げて、誰が最初に胡娘に答えるべきか思案しているもようだ。そして遊圭に目配せをする。話していいってことだな、と遊圭は受け取って、菫児《きんじ》の書簡から始まった、胡楊の郷探しの顚末《てんまつ》を語った。

話を聞くにつれ、胡娘の顔から笑みが消え、生真面目な目つきになる。

「それで、公主を捜しに行くつもりか」

玄月も、硬い面持ちで答えた。

「胡楊の郷の位置を、冬至までに特定できれば、あるいは」

「だが、楼門関の外は危ないのだろう。命を捨てに行くようなものではないか」

玄月はひと呼吸して、胸の内の計画を明かした。

「ここから朱門関までの砂礫灘《されきなだ》は、無人の荒野が続く。朔露《さくろ》軍もあの荒れ果てた砂礫と岩ばかりの高原には何の魅力も感じまい。楼門関から朱門関に向かって、この砂礫灘を二百里ほど南へ進んでから、まっすぐ西へ向かえば、太古の湖宮跡には問題なくたどり着けるだろう。そこから先は――この星宿図が頼りだな」

玄月は言い淀《よど》み、卓の上の星宿図に視線をさまよわせた。

「どうしてそこまでして公主を捜しに行く？　胡楊の郷が存在している証《あかし》も、公主が生きている確証もないのに」

胡娘が重ねる問いに、慈仙が一歩踏み出して答える。

「それはわたしたちが、大家《ターチャ》の宦官だからです」

「陽元どののか」

異国人の胡娘は、なんの抵抗もなく皇帝の名を口にする。慈仙と玄月は打たれたように唖然《あぜん》とし、誰かが聞いていないかと怖れてでもいるように周囲を見回した。

「胡娘、帝の御名を口にしてはいけないよ」

遊圭が間に入っていさめたが、胡娘はためらわず話を続ける。

「主上が私情のために、玄月どのや他の人間を死の砂漠に送り込むのは、理不尽というものではないか。あなたたちにも家族がいる」

胡娘の意見に答えたのは、玄月だ。

「君命というわけではない。だが、我々は大家の宦官として、大家のお心を平らかにするために、我らにできる限りのことをするだけだ。このたびも、胡楊の郷がどこにあるか特定できなければ、無理に捜索に出ることは考えていない」

「特定できたとして、行くのは誰だ」

玄月と慈仙は顔を見合わせた。慈仙が微笑む。

「私が参ります」

胡娘は慈仙と玄月の顔を見比べていたが、やがてにっと表情を崩して笑顔を見せた。

「私も行こう。慈仙どのは七人目の乙女が見えないのだから、星を読む者がついて行かねばなるまい」

「胡娘！」

成り行きを見守っていた遊圭は、思わず声を上げたが、胡娘は遊圭の抗議を遮った。

「私は西域生まれで、胡語をいくつか操る。この弓の腕も御身らはよく知っているだろう。砂漠行の同行者には、うってつけではないか」

慈仙の優しげな面に、心から嬉《うれ》しそうな笑みが浮かぶ。

「それなら、私が公主様を見つけて生還できる確率が、一気に上がりますね」

「待ってよ胡娘。いくらなんでも無茶だ。まだ詩文の解読もできてないのに！」

「うむ、それも手伝えるぞ。夏沙語はそれほど達者ではないが、夏沙の難民は大勢いるからな。誰か頭の良さそうなのを捕まえて、すぐにでも解読しよう」

善は急げとばかりに遊圭の腕をつかむ。

「だめだよ、胡娘。胡娘が行くくらいならわたしが行く。星宿図を読んだり、星の角度を測るのはわたしの方が得意だ」

思わず叫んだ遊圭は、はっとして玄月へと振り返った。またもや玄月の思う壺《つぼ》に、はまってしまったのではと思ったからだ。しかし、玄月はこちらに背中を向けて、壁際の小さな櫃《ひつ》を開けて何やら探している。

「玄月さん！」

小櫃から、小さな箱のようなものが入った革の袋を持ち出した玄月は、遊圭の前に戻って袋の中身を取り出した。

八角形の小箱の蓋《ふた》を取ると、箱の底には周囲に目盛りと方位を刻み込まれた八角の盤が張ってあり、その中心には、どういう仕掛けか浮き上がったように見える細い針が、くるくると揺れている。

「指南盤だ。この箱を水平に持つと、常に南北に平行して針が止まる。道を失い、進む方向を失ったときは、黒い方の針が指す方角に向かって、真っ直ぐに南へ進めば、必ず天鋸行路に出る。行路の駅に駐屯している金椛の国軍に保護を求めれば、朱門関まで護衛してくれるだろう」

その指南盤をなぜ、慈仙でも胡娘でもなく、遊圭に渡すのか。胡娘がさっと手を伸ばして指南盤を受け取った。

「かたじけない。遊々、時は金だ。急ぐぞ」

胡娘にぐいぐいと肘《ひじ》を引っ張られた遊圭は、引きずられるようにして玄月たちの執務室を出て行く。その扉が閉まる瞬間、遊圭は玄月と慈仙が満足そうに微笑み合うのを、確かに見たと思った。


「胡娘、本気なの」

夏沙の難民に定められた居住区へ向かいながら、遊圭は馬上から訊ねた。

「うむ。だが、遊圭は来なくていいぞ」

愛称でなく、字《あざな》で胡娘に呼ばれたことに、遊圭はどきりとした。いきなりの子離れ宣言に、戸惑いを覚える。

「そういうわけにはいかない。胡娘をひとりでは行かせられないよ」

「ひとりではない。王慈仙どのも一緒だ。見た目は優男だが、高原行路越えの強行軍では、なかなか頼りになる御仁であったな。紅椛《ホンファ》軍との戦闘でも、一騎当千の腕前を披露してくれた」

そして、死の砂漠へ踏み込もうという、胆力も持ち合わせている。

遊圭は玄月が夏沙王国へ連れてきた宦官《かんがん》たち——殉職した青年も含めて——の顔を思い出そうとした。青蘭会の宦官たちは、通貞のころから玄月の官舎で学問を学び、青蘭殿で陽元とともに鍛錬を積んできた、選《よ》り抜きの宦官たちだ。

外廷にあれば、ひとりひとりが有能な官僚となって、国政を動かすことも夢ではなかったはずだが、官奴《かんぬ》であるがゆえに、ただひたすらに陽元の個人的な欲求や望みを果たすためだけに、その能力を発揮している。

「そりゃ、本物のファリドゥーンさんだったら、胡娘が会いたいのはわかるよ。もし本当に再会できたら、一緒に帰るの？」

「帰る？　どこへだ」

遊圭の切実な問いかけに、胡娘は軽い口調で問い返す。遊圭の途方に暮れた顔を見て、胡娘はにっこりと笑った。

「なんだ、私が夫と再会したら、よりを戻して遊々を置いて行くと思っているのか」

「いや、そんなことは、ていうか、胡娘がどこへ行っても、誰と一緒になっても、わたしには……その」

何を言おうとしたのか、言葉の出てこない遊圭に、胡娘がさみしそうな顔をしたので、遊圭は慌てて声を上げた。

「わたしはできる限りの応援をするよ！」

「うん。期待しているぞ。ファリドゥーンは良い男だから、遊圭もきっと気が合うぞ」

胡娘は馬を寄せ、手を伸ばして遊圭の肩を叩《たた》いた。だが、その笑顔が、いつもと違う。どこかしら悲しげに見えたのは、目と目が合う前に、胡娘が目を伏せてしまったからか。麦藁《むぎわら》色の睫毛《まつげ》が落とした影に、胡娘の目尻《めじり》に刻まれた小さな皺《しわ》に、彼女が待ち続けた年月に、遊圭は気づいてしまった。

「どうした、遊々」

まったくいつも通りの胡娘に戻って、心配そうに訊《たず》ねてくる。自分はいま、いったいどんな顔をしていたのかと思って、遊圭は口元をきゅっと引き締めた。

「どうもしない。どちらにしても、子守唄《うた》の解読をしないと、胡楊の郷を探しには行けないからね」

遊圭は脳裏に星宿図を描きつつ、夏沙の子守唄の歌詞を心の中で諳《そら》んじながら、金沙馬を進めた。この子守唄はどんな旋律で歌うのだろう、麗華はいまも、胡楊の木陰でこの唄を歌いながら、赤ん坊に乳を含ませているのだろうかと想像しながら。

七、旅の道連れ

玄月が手を回したのか、遊圭はいつの間にか嘉城の役場から異動した形になり、嘉城の自宅と、楼門関《ろうもんかん》のある方盤城を行き来する日々となっていた。といっても、方盤城に連泊しては、数日おきに自宅へ着替えに戻るといった生活で、それに胡娘もたびたび同伴する。竹生はいっそ引っ越してはと提案したが、遊圭は方盤城を覆う緊張感を思い、自宅は嘉城に残しておくことにした。

子守唄を知る夏沙人を見つけるのは難しくなく、宮廷に仕えていた女官がその歌を知っていた。王慈仙《おうじせん》も同席して、その歌を夏沙の言葉で覚えた。

慈仙は、遊圭が推測したとおり、その少年期に歌を仕込まれた学芸宦官であり、歌を教えた夏沙女官がうっとりするほど美しい声で、異国の子守唄を歌いこなした。

しかし遊圭は美声も歌も鑑賞する余裕はなく、夏沙文字で書き取った歌詞を単語ごとに区切り、文法を整理し、その言語に特有の韻律や暗喩《あんゆ》を調べ上げた。特に金椛《ジンファ》語に翻訳すればまったく意味をなさなくなる対句は、原語においてはじめて意味が通る。

あるいは、原語においてすら意味をなさない文章は、さらに分解したり並べ替えて、そこに隠されている暗号を掘り当てる。

夜も、空が晴れていれば城壁の上に出て、星の位置を星宿図と見比べ、どれがどの星かを確認していく。さらに歌詞にある星宿を順番に追っていきながら、これをどう地上の経路として捉《とら》えたらよいのか頭を悩ませた。

ルーシャンの官舎に一室を割り当てられた遊圭は、この作業を一日中、食事のときも脇目も振らずやり通した。

胡娘と夫を会わせてやりたかったし、公主の安否がどうしても気になったからだ。

玄月が数日おきに顔を出して、進捗《しんちょく》を訊ねる。

「手伝ってやれずに悪いな」

玄月に下手に出られると、はっきりいって気持ちが悪いのだが、結局はかれの術中にはまったことを遊圭は自覚している。

「いえ、玄月さんこそ、監軍に就任したばかりで、忙しいんじゃないですか。ルーシャンのお供で関外の城塞《じょうさい》も見回るのでしょう。朔露《さくろ》軍と遭遇しないように、気をつけてくださいね」

棒読みな口調で、遊圭は社交辞令を口にする。

「いまのところ、朔露本軍は史安市から東進してくるようすはない。夏沙の支配に手間取っているのか、あるいは後方の治政に問題でもあるのか、北の小可汗の軍もこのところ動きを見せない。北の小可汗には朔露の捕虜を買収して送り返し、史安市には雑胡《ざっこ》兵の密偵を送り込んで、朔露軍の状況を探らせてはいるが」

玄月は立ったまま、遊圭の書き散らかした歌詞の解読案にひとつひとつ目を通しつつ、外の軍事状況を丁寧に教えた。遊圭は筆を置いて自分の肩を揉《も》み、玄月を見上げた。肌に艶《つや》がなく、顔色が冴《さ》えないのは激務のせいか、あるいは心労のせいか。

ルーシャンの幕僚として、軍事顧問も務める玄月もまた、関内に留《とど》まることなく緩衝地帯を見回り、捕虜の尋問や索敵の立案に参加している。そうした公務をこなしながらも、慈仙や遊圭の公主捜索計画を支援しなくてはならないのだ。疲れも溜《た》まるだろう。

「玄月さんは、はじめからわたしを公主様の捜索に出すつもりだったんでしょう。だから、流刑先が西沙州になるように、手を回したんじゃないですか」

玄月は顔を上げて、首を横に振った。

「いや、あのときにはまだ、公主様の消息は都まで伝わっていなかった。そなたの配流先をお決めになったのは大家《ターチャ》ご自身だ。そなたの罪を揉み消すのが不可能なら、使い道のありそうなところへ置いた方が、手柄を立てる機会もめぐってくるだろうと仰せになった。多少危険ではあるが、ルーシャンの後ろ盾も期待出来るこの地が最適であろう?」

陽元がそう考えるように仕向けることは、玄月には容易《たやす》いことだろう。平穏に暮らしたいという、自分の希望はまったく考慮されていないことに、遊圭は行儀悪く頬杖《ほおづえ》をつく。

「どこまでいっても、わたしはあなた方の手駒ですか」

「自身の意思と判断で行動しているつもりであろうと、定命なる者は所詮《しょせん》、何者かの手駒にすぎないのではと、思うことはある」

問いをはぐらかされて、遊圭は反論の言葉を探したが、見つからない。

玄月は解読案に視線を戻して話し続けた。

「そなたは朔露旧帝国と西沙州の現状について論文を書いた。この時勢に興味があったからであろう。注意力に多少の欠陥はあろうと、有為な人材を海辺や密林の辺境で遊ばせておくような余裕は、我が国にはない」

貶《けな》されながらも褒められたようなので、遊圭は表に出そうとした不満を引っ込めた。代わりにいつか言わねばと思っていた苦情を申し立てる。

「わたしは、尤仁《ゆうじん》の命を助けてくれた玄月さんに、一生分の恩義がありますからね。それを盾にとって公主様を捜しにいけ、って命じることもできたのに、なんでわざわざ胡娘を巻き込むようなことをしてくれたんですか」

玄月は走り書きの束から、遊圭に視線を移す。

「シーリーンがあそこで手土産を持ってこなければ、この探索に加える腹づもりはなかった。だが、この面々の中で胡楊の郷を探し当てることを最も強く願っているのは、シーリーンではないか。私に止められたとも思えないが」

激務のためにいささか頬がやつれても、冷徹な光を失わない瞳《ひとみ》と長く目を合わせているのも心地悪く、遊圭はすぐに目を逸《そ》らした。

「玄月さんには、十五年以上待ち続けても会えなくて、その上千里も離れていて、しかも生きているかどうかもわからないけど、ずっと想い続けているひとでもいるんですか」

玄月はその問いには答えずに、解読案の束をパラパラと指で弾いて、卓に戻した。

「冬至の十日前までに出発できなければ、この探索計画自体が中止だ。胡娘を行かせたくなければ、解読は不可と報告すればいい」

そう言い残して部屋を出て行く。遊圭は筆の先を整えながら、小声で独りごちた。

「否定しなかった、ってことは、いるのか。いつか麻勃《まぼっ》に酔って言ってた、小月《しょうげつ》さんってひとかな。あの玄月が何年も想い続けるなんて、どんなひとだろう」

ひとりでに口元に微笑が湧き上がる。小月とやらが誰かを突き止めたら、玄月がどんな顔をするかと想像したからだ。自分にも有効な切り札が一枚でもあることを、遊圭はこの瞬間に学んだ。

そして時間切れ直前に、遊圭は数枚の図案と書類を持って、玄月の執務室を訪れた。

「解けた、とはいえないのですが。何通りかの仮説を歌詞と星宿図に当てはめて、一番筋が通っていそうな経路を割り出しました。見当外れな結論なら、何もない砂漠の真ん中で、立ち往生することになりますが」

遠慮がちに遊圭がそう言えば、玄月はむしろほっとした面持ちで身を乗り出した。

「間違いと判断した時点で、指南盤に従って南へ向かえばいいことだ。天鋸《てんきょ》行路の我が軍の駐屯地か駅逓《えきてい》で馬を借りて帰国しろ。朱門関の太守には話を通しておく。公主様を無事に連れ帰ることができれば、大家《ターチャ》もお喜びになるだろう。そなたの流刑も解かれ、官界への復帰も確実だ」

玄月や慈仙にとっては、陽元が喜んだり満足することが最優先なのだろうか。しかし、遊圭は違う。

「官界への復帰に興味はありません。だから、というわけではないのですが、運良く公主様にお会いできても、公主様にご帰国のご意思がなければ、わたしは公主様を連れ帰ることはしません。その胡楊の郷で心静かに暮らしたいと願ったからこそ、公主様は死の砂漠を越えるという賭《か》けに出られたのですから。わたしは、麗華公主様がご無事でおられるかどうか、ただそれだけを確かめに参ります」

玄月は遊圭の固い決意を秘めた瞳を見返して、鷹揚《おうよう》にうなずいた。

「現地における諸事の判断は、そなたに任せる」

帰宅して長旅の準備をし、明々に手紙を書いて竹生に託す。半年分の生活費を竹生に渡し、金沙馬と胡娘の馬は置いていくと言って世話を頼んだ。

「金沙馬を連れていかずに、いったいどこへ行くんですか」

竹生は驚き、不安げに訊《たず》ねる。

「馬は国が用意してくれるんだ。途中の駅で乗り捨てることになるからね。いい機会だから、敏も金沙で練習して、乗馬ができるようにしておいてくれ」

竹生は体験したことのない北西部の冬を、ひとりぼっちで留守番することになって、泣きそうな顔で遊圭を引き留めた。

「大家、俺も連れてってくださいよ。馬はルーシャン将軍に預けられないんですか」

情けない顔ですがってくる竹生を、遊圭は困り切ってなだめる。

「敏がここにいなかったら、都からの仕送りや、明々の手紙を受け取る者がいなくなってしまうじゃないか。ひとりが寂しかったら、馴染《なじ》みの飯店にでも弟子入りして、わたしたちのために、春までにおいしい羊料理を覚えてくれないかな」

「大家ぁ」

いい年をして、半泣きになってしまうのは仕方がない。この土地の冬がいかに厳しいか、燃料の備蓄と節約を、耳にタコができるほど言い聞かせてきたのは遊圭なのだから。

店の看板を下ろして、ひとりでは広すぎる家に呆然《ぼうぜん》とする竹生をどうにかなだめすかしているところへ、招かれざる客が来た。

「遊圭さん、遊圭さん」

呼びかける声にふり向いた遊圭は、扉からのぞき込む丸い顔を目にするなり、げんなりとした。

「橘さん。どうしてわたしの家がわかったんですか」

きまりの悪い笑みを浮かべながら、真人は肩まで出して答える。

「役場で訊《き》いたんですよ。遊圭さんに用事があるので、家はどこですかって。そしたらここだって教えてくれました」

遊圭は眉間《みけん》にぐっと皺《しわ》を寄せた。

「困ります。わたしはこれからお務めがあって、しばらく留守にしますので、準備が忙しいんです」

真人は扉の内側をのぞき込んで、きょろきょろと見回す。

「どちらへ行かれるんですか。都へお戻りになるわけじゃないですよね」

「仕事なので、行き先は言えません。都じゃないことは確かですけどね」

遊圭はできるだけ素っ気なく答えた。

「寒いところへ行かれるんでしょう」

そういえば、真人は西域へ行きたがっていた。結局、出国許可はおりず楼門関の通行証も発行されなかったのだろう。いまは時期が悪い。個人で朔露の領域を行き来しては、間諜《かんちょう》と間違われて囚《とら》われ、どんな拷問をうけるかわかったものではないのだ。

「これからの季節は、どこへ行っても寒いですよ。都だって雪が降るんですから」

「しかも、宿のないようなところへ行くんでしょう」

遊圭の話を聞いているのか、真人はにじり寄るように問い詰めてくる。なんだこの問答はと、遊圭は苛立《いらだ》ってきた。

「あなたには関係ありません。詮索《せんさく》しに来ただけなら、何も話すことはありませんから、どうぞ帰ってください」

真人は、いったん首を引っ込めると、大きな荷物を抱えて、のっそりと全身を現した。

「親方に言いつけられて、注文の品を届けに来たんですよ。毛皮の外套《がいとう》を二着と、天幕にも使える厚手で大判の縮絨布《しゅくじゅうふ》が六枚、獣脂と乳脂の固まりを一斤ずつ、菜種油と胡麻《ごま》油が一斗ずつ、胡麻の絞り滓《かす》が十貫。懐炉三本、石炭十貫、一升入りの水袋を四十――」

「わたしは何も注文した覚えはないぞっ」

真人の長舌を遮って、遊圭は声を荒らげた。それに応《こた》えるように、薬種屋の表で驢馬《ろば》の鳴き声が響き渡る。真人が慌てて外に出て、驢馬の手綱を引いて戻った。驢馬の牽《ひ》く荷車には、山のような荷物が積み上げてあった。

「なんの騒ぎだ」

奥から胡娘が出てきて、玄関に積み上げられた荷物に気がつき笑顔になる。

「おお、届いたか」

「胡娘が頼んだの？」

驚きに遊圭の声が裏返る。

「玄月どのが、この探索行は公にできないので、必需品はこちらに納品するように、手はずを整えてくれたのだ」

「極秘の西域行ですか」

真人が丸い顔を輝かせて突っ込んでくる。かすかな都訛《なま》りを聞きとった胡娘が、不思議そうに真人の顔を見つめた。

「む、見覚えのある顔だな。どこかで会ったか」

真人の見た目は、宮城の図書寮《ずしょりょう》や太医署で偽学生をやっていたときよりも、老けてひげも伸びていた。胡娘がすぐには思い出せないのも無理はない。

胡娘の眉間に皺が寄る。次の瞬間には青灰色の目から怒りの青い火花が飛んだ。

「きさま、橘子生ではないか。こんなところで何をしている！　まだ遊々につきまとっているのか」

ひとっ飛びに真人に飛びかかり、衿《えり》を両手でつかんでぐいと持ち上げた。胡娘の方が若干背が高いので、真人はつま先立ちになって両手をばたつかせる。

「偶然です、胡娘さん。僕はいまここで興胡の商人に雇われているんですよ。ほら、僕も都から追放の身なんで、辺境を回っていたら、たまたま」

胡娘は納得しかねる顔で、真人の衿をさらに締め上げる。

「ふん。きさまは信用ならん。集金は主人が自ら回収しに来いと言え」

「ええ、そんな。僕が着服したと思われて、刑司《けいし》につき出されてしまいます」

店先の騒ぎに、往来のひとびとが好奇の目を向ける。極秘の旅支度なのに、大荷物を積んだ驢馬も人目に立つ。遊圭は焦って胡娘の袖《そで》を引いてふたりを引き離した。

「とにかく中に入って、荷を検《あらた》めようよ、胡娘」

鼻息の収まらない胡娘をなだめすかし、竹生に手伝わせて荷を店内に運び込む。

伝票にあるものと納品された物を確認する遊圭の踵《かかと》に、真人がまとわりついた。

「楼門関を出て行く装備ですよね、これ。うちの親方から、乾麵《かんめん》と玉葱《たまねぎ》と駱駝《らくだ》の手配は、もう少し日をくださいって伝言もありますよ」

遊圭はぎゅっと眉間に力を込めて言い返す。

「真人さん。客の詮索は商人が一番やっちゃいけないことですよ」

遊圭がふり返ると、そこに真人の顔はない。あたりを見回せば、真人は地べたに両手と膝《ひざ》をついて遊圭を見上げていた。

「僕も連れて行ってください。お願いです。荷運びでも何でもします」

遊圭は即座に断ろうとしたが、真人の必死な表情に、吐き出しかけた拒絶の言葉が歯の間に引っかかる。

胡娘が「何を言っているんだ」と真人の襟首をつかんで引っぱり上げた。遊圭は深呼吸をして、苛立つ気持ちを整えた。

「わたしたちは交易のために旅に出るんじゃありません。あなたが一旗揚げたくて西へ向かうつもりなら、そんな期待はいっさい無駄です」

「問題ないです！」

裾《すそ》にすがりついてでもついて来ようとする必死さに、遊圭は胡娘と目を見合わせて途方に暮れる。

「どうして、そこまでして西へ行きたいんですか。生きて戻れないかも知れないのに」

真人は唇を嚙《か》んでうつむいた。

「言ってもわかってもらえないです。ここまできたら、誰も見たことのない、伝説や風聞でしか聞いたことのない、とてつもなくありがたいものを持って帰らないと、故郷へ帰ったところで、誰にも見向きもされない」

「ここだって、半分はあなたの故国だって、言ったじゃありませんか。東瀛《とうえい》国では、あなたの才能は生かされないんでしょう？」

遊圭は、真人がいまだに帰国の志を捨てていないことに、少し驚いた。

「誰に注目されなくても、生きて帰れたら、それだけで充分だとわたしは思いますけど。故郷でやり直すための元手が必要なら、金椛の国で手に入る物では、いけないのですか」

真人は首を横に振って、食いしばった歯の間から唸《うな》るように本音を吐き出した。

「そんな誰もがやっていることでは、浮かび上がれない」

その言葉は、遊圭にとっては意外であった。

東の海の果てにあるという小さな島国は、金椛人には文明の遅れた野蛮な国と思われている。東瀛国の使節や留学生は、この国の政治制度や文物をありがたがって持ち帰っているものだと、遊圭は考えていた。なにより真人自身が、かつてそう語っていたのだから、決して思い込みの偏見ではない。

「橘さん。あなたが何を誤解しているのかわかりませんが、わたしたちはあなたが期待しているようなところへは行きません。最も西へ進んだとしても、天鋸行路の半分くらいです。それから急いで帰ってきますので、あなたが故郷に持ち帰って立身の役に立つようなものは、何も得られません」

真人は顔を上げた。

「それでもいいです。とりあえずこの国から出て、もっと西へ行ければ」

その必死さについ押されて、遊圭と胡娘は目を見合わせた。

「でも無理です」

遊圭はきっぱりと言った。玄月が了承するわけがない。真人が顔色を変える前に、先手を打つ。

「昔のことでわたしを脅迫したって無駄ですからね。女の恰好《かっこう》で暮らしていたことを他人に知られるのはバツの悪いことですが、知られたところで、ここでのわたしたちの生活が破滅するわけじゃない。旅から戻れば、たぶん別の部署に回されるでしょうし。そこには昔のことを知っている知人や同僚もいるので、まったく問題ないです」

悄然《しょうぜん》として帰る真人の後ろ姿を見送った竹生が、気の毒そうに言う。

「なんか、すごく必死でしたね。荷物も多いし、人手はあった方がいいんじゃないですか。本人が西に用があって同行したいだけなら、荷役夫として雇う必要もなくて、お得じゃないですか」

「冗談じゃないよ。わたしは橘さんに騙《だま》されたことがあるんだ。それも、絶対に二度と信用できなくなるようなやり方でね」


嘉城の家を発《た》つ前日、遊圭はルーシャンの館《やかた》を訪れた。

芭楊《バヤン》と鷹《たか》たちに、しばしの別れを告げるためだ。

門をくぐると、ルーシャンが帰宅しているらしく、いつもより兵馬の数が多い。玄月の監軍就任以来、互いに忙しくて顔を合わせていないのだが、公主の捜索計画のことは、玄月からどのように聞かされているのだろうか。

不安を抱えた遊圭は、居間ではなく戸外へ通された。通いなれた鷹舎への小路《こみち》である。

「おお、遊圭。元気でやっているそうだな」

アスマンを肩に乗せたルーシャンが、屈託のない笑みで遊圭を迎えた。父親の腰にひっついていた芭楊が、遊圭を見つけて駆け寄ってくる。

「お久しぶりです」

遊圭を前に、ルーシャンは表情を改めた。

「胡楊の郷を探しに行くと聞いたが、本気か」

「ええ」

遊圭はできるだけ事務的に答える。

「勅命ではないのだろう？　実在するかどうかもわからない場所へ、生死も不明な人間を捜しに、自ら死地へ赴くことはない」

ルーシャンは本気で遊圭の身を心配してくれているのだ。親身な口調からそれを感じ取った遊圭は、ありがたさに胸が詰まる。陽元と玄月は、ルーシャンが舅《しゅうと》の劉《りゅう》太守と組んで、勢力を拡大することを怖れているようだが、そんな心配は不要ではないか。

「理論上では、方角さえ誤らず真っ直ぐ進めば、三千里はふた月で踏破できる距離です。この季節なら、水も腐ることはないでしょうし。朔露の索敵範囲を避けて通ることができれば、生還することは可能でしょう」

「玄月も同じことを言っていたが。遊圭は星測器も使えるそうだな」

「渡されてからまだ五日ですけどね」

苦笑する遊圭に、ルーシャンは少しのあいだ黙り込んだ。その目は遊圭の顔に向けられていたが、視線はどこか遠くを見つめ、考え事をしているようであった。遊圭はルーシャンの思考を妨げないように、退屈している芭楊の手を取って庭を散策した。

春まで会えないと知って寂しがる芭楊に、土産を持って帰ることを約束して鷹舎に戻ると、ルーシャンが掲げた拳《こぶし》には、若鷹が停まっていた。

「こいつを連れて行け。アスマンほどの技は仕込んではおらんが、空から水場を探させるには、人間よりも頼りになる。なにより、鷹には旅人を惑わせる砂漠の悪霊を、追い払う力がある」

懐かしい者の声で旅人の名を呼ばわり、永遠に砂漠に閉じ込めてしまうという悪霊は、砂漠でもっとも怖れられている。遊圭は、どんな言葉で感謝を伝えていいかわからない。

「礼はいい。シーリーンが、ご夫君に再会できるよう、祈っている」

武人の鑑《かがみ》のようなルーシャンが、どことなく寂しげな笑みを浮かべてそう言い添えたので、遊圭は少し戸惑った。

夏沙からの帰還中にルーシャンと胡娘が親密さを増したのではと、遊圭は疑ったことがある。胡人は金椛人と違って字《あざな》を持たず、他人同士でも名前で呼び合うと知ってからはその疑いも晴れたが、実はそうでもなかったのだろうか。

しかし、ルーシャンは将軍に昇進すると同時に、楼門関を擁する河西郡の太守、劉源《げん》の娘との政略結婚を受け入れた。人並み以上の官位を手にしたルーシャンには、結婚とは官界における生き残りをかけた、政略以上の意味しか持たなくなっていた。

「十五年ぶりに再会する家族とか身内って、どんな感じでしょうね。わたしはまだ十七年しか生きてないので、想像できないのですが」

ルーシャンは遊圭の問いには直接答えず、鷹匠に鳥籠《とりかご》の用意を命じた。

「さっきはホルシードの礼はいいと言ったが。そうだな。天鋸行路には康宇国からの避難民も多いと聞く。もしも俺の親族に会うことがあったら、朱門関から金椛領を通ってここを目指すように伝えてくれないか」

「交易商に弟子入りされているという、ご長男ですか」

「朔露に殺されたり捕まったりしていなければ、天鋸行路のどこかにいる確率は高そうだ。あと、俺の親父と、その家族も天鋸行路を取って朔露から逃げたと聞く。まだ生きていて、俺がここにいるのを知れば、頼ってくるかもしれん」

ルーシャンが口にしたいくつかの名前と、それぞれの年齢と特徴を、遊圭は急いで書き留めた。金椛文字ではどう表記していいのかわからず、そのまま耳が拾った音を康宇文字で綴《つづ》ったところ、ルーシャンが感心して口笛を吹いた。

「すごいな。遊圭も交易商人になったらどうだ」

戦争がなければ、それもひとつの選択肢ではあった。

「姓も字《あざな》もなくて、胡人はどうやって名前ひとつで身元や家系を判断するのか、ずっと不思議に思っていたんですが、五代前までの父親の名前をつなげて本貫とするのは、覚えるのがちょっと大変ですね」

「あとは生まれた町と、生年月日だが、誕生日は身内にしか教えない。生まれた日の星のめぐりを敵に知られると、呪いをかけられるかもしれないから」

身内に敵がいたらどうするのだろう、と遊圭は思ったが、口には出さなかった。

「胡楊の郷への道のりを示す子守唄《うた》は、星のめぐりを読み解くのが鍵《かぎ》になっていますが、西域の天文学は、人々の運命を左右すると考えられているのですか」

「もちろんだ。ただ、こっちとあっちでは解釈がまったく異なるところもある。星占いが悪く出たからと言って、あまり深く悩むのも馬鹿馬鹿しいことだ」

戸外での立ち話も手足が冷える。一同は室内に移動した。ルーシャンは、捜索隊が遊圭と胡娘、そして王慈仙の三人だけであることも心配らしい。

「玄月どのにも忠告したのだが、護衛をつけなくていいのか。雑胡の連中から、いくらでも連れて行っていいんだぞ。達玖《タルク》なら信用も置ける」

遊圭は首を横に振った。

「もしも朔露に捕まってしまった場合、金椛の軍人がいない方が警戒されません。避難中の庶民を装えば、その場で殺されることはないでしょう」

そうこうしているうちに準備は整い、出発の日がきた。

六十日分の食糧と燃料を運ぶために発注した駱駝《らくだ》の数は、騎乗用と合わせて十頭であったはずだが、なぜか十一頭を数えた遊圭は、すぐにその理由に思いあたった。駱駝を楼門関まで配達したのが、ほかでもない真人であったからだ。

「十頭分の代金しか払ってないはずですが」

顔中を迷惑色に染めた遊圭は、冬の旅装束で大熊猫なみに着膨れた真人に文句を言った。

「十一頭めは、僕が購入した駱駝です。食糧も自前で用意しました。遊圭さんに迷惑はかけません。天鋸行路に着いたら、どこへでも置き捨てにしてくれてかまいません」

遊圭はかぶりを振った。この情熱と執念は、いったいどこから湧いてくるのだろう。死の砂漠を遊圭ら一行とともに越えたところで、その向こうもまたさらなる異郷の地であり、未知の危険があふれていることは想像に難くない。

「騎乗用の一頭だけで、ふた月分の必需品が運べると思っている時点で、橘さんは考えが甘いんですよ。だいたい、橘さんは砂漠を旅した経験があるんですか」

「金椛領内の砂漠なら何度でもあります。西沙州に来てからは、駱駝夫だって何度もやりました。そんなこと言って、遊々さんこそ、砂漠を旅したことあるんですか」

真人は顔を赤くして反論した。故郷から大海を越えて金椛国に至り、金椛の国内を縦横に歩き回った真人から見れば、遊圭の方が経験不足に見えたのは無理もない。

「死の砂漠行に関しては、橘さんよりは経験があると思いますよ」

胡娘があきれ顔で、言い争うふたりの間に割り込んだ。

「ここまであきらめの悪い無謀な馬鹿は、さすがに見たことがないな」

「なんの騒ぎですか」

荷の積み込みを監督していた王慈仙も、仕事が一段落したのか遊圭たちに加わる。

「三年ぶりに会った知人です。何ヶ月も前から出国の許可を申請していたそうなんですが、この時勢に公用以外で楼門関を出る隊商なんかないじゃないですか。それで、我々が楼門関を出ることを嗅《か》ぎつけてから、連れて行ってくれとずっとつきまとわれてるんです。そもそも彼は金椛の公民ではないので通行証もなにも」

「もう、親方のところも辞めさせてもらってきたんです。連れて行ってくれるなら、どんなお手伝いでもします。駱駝の扱いには慣れています。お願いです」

王慈仙は、無遠慮に真人を観察して、うっすらと微笑した。

「荷役の男手があるのは助かりますよ。金椛の公民でないとしても、この者が朔露の間《かん》諜《ちょう》でないことが証明されれば、同道させても問題はないと思います」

真人は慈仙の意見に飛びついた。遊圭は反対しようとしたが、優し気な微笑を湛《たた》え、真人の訴えに耳を傾ける慈仙の眼が笑ってないことに気づく。

どこか薄ら寒いものを覚えて、遊圭の舌は動きが鈍った。

「そうだな、では駱駝が暴れ出したら、橘に追ってもらおうか」

胡娘まで慈仙に調子を合わせる。

「ありがとうございますっ。身を粉にして働きます！」

真人は地に足のつかないありさまで大喜びだ。さっそく自分の駱駝を牽《ひ》いてくる。

やがて準備が整ったと知らされた玄月が自分の駱駝をひかせて姿を現した。真人を目にして「誰だこれは」と慈仙に訊《たず》ねる。

「荷役夫をひとり雇いました。思ったより荷物が多く、駱駝の数を増やしてしまいました。駱駝が一頭でも暴れ出せば、三人では手に余りますので」

慈仙の返答に、玄月は「そうだな」と同意した。

そんなやりとりを横から見ていた遊圭は、玄月が真人をまったく覚えていないことに気づいて愕然《がくぜん》とした。

「あの、玄月さん」

「費用はこちらですべて持つ。気にするな」

「そうじゃなくて、その、部外者を同行させて大丈夫なんですか」

「慈仙の判断なら、問題ない」

万事慎重で、緻密《ちみつ》な計画が身上の玄月が、当日いきなり現れた見知らぬ人間を受け入れたことが、遊圭には信じ難い。

しかし、信頼しきれない相手とはいえ、交易商の下で二年以上働いてきたという真人の駱駝さばきは、確かに手慣れたものだった。

遊圭は胡娘にささやく。

「玄月さんが橘さんを覚えてないなんて、信じられない」

「玄月どのと真人は、尋問のときにしか会ってないはずだ。あれから橘の面相はずいぶんと変わってしまったから、覚えていたとしても、すぐには見分けられんだろう」

そんなものかなと、遊圭は思ったが釈然としない。玄月の記憶力は常識外れだと、陽元が自慢するくらいなのだ。

「後宮の百人を超える内官の顔と名前、出自は全員のを覚えているのに？　さらに主だった宮官と宦官《かんがん》の顔と名前も全部知ってるし、その上、帝が即位したてのころは朝堂で発言を許された二百人の官僚の名前と官職を、玄月が垂簾《すいれん》のうしろから帝にささやいていたくらいだって、叔母《おば》さんが言ってたけど」

「それはすごいな」

胡娘は心底感心してうなずいた。

「だが、そんなに覚えなくてはならないのならば、逆にどうでもいい人間のことまでは、案外と記憶していないのではないか」

それはそうかもしれない。玄月という存在は、決して越えられない壁のような存在だと思い込んできたが、もしかしたら、遊圭は玄月の能力を、買いかぶりすぎていたのかもしれない。

「玄月だって、人間なんだよな」

若鷹《わかたか》のホルシードを入れた籠を、遊圭は自分の駱駝の前鞍《くら》に固定した。これを不快として、天狗《てんこう》は胡娘の鞍に陣取り、駱駝から降りたあとも遊圭に近づこうとはしない。

「天狗。頼むからホルシードと仲良くしてくれないかなぁ」

八、湖の都

楼門関《ろうもんかん》の巨大な門扉が開いた。五頭の羊を連れた小さな駱駝隊が、金椛《ジンファ》の領域から吐き出された。

五人目の騎手は、砂礫灘《されきなだ》までは送っていくことを申し出た玄月だ。

さすがに、玄月に正体を思い出されてはまずいと判断したのだろう。真人は遊圭に軽口を叩《たた》くことはせず、雇われ荷役夫よろしく、黙々と荷駱駝をまとめて牽くことに専念している。

楼門関から南へ延びる城壁に沿って進む。城市から遠ざかるうちに、境界に沿って烽《ほう》火《か》台と烽火台をつなぐ壁は、人の背丈と変わらなくなっていた。ところどころ、煉瓦《れんが》や石が崩れて、中の土塀から藁屑《わらくず》がはみ出している。修繕しないのだろうか。

「これが、国境ですか」

遊圭は玄月に訊ねる。

「これは、かつてこのあたりを支配していた王国が、隣国や蛮族との間に定めた境界の名残だ。この砂礫地帯は、太古の昔には草原だったともいう。朔露《さくろ》が台頭してくるまでは、金椛の支配はこの砂礫地帯を越えて、天鳳《てんぽう》、天鋸《てんきょ》行路の両方に及んでいた。よって、線で引かれた国境というものは、厳密にはない。敢《あ》えて境界を定めるとすれば、ルーシャンが守っている緩衝地帯の城塞《じょうさい》群が、現在における我が国の領域の果てといえるだろう」

その日は出発が遅くなったせいもあり、まだ日の高いうちに最初の烽火台に立ち寄り、宿を求めた。常駐するのはわずかふたりという烽番《ほうばん》兵は珍客の訪れを喜んだ。差し入れられた一頭の羊を屠《ほふ》り、さっそく皆のために料理する。

遊圭は日没とともに烽火台に上がる。時を計るための一刻線香に火を点《つ》け、火屋《ほや》をかぶせた油灯《ゆとう》で星宿図を見ながら、刻々と移動する星宿の動きを星測器で追っていった。

「寒いだろう。天狗《てんこう》と茶を差し入れにきたぞ」

湯気の立つ乾姜《かんきょう》と薄荷の茶を盆に置いた胡娘の足下を、天狗が走り回る。遊圭の鞍を鷹に奪われた天狗は、このときもそっけなく飼い主を無視し、烽火台のあちこちをふんふんと神経質に嗅ぎまわった。胡娘は天狗の落ち着かない動きを面白そうに眺める。

「天狗の鼻には、狼糞《ろうふん》の臭いはきつ過ぎるのではないか」

烽火の燃料になるのは、羊柴《ようさい》、薪《まき》、獣糞などであるが、その配合によって信号とすべき煙の色が変わる。家畜のそれと違って集めるのが大変そうな狼の糞が、本当はどれだけ備蓄されているのか遊圭たちには知る由もないが、鷹の残り香でさえ敏感に避ける天狗の鼻は、乾ききった狼の糞でも強烈に感じられることだろう。

いつでも点火できるように積み上げられた薪と柴の山を、注意深く嗅いでいた天狗は、突然キュウッという悲鳴にも似た鳴き声を上げて、遊圭の裾《すそ》の下にもぐりこんだ。

嫌いな獣、おそらく狼の臭いを嗅いだのだろう。

胡娘と遊圭が笑い声を上げたところへ、玄月と慈仙《じせん》が烽火台に上がってきた。

「星測器の使い方は、覚えたのか」

玄月が低い声で訊ねる。

「まだまだ練習中です。冬至の夜までに、目盛りを当てただけで計算できるようになったら理想ですが、まあ、無理でしょうね」

遊圭は三人が見守る中で、夏沙の童謡に唄《うた》い込まれた星宿を追って、距離と角度を書き留めていった。それを線香の燃え尽きる一刻ごとに行うことを真夜中まで続けて、床に入った。

未明に起き出し、ホルシードに朝の運動をさせる。餌をくれとばかりに手袋をつつく若鷹に、遊圭は昨夜の残りの羊肉を与えた。

移動中は駱駝《らくだ》に揺られながら、自分の記録した星測数値を眺めた。そもそもこの計算が合っているのかどうかも、正直なところよくわからない。

徐々に標高が上がり、耳の奥が少し痛む。駱駝の歩みも緩やかになってきたので地面を見れば、足下の砂地がだんだんと硬くなり、砂礫が増えてきた。駱駝は蹄《ひづめ》が柔らかいので、硬い小石の多い荒れ地では無理をさせられない。

砂礫地帯に入ってから、玄月と慈仙は周囲の地形により深い注意を払うようになった。

夏沙の童謡は、砂漠に消えた湖の都の廃墟《はいきょ》を出発点にしていると考えられる。そこに至る道筋を割り出すのは、慈仙の役割だった。

「われわれが以前、この砂礫灘を朱門関へ向かったときに、古い時代の里程標があることに気がつきました」

その里程標ははじめ、たまたま砂礫に埋もれた大きな石や岩と思われたのだが、玄月たちの行く手に何度か似た石が姿を現したことで、かれらの注意を惹《ひ》いた。不思議に思い近づいて観察したところ、古い記号か文字のようなものが刻まれていた。記号らしき印は東を指していたことから、それに従って進むと、里程標は正しく十里おきに砂礫の中から頭を突き出しており、やがて烽火台のひとつに突き当たった。

「それからは日数を無駄にせず、朱門関に進めたのですよ」

見渡す限り、岩と砂利だらけの砂礫灘で、進行方向が少しでも南や西にずれていたら、玄月たちは期日までに都に帰還できたかどうかわからない。

「あのとき、指南盤はなかった。天気の悪いときは方角がわからず、立ち往生もした。もう間に合わないのではと思ったが、運がよかった」

玄月が感慨深げに慈仙の話を引き取ったので、遊圭は少し驚いた。慈仙はうなずいて、さらに続けた。

「帝都に戻ってこの古い里程標について調べましたが、何の記録も見つからず、そのまま忙しさにまぎれて忘れてしまいました。こちらに赴任してから胡楊の郷について調査していたときに、この里程標のことを思いだしたのです。そこで、視察を兼ねて烽火台を見回り、記憶を頼りに里程標をもういちど探し出しました。そして西へと里程標をたどっていくと、そのまま死の砂漠へ行きついてしまうことがわかりました」

それが何を意味するのかは、里程標を立てた人間がすでにこの地上にいないために、想像の域を出ない。

「その里程標は、湖の廃都に続いていると、慈仙さんと玄月さんは考えているんですね」

「あくまで、仮説にすぎない。太古の昔に、死の砂漠内部にあった都が東西交易の要《かなめ》であったとすれば、楼門関よりも北天江《ほくてんこう》の上流に出た方が、交易路としては優れている。楼門関そのものは、千年前には存在していなかったのだからな」

千年も遡《さかのぼ》れば、死の砂漠には水と緑の豊かな富める都があり、砂礫灘は青々とした草原で、交易商が行き交う街道があったかもしれない。

遊圭は、太古の交易行路を示す里程標が、点々と続いて砂漠へと消えてゆく光景を想像する。しかし、風化しきった岩の列は、あたかもそこで行き倒れた者たちの、永劫《えいごう》の墓標のようにしか思えなかった。

砂礫灘に入ってから四基目の烽火台を過ぎたところで、慈仙がその里程標を指さした。からからに干からびた灰色の苔《こけ》に覆われたそれは、よほど注意して見ないと、自然石とほとんど見分けがつかない。

ここで別れを告げ、来た道を引き返す玄月の背中を見つめているうちに、この先はいよいよ自分の裁量のみで、命がけの試練へ向かっていくのだと遊圭は実感した。

後宮で出会ってからこの五年、玄月には常に都合よくこき使われてきた。しかし、これまでは玄月の配置した碁盤の上で、与えられた役割をこなせばよかった。世間知らずな少年に過ぎなかった遊圭にとっては、決して簡単な仕事ではなかったが、知らぬところに玄月の張った二重三重の網に守られていた。

この捜索行に関しては、行きたくなければ、行く必要はないと、玄月は一度ならず遊圭に言った。

公主の捜索だけでも、君命であれば遊圭は従っただろう。そこに胡娘の夫の消息をからませたのは、この無謀な任務に遊圭を送り出すことに、玄月自身が自分の良心を納得させるためだったのではというのは、うがった見方かもしれないが。

ホルシードの定席が定まると、天狗《てんこう》はその決定がはなはだ不愉快らしく、遊圭を避け、胡娘から離れようとしなくなった。

「新妻を連れ込んだ夫に腹を立てた古妻が、家出して帰ってこない図に似ていますね」

慈仙が悠長に笑いながら、縁起でもない喩《たと》えを持ち出してくる。

遊圭は苦笑いを返した。

「独身のうちから浮気を責められるなんて、とんでもないですよ。第一、天狗は雄なんですから、やきもちはあり得ないです」

その会話を聞きつけた胡娘が、駱駝を寄せて話しかける。

「何を言っているんだ。天狗は雌だぞ。遊圭は自分の愛獣の性別も知らずにきたのか」

「えっ」

遊圭はびっくりして、胡娘の鞍《くら》前に鎮座する天狗を見つめた。

「胡娘が、天狗は雄だって言わなかった？」

「うむ。実を言えば、仔《こ》狗《こう》のときははっきりしなかったのだ。獣によっては、成熟するまでは、雌雄の形がはっきりしないものもあるからな。天狗は小さなころはふぐりのようなものがあったので、雄かと思っていた。しかし、この半年でどんどん体が大きくなりだして、それもなくなってしまった。外見は完全に雌だ」

「こっちが寒いから、食べ過ぎで太ったとか。それで見えなくなったとか」

遊圭の意見に、天狗が抗議の鳴き声を上げた。

「肥満なら体長や肩の高さはそのままで、重さだけが増えるものだ。しかし、遊圭も天狗の体が伸びていることを不思議がっていただろう？」

確かにそうだ。以前はすっぽり両腕におさまっていた天狗が、最近は縦に抱きかかえても頭や尾が余る。喩《たと》えるなら、赤ん坊がみるみる三歳児なみに育った感じだ。

胡娘が天狗の頭から背中を撫《な》でつつ話を続ける。

「天狗の生態は実は西方でもよくわかっていない。たいていの獣は半年のうちに成熟して、仔を作れるようになるものだが、この天狗は星家に引き取られて五年以上経つ。人間ならもう三十歳を超えている。それが、まだ一度も発情期を迎えていない」

それがどう異常なことなのか、ほかの動物を飼ったことのない遊圭にはピンとこなかった。慈仙も胡娘の疑念がわからないらしく、不思議そうに訊《たず》ねる。

「身近に異性がいなければ、その気にならないのではと思いますが」

胡娘は笑いかけたが、相手が性徴期を知らないままおとなになった慈仙であることを慮《おもんぱか》ったらしく、きゅっと口元を引き締めた。

「獣は時期がくれば、仔を作ろうとして番《つがい》の相手を求める。異性が近くにいようがいまいが、体の準備はできるからだ。人間や熊のように、成熟するのに何年もかかる獣もいるにはいるが、それでも徐々に体は大きくなる。しかし、天狗《てんこう》は五年以上形を変えず、ここにきてふたたび成長を始めている。不思議な生き物だ」

それ以上は、誰も天狗の生態について知識も見解も持たないために、話は弾まなかった。なんとなくすっきりしないまま、遊圭は指南盤を取り出しては正しい方角を進んでいることを確認しつつ、慈仙は十里おきに風化した里程標を見つけては、進路の正しさを一同に知らせて安心させた。

「この里程標は、少なくとも千年は遡るんですよね。そんな時代から、ここまで正確に距離や方角を測ることができたんでしょうか。わたしたちの文明だって、無理じゃないかと思うのですが」

慈仙は、砂礫灘《されきなだ》の乾燥した冷たい風にも消せない、柔らかな笑みを浮かべる。

「現代の帝都や、主要な城市を結ぶ街道の測量は正確ですよ。この砂礫灘も、かつては大勢の人口が行き来したがゆえに、正確な測量を必要とされた時代があったのでしょう」

いまはただ、砂と小石と岩に覆われた丘の群れが、延々と地平まで続く荒涼とした大地ではあるが。

砂礫地帯と砂漠との境い目は、はっきりとしない。地面を占める礫の割合が減り、より砂の面積が増えていく。そしてついに、打ち寄せる高波のような砂丘の連なりが、行く手に立ちはだかる死の砂漠のほとりに現れる。

最後の里程標で、一行は歩みを止めた。まだ日は高いが、遊圭たちはそこで一泊することにした。暦を出して冬至までの日数を確かめ、日没の方位と角度を測る。

胡娘は滋養効果の高い生薬を配合して、麦粥《むぎがゆ》と煮込む。馴染《なじ》みのない鼻を衝《つ》く臭いに、慈仙は怪訝《けげん》な顔をし、真人は鼻に皺《しわ》を寄せた。

「おかしなものは入れてない。あなたがたの体質がわからないので、体を温め、回復を早める穏やかな生薬を選んだ。野宿続きで粗食ばかりでは、疲れがたまってしまうからな」

慈仙は匙《さじ》を止めて、ふふっと思い出し笑いをする。

「そういえば、前にいただいた全蝎《ぜんかつ》は効きましたよ。帰国後も使っています。鍛錬の効果もはっきりと実感できますし、怪我の治りも早く、厳しい任務でも疲れ知らずです。私たちのようなものが正規の薬司所《やくしどころ》に発注すると、おかしな顔をされてしまうので、城外の薬屋から求めることにしているのですが」

全蠍は一般に、男性の精力を高める方向に人気がある。胡娘は苦笑を返した。

「難儀だな。そういえば、死の砂漠には死の蠍《さそり》が棲《す》んでいるはずだ。気をつけねば一刺しで心臓を止められるぞ」

この寒さでは、蠍などの殻付き虫の類《たぐい》は動きが鈍い。そう簡単には刺されないのではと遊圭は思ったが油断は禁物だ。真人にも緑色の大きな蠍には気をつけるようにと注意する。

旅の連れに加えたら、さぞかしうるさく話しかけてくるのではと思われた真人だが、玄月が去ったあとも必要以上の口は利かず、おとなしく荷役夫の役割を果たしていた。

「玄月さんは、慈仙さんの上司というわけじゃないんですよね」

遊圭の問いに、慈仙はまろやかに微笑む。

「同じ部署で働くときは、玄月が上役になることが多いですが、私のほうが先輩です。青蘭殿での席次は私の方が上ですよ」

「そうなんですか」

遊圭は驚きを素直に顔に出した。

「この探索行に同行するのが、遊圭さんには旧知の玄月ではなく私だったのは、申し訳ないことでしたね」

「いっ、いえ、そんなことないです。むしろ、助かってます」

思わず本音を口にしてしまって、遊圭はいっそう慌てた。慈仙は目を丸くし、胡娘はこらえきれずに噴き出す。

「あ、あの。わたしは正直なところ、玄月さんはちょっと苦手で。笑ったところをほとんど見たことないですし。笑っても怖いし、あの、それに玄月さんはわたしのことはお嫌いみたいですので」

慈仙は首をかしげる。

「玄月が遊圭を嫌っているようには、見えませんが」

「玄月さんとは、こんな風に話したこと、ないです。とにかく、緊張するので」

しどろもどろになる遊圭に、慈仙はなるほどとうなずいた。

「私の容貌《ようぼう》は、これといって特徴がなく、とらえどころがないでしょう？　相手の警戒心を解いて油断させ、饒舌《じょうぜつ》にさせるのは得意なんですよ」

にんまりと微笑む慈仙の双眸《そうぼう》が、急に底の知れない光を閃《ひらめ》かせたようで、遊圭はぎょっとした。

慈仙の顔立ちは過不足なく整ってはいるが、派手さも人目を惹《ひ》く華やかさもない。何度か会って言葉を交わしても、一日も会わなければどんな顔をしていたのか、忘れてしまいそうな印象の薄さではある。

「でも、慈仙さんは帝のお側付きの通貞《つうてい》に、選ばれたんですよね」

皇帝や后妃に仕える年少の宦官《かんがん》は、容姿の美しさが最優先とされる。平凡な容姿ではまず選ばれることはない。

慈仙は、うっふっふ、と妙に色気のある笑みを漏らす。

「私の母は妓楼《ぎろう》の妓女だったのです。それもあって私は化粧が得意で、必要とあればいくらでも美しく化けることはできたんですよ。また、鐘鼓司で様々な技芸を学びましたから、変装も得意です。化粧次第では玄月より美しく変化してみせますよ」

なぜそこに玄月を引き合いに出すのかと思った遊圭だが、内侍省の調査機関である東《とう》廠《しょう》の任務で妓楼に潜入し、絶世の美姫《びき》に化けて官僚の接待を務めていた玄月の姿を思い出して、絶句した。そして、もうひとつ思い出したことがある。

「あ、もしかして。わたしの顔に火傷《やけど》の痕《あと》を偽装しに来たのは——」

遊圭は思わず声を上げ、両手でうなじを押さえた。慈仙はにんまりと微笑む。

「やっと思い出してもらえましたか。そうですよ。私です。でも、あなたの髪を切ったのは、別の宦官ですが」

後宮にひそんでいた当時、遊圭は重い病にかかり、療養のために隔離されていた建物が火災で焼け落ちたことがあった。このとき玄月は、成長するにつれて、顔つきから柔らかさのなくなってゆく遊圭の女装がばれるのを防ぐために、この火災を利用することを思いついた。

そのときに玄月が連れてきた、三人の学芸宦官のひとりが慈仙だった。

「健康な少年を後宮に隠し置く方法を、玄月に相談されたときには、さすがに驚きましたけどね」

遊圭はついに言葉を失くして頭を抱えた。気持ちを落ち着けるために、頭頂にある百《ひゃく》会《え》の経穴《けいけつ》をぐいぐいと押す。かなり心が疲れていたようで、ものすごく痛い。

「本当のところはですね、玄月はこの探索行に反対でした」

遊圭は慈仙の告白にまた驚かされる。慈仙は何度ひとを驚かせば気がすむのだろう。

「監軍使の後任者が決まり次第、私はひとりで公主様一行を捜しに行くつもりでした。玄月は私を引き留めるために、自ら赴任してきたようなものです」

「慈仙さんは、公主様に特別の思い入れが？」

「いえ、公主様の脱出のために差し向けられた宦官が、私の義弟なのです。覚えておいでですか。遊圭とルーシャン将軍の高原行に同行した林義仙《りんぎせん》です」

遊圭はかつて、夏沙からの帰還の旅をともにした、もうひとりの宦官兵の顔を思い出そうとした。秀でた額と、細めの切れ長の目、まっすぐ通った鼻筋は、皇帝の近侍に選ばれるだけの容姿は具《そな》えていた。黙っていれば宦官とはわからない、体格に優れた武人であったが、表情は豊かではなかったと記憶している。

「公主一行を捜しに行くのは、主上のためだと思っていたのだが？」

胡娘がすかさず、以前の言動との矛盾を突いたが、慈仙はまったく悪びれずに応じる。

「もちろん、大家《ターチャ》の御為です。そのために、私と玄月は公主様の行方を必死で調べました。それでも手掛かりが少なすぎたので、玄月は私にあきらめるよう説得していたところへ、菫児《きんじ》の書簡が届き、そこにシーリーンが来合わせたのです」

慈仙はこの夜、さんざん遊圭を驚かせてくれたが、この告白が一番ではなかったか。

死の砂漠へと、遊圭を公主捜索に駆り立てたのは、玄月が仕向けたことではなかった。

慈仙と胡娘の、それぞれが片割れを求める一途《いちず》さによって実現したのだ。

「遊圭とシーリーンが同行してくれることになって、私はとても助かっています。私の知識だけでは、ただ砂漠を横断して劫河《こうが》に至り、それから南下して天鋸行路に出て帰国する経路しか取れず、その行程で偶然にも胡楊の郷に行き当たる確率は限りなく低い。菫児《きんじ》の送ってきた子守唄《うた》も、私ではとても解読できませんでした」

「解読した自信はありません。異国語の歌詞ですから、本当はもっと深い意味が隠されているのかもしれませんが、こんな短期間では、上澄みをすくいとるのが精いっぱいでした」

「神託とは違い、子孫に向けた託《ことづ》けですから、案外と単純なものかもしれませんよ」

そうであればいい、と遊圭は思う。

「玄月は最後まで、遊圭を捜索に出さずにすめばいいと考えてました」

「どうしてですか」

これまで、いかにして遊圭を困難な任務に駆り出そうかと、玄月が画策してきたことを思い出せば、慈仙の言葉はすぐには信じられない。

「あなたの身に何かあったら、玄月は娘々《ニャンニャン》の御不興を買って、一生浮かび上がれなくなってしまうでしょう。下手をすると首を刎《は》ねられるかもしれません」

玄月の態度や言葉遣いに躊躇《ちゅうちょ》を感じていたのは、遊圭の錯覚ではなかったということだ。だが、玄月に頼り切っている陽元が、たとえ玲玉の怒りを収めるためでも、玄月を処罰することは考えられない遊圭だ。

「わたしは自ら参加することを決めたんです。命令されたわけではありませんから、玄月さんの罪にはならないと思いますが」

慈仙は深みのある笑みを浮かべただけで、何も言わない。

遊圭と胡娘はことの大きさに顔を見合わせた。

遊圭を送り出せば、己の政治生命が危うくなり、遊圭を引き留めれば、大切な仲間である慈仙をひとりで死地に送り出すことになる。己の政治生命と同僚の命を天秤《てんびん》にかけて、慈仙の生還を望んだことは【仁】と云《い》えるかも知れない。

しかし、ここでも自分の存在は、玄月にとっては勝率を上げるための駒に過ぎないことが、どうにも釈然としない遊圭だ。

西の地平、真冬の荒野に沈みゆく、冷たく巨大な赤い円盤を眺めながら、遊圭はこの旅の行方がまったく見えない実感を噛《か》み締めた。

死の砂漠の波打ち際では、高さ二丈（約六メートル）に満たない砂丘が、遊圭一行の前に無限の壁を連ねていた。

登りでは、背負った荷の重さに駱駝《らくだ》の前脚が柔らかな砂にずぶずぶと沈み込み、一歩一歩進むたびに駱駝も人間もひどく消耗した。最初の尾根に達するのに、極寒にもかかわらず汗だくになる。下るときは、絶えず蹄《ひづめ》の下で崩れ落ちる砂に、後脚を踏ん張り、砂煙を立てて滑り降りる駱駝から振り落とされまいと、遊圭は必死で鞍《くら》にしがみついた。そんな遊圭の横を、若く経験の少ない駱駝が転倒し、荷物をばらまきながら砂丘の谷まで滑り落ちていった。

あたりはもうもうと黄色く立ち込める砂と埃《ほこり》で、一寸先も見えない。

駱駝の鼻面を繋《つな》ぐ縄は、転倒時に備えてすぐに解《ほど》けるようになっているので、被害はその一頭ですんだ。しかし、真人と慈仙はばらばらに逃げ出そうとする駱駝をまとめるのに忙しく、遊圭と胡娘は砂上の荷を拾う作業で半日を費やした。

中身の半分以上が割れてしまった卵の箱に頭を突っ込む天狗《てんこう》から、無事な卵を救い出そうと必死な遊圭を前に、真人が両手を交差させつつ、したり顔で講釈する。

「転倒した駱駝の荷が水でなかったのは不幸中の幸いでした。ふつうはですね、砂漠を横切るときは、砂の吹き寄せるしまった側の尾根に沿って、右へ左へ折れながら一列になって進むわけなんですが」

遊圭はなぜもっと早く言わないのかと頬の内側を噛んだ。知らなかったわけではないが、砂漠を越えたのはもう二年以上も前のことだ。ほぼ全行程を意識を朦朧《もうろう》とさせて鞍にしがみついていただけの遊圭は、細かいことは覚えていなかった。

疲労困憊《こんぱい》する遊圭に、『経験豊かな』はずの胡娘と慈仙は顔を見合わせ、「二丈くらいだったらまっすぐ登った方が早いのではと思った」と苦笑した。

その日は五里も進むことができず、野営することにした。転倒した駱駝を休ませ、作戦を練り直すためだ。

「冬至までに湖の廃都に着けるかな」

遊圭はすでに挫折《ざせつ》を味わっている。

右へ左へと尾根をひとつ越え、死の砂漠の奥へと進むほどに、砂丘は高さを増していく。あれだけ難渋した二丈の砂丘が虎の前の猫に思えるほど、尾根はどんどん高く長くなっていった。高さ四丈（約十二メートル）を超える砂丘の尾根に立ったときは、来た方向さえ定かでない黄色い大海原が、四方の地平まで続くのを見て、遊圭は本当に生きてこの死の砂漠を越えることができるのかと、希望を失いそうになる。

それでも、指南盤の針を頼りに西へ西へと進み続けた。夜ごと無情に欠けてゆく月に、内心の焦りを隠せない遊圭は、七丈（約二十一メートル）にも達しようという砂丘の尾根から、西の地平に手を翳《かざ》した。

「あれは、蜃気楼《しんきろう》じゃないよね」

重なる砂丘の彼方《かなた》に見える黒っぽい影を指さして訊《たず》ねる遊圭に、胡娘と慈仙も目を細めてそちらをにらみつけた。

「墓標のようだな。廃都の遺跡だろうか」

一行は互いに励まし合って先へと急ぐ。

初めは杭《くい》の列のように見えたが、砂丘を越えて近づくほどに、墓石の列を思わせ、やがて林立する柱へと印象を変えていく。夕刻に差しかかってようやくそこにたどり着いた遊圭たちが目にしたのは、人工の建物ではなく、立ち枯れて幹とむき出しの枝のみとなった、胡楊の森であった。

「すごい、慈仙さんの読みが当たりましたね。冬至に間に合ってよかった」

遊圭はお世辞でなく、喜びの声を上げた。

森に着いた遊圭たちは、沈黙して並び立つ、色彩に乏しい世界へと足を踏み入れる。

枯死した胡楊の森は、死の砂漠に何本もの長い長い死の影を落としていた。

森を抜けると、砂丘の麓《ふもと》に日干し煉瓦《れんが》で築かれた都市の残骸《ざんがい》が、砂に埋もれて眠っていた。各所が崩落した天井部分はすでに風化し、蜂の巣のように区切られた個室が風砂にさらされている。基底の部分は砂に沈み、どれだけの深さがあるのかは見て取れない。目前にあるのは、二階以上の部分かもしれないと遊圭は思う。

裸の枝を天に突き上げたまま黒く立ち枯れた死の森をふり返り、口を開けたまま呆然《ぼうぜん》と見上げる真人に、遊圭は廃墟《はいきょ》におりるよう促す。

「これは、どれくらい古いもんなんですか」

かすれた声で、真人は訊ねた。

「さあ。見当もつかないけど、昔から『胡楊は生きて千年枯れず、枯れて千年倒れず、倒れて千年腐らず』と云われていますす。枯れて倒れた木が一本もないところを見ると、この森の齢《よわい》は、立ち枯れの千年から二千年の間ではないでしょうか」

「千年……」

真人は雷に打たれたように、枯れてなお屹立《きつりつ》する胡楊の森をぐるりと見回し、砂に埋もれた廃墟を見下ろしてふたたびつぶやいた。

「二千年……」

遊圭は背伸びをして、湖の跡を目で探したが見分けられない。千年もあれば、湖も滔々《とうとう》と流れ込む砂に満たされてしまっても不思議ではなかった。

金椛の王朝が五十年、それに先立つ中原の文明は二千年は続いているという。ならば、胡楊の木々は人間の歴史に等しいか、それ以上に長い時間を生きてきたことになる。そして湖が涸《か》れ枯死してもなお、ここに立ち尽くし、人々が立ち去った後も、ただ粛々と大地の変遷を見つめてきたのだ。

遊圭は白い息とともにそのような感傷を吐き出し、真人に話しかける。

「駱駝の扱いに慣れた橘さんのお陰で、なんとか冬至までに湖の廃都にたどり着けました。ありがとうございます」

率直に感謝を示されて、真人は面食らって頭を掻《か》いた。

「はあ、まあ無理を言ってついてきたのは僕の勝手ですし。こんな廃墟で、冬至に何があるんですか」

「ここで、星を観測しなくてはならないのです。二、三日逗留《とうりゅう》しますので、橘さんも体を休めてください」

「何日も休養なしで進み続けるから、心配していたんですが、駱駝も休ませることができて助かります」

真人はそう言って、駱駝の荷をおろしに行った。

「橘もなかなか役には立つな」

胡娘が独り言のようにつぶやく。

確かに、楼門関を出てからの橘の働きぶりは勤勉で、無駄口ひとつ叩《たた》かない。都を追放されてからは、交易商人のもとで金椛国内をあちらこちら渡り歩いてきたと言うだけあって、荷役の仕事を手際よくこなす。遊圭が自分でやるよりもよほど効率がよかった。

「根は、悪い人じゃないとは思うけどね。それもわたしたちの行き先が、彼にとって都合がいいときだけだと思う。信用しちゃいけない」

遊圭は自分にそう言い聞かせた。胡娘は声を立てて笑うと、遊圭の背をポンと叩いた。絹の綿入れと毛織の上着、毛皮の外套《がいとう》を重ねているので、叩かれても何も感じない。矢も通さないかもしれないと遊圭は呑気《のんき》なことを思った。ただあまりに着膨れているので、いささか動きにくいのが難だ。

「ひとは皆、そういうものではないかな。私だって、自分の問題に遊々を巻き込んでいる。これは私ひとりで解決すべき問題なのに」

「それを言ったら、胡娘こそわたしの流刑に巻き込まれる必要はなかったんだ。胡娘はわたしの家族だからついてきたんだろう？　わたしは胡娘の家族だから、胡娘のだんなさんを捜し出すのに協力するのは当然のことだよ。水臭いことは言わないで」

胡娘はますます楽しそうに笑い、遊圭の肩に手を置く。

「玄月どのと同じことを言うな」

「え？」

「実は、遊々を危険な場所には連れて行きたくない、遊々に伝えた日より、早めに出発したいと玄月どのに頼んだ。そしたら『シーリーンは、遊圭が本当の息子であったとしても、それでも置き去りにしていくのか』と訊《き》かれた」

それが真摯《しんし》な助言なのか、星を読む遊圭を慈仙につけて、より確実に任務を果たさせるための口実だったのか。遊圭は判断しかねる。

「ファリドゥーンと再会できるかどうかはともかく、遊々を置き去りにしてしまったら、これまで遊々に言ってきたことが、すべて嘘になってしまうと、思い直したのだ」

「まあでも、ファリドゥーンさんにとっては、わたしは赤の他人なんだし、どう言って挨拶《あいさつ》していいのかは、ちょっとわからないんだけど」

遊圭は胡娘の夫がどんな人物か、まったく未知であることに、いまさらながら不安を覚える。

廃墟の奥へ進んだ遊圭と胡娘は、胡楊の枯れ枝を集めて火を熾《おこ》した。

その日は羊を一頭屠《ほふ》り、久しぶりに柔らかな肉を心置きなく味わった。駱駝《らくだ》も胡麻《ごま》の油と絞り滓《かす》を与えられ、満足そうに枯死した木の根元にくつろいでいる。

一行が満腹し、旅の疲れに寝床を整える頃、宵の明星の太白《たいはく》はすでに、濃さを増していく西の空に輝き始めていた。

遊圭ひとりは、ゆっくりと眠っている場合ではない。観測の準備に忙しい遊圭に、慈仙が申し訳なさそうに声をかける。

「本当に、先に休んでいいのですか。手伝うことがあれば、なんでも言ってください」

「大丈夫です。正子《しょうし》の星測を終えたら、わたしも休みますから」

ホルシードの籠《かご》を布で覆ってから、遊圭は油灯《ゆとう》を出して灯芯《しん》に火を点《つ》けた。円筒に成形された透石膏《とうせっこう》の火屋《ほや》をかぶせると、廃墟の室内は白い灯《あか》りに満たされる。白く透き通った透石膏の油灯は、布を張った金椛の油灯より安全で、倒れにくいのもありがたかった。

懐炉の石炭を入れ替え、毛皮の外套を着こんで、油灯を持って戸外へ出る。足場を確かめながら、なるべく廃墟の高いところへのぼった。全天の視界を遮らない場所に毛布を敷き、日没とともに油灯から一刻線香に火を移す。

真冬の夜空は、文字通り満天に星が鏤《ちりば》められていた。月もまだ出ていないのに、輝く天上の川が無数の砂丘を明るく照らし出していた。

正子の時刻に天狼《てんろう》星を捉《とら》え、狩人《かりゅうど》の帯、参宿との角度差を測った。帯を解く、という意味がどうしてもわからなかったが、三つ星の真ん中を帯の留め金と見なしてその星の角度を書き出す。そして遊圭は頭を抱えた。

巨大な砂丘の波打つ砂漠を、真っ直ぐに進むことはできない。そして砂丘は風に押されて絶えず動き、向きを変えてゆく。ならば、三日三夜というのが、死の砂漠を進む日程を示していることは、まずありえない。三つ星と併せて、三という数を重ねていることに意味があるのだろうか。遊圭はこれまでの計算式を捨てて、新しい紙を引っ張り出した。大急ぎで墨を磨《す》る。

測定から導き出された距離や角度を三の三倍にしてみたり、思いつく限りの数式に当てはめて、夜通し星空とにらみ合う。

いつの間にか遊圭は、石の床に突っ伏して眠り込んでいた。大きなくしゃみで目を覚ました遊圭は、何枚も被《かぶ》せられた毛布の重みにうなり声を上げる。天狗《てんこう》が迷惑そうな鳴き声を上げて、毛布の下からもぞもぞと出てくる。朝日を浴びる墨も筆も、カチカチに凍っていた。

夜中にようすを見にきた胡娘が、遺跡で拾った煉瓦の温石を遊圭の背中と足下に入れ、体を毛布と天幕で覆い、天狗が腹の内側に潜り込んで添い寝していなければ、遊圭は夜明け前に凍死していたかもしれなかった。

三日の滞在の間に、十分な休息を取り、駱駝に荷を積み終えた一行は、遊圭の算出した方角へ向かって進む。

四日後に風化した廃墟にたどり着いた時には、遊圭は自分の仮説と計算が合っていたことに心からの安堵《あんど》を覚えた。

「やはり、ここが狩人の帯にあたる中継地点だ」

廃墟の壁を注意深く調べた遊圭は、支柱の一部と思われる残骸に、参宿を模したと思われる点描を見つけて断言した。

次の牡牛《おうし》の右眼を目指して進んだところ、三日で廃墟《はいきょ》に至った。ここにはわずかだが、枯れた胡楊の林があった。もともと小さな集落だったのか、狩人の帯を刻まれた廃墟よりも小さく、胡楊の林がなければ見逃していたかもしれない。

しかし、次の昴宿《ぼう》を目指して進み続けて五日を過ぎても、七日目を迎えても、目印となるものには何も行き当たらない。

計算が間違っていたのだろうか、七人の乙女と七日踊ることを、参宿の三の繰り返しと同じ解釈で計算したのだが、その数式が遊圭を導いたのは、茫漠《ぼうばく》と砂丘のうねる、不毛の大地であった。

「天狼星を起点に進んで狩人の帯の遺跡にたどり着いたのだから、そこから星の角度に従って進めばいいと考えたわたしの仮説は、間違っていないはずだ」

遊圭は震えてくる手を押さえておくことができずに、言い訳をする。

「必ずしも、そこに廃墟があるとは限りませんよ。遊圭」

慈仙は慰めてくれるが、目印がまったく目に入らないということは、どこかで進む方角を間違えたとしか遊圭には思えなかった。

「問題はですね」

遊圭は胡娘と真人には聞こえないように、慈仙にささやく。

「死の砂漠のどの地点にいるのか、もはやはっきりとはわからなくなっているのです。明日にでも、朔露の哨戒《しょうかい》隊と出くわすのではと、気が気ではありません」

慈仙は遊圭の意見を真剣に受け取り、しばらく考え込んだ。

「もし、遊圭がこれ以上の危険を冒したくなければ、すぐにでも南へ転進して、天鋸行路を目指すこともできます」

遊圭は慈仙の配慮が嬉《うれ》しかった。危険と判断したのなら、いつでも任務を中止していいのだ。遊圭は歌詞の意味するところを考え直してみたくなった。

「慈仙さん。この星巡りの唄《うた》を、歌ってもらえますか」

にっこりと微笑むと、慈仙は夏沙の言葉で歌い、次に金椛の言葉で星巡りの子守唄を歌った。金椛語の歌詞は、旋律に合うように慈仙の感性によって書き換えられていて、菫児《きんじ》のそれとは微妙に異なっていたのだが、気にはならない。

それにしても不思議な歌声であった。

女性のように高く、少年のように透明で、そして体の奥深いところからあふれてくる、豊かな声量が、凍りつく大気に響き渡る。

慈仙が男性性と引き換えに保ち続けた美しく絶妙な歌声が、命の痕跡《こんせき》すらない砂ばかりの大地を流れてゆく。

おそらくは、後宮の外に住む人々は決して耳にすることのない、ひとならぬ者だけに許された天上の美声。気がつけば、遊圭の両の目から涙が流れていた。

性の狭間《はざま》で生きることを強いられた困苦は、遊圭の記憶にもまだ新しい。慈仙や玄月が終生閉じ込められたその狭間の世界に、このような芸術が存在することが奇跡であった。

ただ、それが福音なのか呪いなのか、遊圭にはわからない。

「どうかしましたか、遊圭」

両手で顔を押さえる遊圭に戸惑った慈仙が、慌てて訊《たず》ねた。遊圭は弱々しく首を振って、鼻をすすりながら謝る。

「いえ、ただ、こんな美しい芸術に触れたことが、ずいぶんとなかったので。つまり、感動したのです。聴衆が砂ばかりというのは、慈仙さんに申し訳ない気がして」

唐突に、パンパンと手を叩《たた》く音がして、遊圭は背後を振り返った。

「我々も聴いていたぞ。素晴らしい歌声だった」

野営の支度を終えた胡娘と真人が、いつの間にかすぐうしろにいて、慈仙の歌声を聴いていたらしい。胡娘もまぶたを押さえ、真人もぼんやりと魂を抜かれたような表情で慈仙を眺めていた。

慈仙は照れくさそうに苦笑いをすると、服の砂を払って少し怒ったように言った。

「あなたがたは、皇帝と皇族にのみ捧《ささ》げられる声楽を耳にしたのですよ。公に知られたら、罰を被るかも知れませんね」

真人が首と両手をぶんぶんと振って、この美声を聴くことがその代償なら、罰を受けようと構わないと断言した。

「飛天の音楽とは、まさにこれだと、僕は思いました。僕の祖国の連中は、飛天の歌声を絶対に聴くことができないんですから、僕は本当に果報者です。あなたの歌を聴くために、僕は海を越え、大陸を横断したんじゃないかと思います」

顔の輪郭も、目も口も丸い真人が、小鼻を丸くふくらませて絶賛する。

真人が熱心に称讃《しょうさん》するほどに、慈仙の微笑はむしろ憂いを深める。遊圭は真人を黙らせたかったが、あからさまに遮ってしまうと、遊圭が慈仙の境遇を憐《あわ》れんでいると思われそうで何も言えなかった。

九、家族のかたち

遊圭の都の邸《やしき》を訪れ星家の家廟《かびょう》に参り、皇后の使わした使者のもと、結納と婚約の手続きを終えた明々は、ふたたび宮中に戻ってきた。

気候が良くなるまで宮中にいればよいと玲玉に勧められ、蔡才人《さいさいじん》にも誘われて気ままな客人暮らしではあったが、それでは明々の性に合わない。幼い瞭皇子と蓮華《れんげ》公主のお守りを進んで務め、永寿宮の厨房《ちゅうぼう》でも新たな料理を覚えようと積極的に手伝った。すでに手習いを始めた翔皇太子とは、あまり顔を合わせないのが残念だ。翔の遊び相手をさせられている駿王《しゅんおう》は、ときどき厨房に菓子の無心にやってくる。

「駿王さま。三度の食事をきちんと取っていれば、そんなにお腹は空《す》かないはずですよ。お年の割にお体が大きくておられるから、たくさん食べないといけないのかもしれませんけども」

小麦粉の生地を練って油で揚げた伏兎《ぶと》という菓子を口にねじ込みながら、駿王はもごもごと言い訳をするのだが、何を言っているのかよくわからない。

明々はお茶に息を吹きかけて冷まし、差し出した。

「慌てて食べなくても、誰も取り上げませんよ」

その言葉に、駿王は伏兎を口に含んだまま顔を伏せた。

明々は、駿王が翔と遊ぶのを好まず、厨房の近くで木彫りの馬を抱いて、ひとり遊びをしているのを何度か見かけていた。それと同じ木彫りの馬を、翔が瞭皇子に与えているところも、昨日見てしまった。

「今日は、木彫りの馬で遊ばれないのですか」

駿王は伏兎を噛むのも止めて、じっと床を見つめている。

「もしかして、お菓子もおもちゃも、東宮さまに取られてしまうのですか？」

宮中の者なら絶対に口にしないことを、明々はさらりと訊ねる。駿王は、うつむいて固まってしまい、是とも非とも言わない。

「困った東宮さまですね。かといって、大后《おおきさき》さまに申し上げるのも、告げ口みたいで難しいです。大后さまも、主上もお優しい方々なので、駿王さまが困っていればとりなしてくださりそうなものですが」

砂糖でべとついた駿王の手を、濡《ぬ》らした手拭《てぬぐ》いできれいにしてから、明々はどうしたものかと考えた。駿王の手を引いて、回廊を歩いているところへ、宦官《かんがん》を引き連れた翔と行き合った。翔は、明々が駿王と手をつないでいるのを見て眉間《みけん》に皺《しわ》を寄せた。駆け寄ってきて明々と駿王の腕をつかんで引き剥《は》がす。

「なにをなさるんですか東宮さま。痛いですよ」

注意する明々を無視して、翔は駿王を叱りつけた。

「明々はわたしの従兄《いとこ》の妻になるひとだぞ。わたしの義従姉《いとこ》になるんだから、駿が勝手に手を握っては駄目だっ」

「まあ、東宮さま。私が誰の手を握ろうと、私が決めることではありませんか」

翔は明々の腕を両手で握りしめて、ダンダンと音を立てて足を踏み鳴らす。

「駄目だ。明々は遊圭の妻になるのだから、他の男の手を握っては駄目じゃないか」

「駿王さまはまだ、七つでおいでですから、問題ないですよ」

いまにも癇癪《かんしゃく》を爆発させかねない翔の背後で、宦官たちが袖《そで》をばたつかせた。明々に謝罪をするよう身振り手振りで要求してくる。すっかり怯《おび》えてしまった駿王は、じりじりと後退《あとじさ》る。駿王が逃げ出そうとした気配を察知した明々は、翔の手を振り払って駿王の肩をつかまえた。その反動で翔はよろめき、あわや転びかけたところを宦官が下敷きになって受け止めた。

それからはちょっとした騒ぎとなった。翔は癇癪を起こして支えてくれた宦官を叩く、駿王は明々の袖の中で泣き出す、皇太子付きの宦官は右往左往して奥へと注進に行き、翔の乳母が出てきて明々を罵倒《ばとう》する。駿王の乳母も引きずり出されて、土下座して翔の寛恕《かんじょ》を乞《こ》うた。

「ああ、馬鹿馬鹿しい。ただの兄弟げんかじゃないの！」

明々は大声で一喝した。一瞬だけ黙った翔の乳母が、顔を真っ赤に染めて明々に人差し指を突きつけ、金切り声でさらに罵《のの》り、ますます収拾がつかない。とうとう騒ぎを聞きつけた玲玉が、関係者を呼びつけて事情を説明させた。

「それで、事の起こりは明々と駿王が手をつないでいるところを、東宮さまが焼《や》き餅《もち》を焼いて癇癪を起こされたということですね」

宦官や乳母の証言も聞いた上で、玲玉は明々の話を信じてくれたので、明々はほっとして胸を撫《な》で下ろした。

「ちょっとした兄弟の行き違いが、こんな騒ぎになってしまうなんて。申し訳ありませんでした」

「ええ、ちょっとした互いの心の掛け違いが、国を傾ける兄弟げんかにまで発展することは、珍しくはないですからね」

陽元即位の翌年に起きた、異母弟旺元皇子の反乱と、皇帝暗殺未遂のことを指しているのだろう。玲玉は陰鬱《いんうつ》な面差しで、翔と駿王を交互に見つめた。

明々は事を大きくしてしまったことを申し訳なく思い、心から謝罪する。

「差し出がましいこととは思ったのですが、東宮さまに意見を申し上げてしまい、それがかえってお怒りを招いてしまって」

玲玉はゆらりと微笑んだ。

「主上は、東宮さまがわがままを申されたときは、意見を申し上げることを游にはお許しになったそうですから、游の正妻となる明々が東宮さまに意見を申し上げることは、問題ないと思いますよ」

明々は玲玉が自分の立場を尊重してくれたことに感謝し、礼を言った。

「東宮さまの癇癪を、まわりの者が煽《あお》るようでは宮中の示しがつきません。東宮さまには私から道理を聞かせましょう。翔の乳母には十日の謹慎を申しつけます」

玲玉は疲れたようすで額に手の甲を当て、ふうとため息をついた。

「お加減が悪いのですか」

そういえば玲玉は少し顔色が良くない。玲玉は人差し指を唇に当て、淡い微笑を湛《たた》えて明々を身近に招き寄せる。

「まだ、確かではないのですが。どうやら四人目が」

明々は思わず叫びそうになって、両方の袖を口に当てた。そして慌てて、小声で「おめでとうございます」と囁《ささや》き返した。

「ありがとう。まだ、はっきりとはわからないのですが」

玲玉は脇に控えさせていた翔と駿王を呼び、並ばせた。

「東宮さま。あなたはとても賢くて主上もわたくしも自慢に思っているのですが、焼餅を焼きすぎるのが玉に瑕《きず》です。暸が生まれたときも、すぐには仲良くしてくれなくてわたくしたちはとても困りましたよ。駿王も、前にも話したとおり、そなたや暸とは母親が違いますが、お父様である主上の御子で、あなたにとっては兄弟です。しかもお母様を亡くされて間もないのです。翔よ、あなたは明日にでもわたくしがこの世からいなくなってしまったら、どのような気持ちになるか、想像してくれますか」

唇を嚙《か》み締めて強情に自分の非を認めようとしない翔であったが、玲玉が、母親の自分がいなくなった宮中について克明に話して聞かせるうちに、だんだんと眉《まゆ》の端が下がっていく。玲玉は両手の親指と人差し指で、小さな長方形を作り、翔に見せた。

「ひとはね、東宮さま。死んでしまったらこんな小さな位牌《いはい》になってしまうのです。東宮さまがわたくしにお会いになりたいときは、位牌になったわたくしに話しかけることはできますが、位牌となったわたくしは、あなたがどんなに悲しいときも、嬉《うれ》しいときも、声をかけたり、お言葉に応《こた》えることはできないのです」

玲玉の話を横で聞いていた明々は、星家の家廟に並べられた六十を超える位牌の群れを思い出した。都で家の再興を目指していた遊圭は、どんな孤独を抱えていたことだろう。そして、辺境へ流されたいま、どんな思いで都を懐かしんでいることかと思った。

翔が母親のいなくなった世界を想像して、感情の高ぶるのをこらえている横で、駿王がぼろぼろと涙をこぼす。玲玉は駿王を自分の膝元《ひざもと》へ招いた。

「駿王、あなたはまだこんなに幼いのに、毎朝毎晩、亡きお母さまのために香を焚《た》いて、灯明を欠かさずにいるのですよね。とても親孝行な素晴らしいお子ですよ。わたくしはあなたの嫡母であることを誇りに思います。あなたが将来、東宮さまがこの国を治めるのを助けてくれたら、金椛《ジンファ》はきっとすべての民が安らげる、よい国になると思います」

翔は、玲玉が駿王の頰を膝に置いて、その総角《あげまき》を撫でるのを悔しそうに見ていたが、両手を拳《こぶし》にして癇癪をこらえていた。明々はその肘《ひじ》を捉《とら》えて玲玉のもとへ進み、翔の拳を玲玉の膝に載せた。怒りと、嫉妬《しっと》、そして想像のもたらした悲しみがごちゃまぜになって、制御しきれない感情があふれ出した翔は、「おかあさま、死なないで、死なないで」と泣き叫びつつ、母の膝にしがみついた。

このまま、双方が溜《た》め込んでいた不満や感情を吐き出してしまえば、丸く収まるかも知れない。明々は、仲直りの特効薬である、甘いお菓子と気持ちの落ち着く茉莉花茶《ジャスミン》を用意することを思いついた。そっと後退っていた明々は、背後への注意を怠ってしまい、どんと誰かにぶつかってしまう。自分より背丈の高い、安定した体格の人物であると感触でわかったが、ふわりと鼻腔《びこう》を喜ばせる竜涎香《りゅうぜんこう》の香りにぱっと青ざめる。

明々は慌てて一歩横に下がって床に両膝をつき、揖《ゆう》に組んだ両手を床についた。

どうしていまこのときに帝がここにいるのか。

「先触れに出した宦官が、なにやら取り込み中だと言ってきたので、外からようすを窺《うかが》っていたのだが、どうやら落着したようだな」

「陽元さま。見苦しいところをお見せしてしまい、申し訳ありません」

玲玉が慈母そのままの笑みを夫に向けた。

「翔と、こっちは駿だったな。仲良くできんのか」

下を向いた翔が、一番近くにいる玲玉にも聞き取れないほど、小さな声で何かつぶやいた。陽元が息子の口に耳をひっつけるようにして、もう一度言ってみろと促す。

「仲良くするとは、どのようにするのか、だれも教えてくれません。駿は、話しかけてもろくに返事はしないし、瞭みたいに抱っこして笑わせるには、大きすぎます」

陽元は磊落《らいらく》な笑い声を上げる。

「おお、それは私にも難しい課題であったな。だから旺元に背かれたのかもしれん」

笑い事でない過ちであるのだが、陽元は何でもないことのように笑い飛ばす。

「だが、おまえたちに同じ間違いを犯してもらいたくはない。どのようにすればよいか、みなで考えてみよう。まずは、少し高いところから世界を見てみるのはどうだ。それもふたりが同じ高さで」

そう言うなり、陽元は床に膝をついた。息子たちを左右の肩に座らせて立ち上がる。

日々鍛錬を絶やさない陽元は、同時にふたりの七歳児を難なく肩車にできた。驚いた子どもたちは、落ちないように父親の頭ごしにしがみつき、抱き合う形になる。

「互いに協力して、しっかりつかまり合っていないと、落ちて大けがをするぞ」

そう言いながら、陽元は宮室内を歩き回り、露台へでて庭園を散策した。あとには子どもたちが落ちまいか、落ちたら下敷きになって受け止めようと構えた宦官《かんがん》たちが、おろおろとついてゆく。

やがて子どもたちの楽しげな嬌声《きょうせい》が外から聞こえてきたので、明々はほっと胸を撫で下ろした。玲玉も同じ気持ちだったらしい。

「明々。あの子たちがなかなか馴染《なじ》まないのは、心掛かりでした。あなたのお陰でふたりの気持ちが近づいて、わたくしはとても助かりましたよ」

「いえ、このたびのお手柄の一番は、主上の肩車ですよ。あれは、私も覚えています。小さな子どもには、それこそ世界がひっくり返るような、楽しくてわくわくする思い出になるのです。それをご父君とご一緒に体験されたのですから、東宮さまと駿王さまは、きっと生涯よいご兄弟としてお育ちになりますよ」

「まあ」と玲玉は感心のため息をついた。

「わたくしの兄は、游に肩車などしてあげたことはなかったと思います。でも、華奢《きゃしゃ》なあの子が父親になっても、肩車は無理そうですね」

確かに、最後に会ったときでも、明々より少しばかり背が高いだけで、一度にふたりの子どもを抱き上げられるほど、逞《たくま》しくは見えなかった遊圭だ。

「子どもの小さいうちから持ち上げていけば、たぶん大丈夫だと思います。あ、お茶の手配をしてきますね。主上もお越しになったことですし」

明々はいそいそと厨房《ちゅうぼう》に駆け込みつつも、一刻も早く遊圭に会いたくてたまらなくなっていた。


留守とわかっていても、先に配流先の家にいて帰還する遊圭を迎えたいと気は急《せ》くのだが、北部への旅には向かない季節を心配して、玲玉は強く引き留める。

どうにもならない気持ちを持て余しつつ、明々は後宮の端にある墓地へと足を運び、恩人であった宮官の墓へと参った。遅咲きの菊もとうに終わり、早咲きの梅にはまだ間があり、趙婆《ちょうば》の墓に供える花は手に入らなかった。代わりに趙婆の好物であった胡麻油《ごまあぶら》で揚げた小麦粉の菓子を供えて、明々はしばし瞑目《めいもく》した。

なぜ、告白されたときに、遊圭の気持ちにすぐに応えなかったのか、誰に訊《き》かれても答えられなかった。自分でもよくわからなかったからだろう。

後宮から解放されたばかりのときは、遊圭はまだ未成年だったが、明々はすでに適齢期の終わりもぎりぎりだった。両親は心配のあまり、日替わりであちこちからの打診を持ち込んでは、明々に決断を迫った。

しかし、故郷で始めた薬種屋は面白いように繁盛した。経済的に自立できることが嬉しく、他人の家に入るなどまっぴらという気持ちもあり、実のところ、公主の輿入《こしい》れについて異国へ行ってしまった遊圭の不在も気にならなかった。

　夏沙王国から帰国した遊圭は、半年あまりでずいぶんと男らしくなっていた。少しはときめいてしまったことは否定しない。だが、遊圭が成長した分、まもなく二十歳に届こうという自分の年齢を、明々は自覚せずにはいられなかった。

　金椛の慣習では、名家の嫡子に迎えられる花嫁は十五から十八の若い娘だ。庶民でさえ、二十歳をすぎてしまえば、親子ほど年の離れたやもめ男の家に、後妻として嫁がされてしまう。それだけは嫌だったので、明々はますます薬種屋の仕事に打ち込んだ。

「なんて言えばいいんでしょうね、趙婆」

　明々は白い息を吐きつつ、小さな墓石に話しかける。

　加冠の儀を迎えた名家の男子は、同時に正妻を迎えるのが一般的だ。だが、遊圭はいつまで経っても、結婚しようとしなかった。有力な親戚《しんせき》がいないということもあるかもしれなかったが、もしかしたら自分のためかな、と期待していたことは否定しない。

「でもですね、趙婆。遊々が私に助けられたことを恩に着て、責任感から私を正妻にしないといけない、って思い込んでいたら、それもどうなんだろう、って。生まれも育ちも星家に釣り合ったお嬢さんと結婚した方が、お家の再興も順調に進むでしょう。第一、私は自分の親戚の手で後宮に売り飛ばされたようなもんですから、もし遊々と出会っていなかったら、この後宮で尚殿《しょうでん》宮官として塵《ちり》を払ったり床を拭《ふ》いたりして、一生を終えてました。間違っても帝のお手がつくこともなかったと思います。遊々のお陰で故郷に帰れて、自分の店も持てて。まだもっと上を望むのは、欲張り、ってものですよ」

しばらく黙っていた明々は、ふたたび口を開いた。

「だから、遊々が恩返しのために私に求婚したのなら、それは違うと思ってたんです」

だが、そのこだわりも、手紙をやり取りしている間にどうでもよくなっていた。

「ただもう、会いたいなぁ、って。声を聴きたい。体は大丈夫かなって。まあ、胡娘さんがついているから、心配はしてませんけど」

そこで口をつぐんだ明々は、シャカシャカと地面を掃く音が聞こえてきたので、おもむろに立ち上がった。見れば、薄墨色のくたびれた直裾袍《ちょつきほう》をまとった中年過ぎの宦官が、墓地の掃除をしている。

明々は邪魔をしないように、その場を立ち去ろうとした。宦官とすれ違ったとき、どこか見覚えがあるような気がして、思わずふり返る。

墓場掃除の、いかにも位の低そうな浄軍《じょうぐん》宦官は、美々しい衣裳《いしょう》の女官と視線を合わせないように、斜め下を向いて明々が通り過ぎるのを待っている。箒《ほうき》の立てる埃《ほこり》や土で、女官の衣裳を汚さないためだ。

明々の記憶の片隅に残っていた宦官と、目の前の人物の顔が重なった。

「あの、あなた、以前は皇太后の長生宮《ちょうせい》に勤めておられませんでした？　えっと、確か、作児《さくじ》さん」

突然、高位の女官に名前を呼ばれた墓掃除の宦官は、驚いて顔を上げた。明々の顔は覚えていないようで、ぼんやりとした表情になる。作児は明々と直接話したことはないので、覚えていないのは当然かもしれない。明々にしても、前皇太后一派を追い落とすための兵部尚書の弾劾裁判や、内廷における証拠捜しに証人として引き出された作児を、傍聴者として見ていただけだ。

四年ぶりの作児は、ずいぶんと萎《しな》びてしまって、明々は、よく覚えていたものだと我ながら感心した。

「作児さんは私のこと覚えてないでしょうね。親しくさせてもらったのは、妹の薫藤《くんとう》でした。遊々という愛称で呼ばれていましたが」

作児の顔が、ぱっと明るく弾《はじ》けた。

「あの、天女みたいにきれいで、優しかったお嬢さんですね」

だが、すぐにくしゃっと顔を皺《しわ》だらけにして、墓地の一角に目をやった。

「若くしてお亡くなりになってしまったんですよね。皇太后様の謀叛《むほん》を見破り、皇弟殿下の反乱を防いだのに、たった十四で逝ってしまわれたとか。ああ、李《り》お嬢さんにはお姉さんがいらしたはずですが、あなたがそうですか。後宮は下がられたと聞いてましたが、お参りに来てくださったんですね。ありがとうございます」

遊圭が後宮で名乗っていた李薫藤という女官は、遊圭が男に戻るときに、皇弟の反乱に巻き込まれて死亡し、その遺灰は趙婆の横に葬られたことになっていた。

明々はそちらの墓に参るのはうっかり忘れていた。

そういえば、趙婆の横に建てられた、さらに小さな墓石はきれいに清められ、花の代わりに、実の赤く色づいた南天の枝が供えられていた。

「作児さんが、薫藤のお墓を掃除してくれたんですね」

「いえいえ、とんでも。墓守なんで、当然のことです」

作児は赤くなって、持っていた箒で自分の頭をゴンゴンと叩《たた》く。

「でも、どうして墓守に？　長生宮にお勤めでしたよね」

作児は茹《ゆ》で蟹《がに》のように真っ赤になり、つっかえながら自らの来し方を語る。

「長生宮は、先のお妃《きさき》様方も、公主様たちも数が少なくなって、掃除の宦官は減らされることになったんです。それで、李お嬢さんのお墓があるって聞いていたので、自分から上司に願い出て墓守に」

「まあ」

明々は、驚いて何も言えなくなってしまったが、ここで本当のことは話せない。それよりも、李薫藤の墓を眺めてぼんやりと微笑む作児に、このまま薫藤の墓を守っているという幻想を持たせていた方が、作児の幸せではないかとも考えた。

「そういえば、作児さんは、先帝の時代から後宮にお勤めなんですよね。後宮に勤める女官のことで、訊《たず》ねたいことがあるんですけど」

滅多にないことなのだろう。妙齢の美しい娘に話しかけられて、頼りにされていることを察した作児は、宙に舞い上がりそうになって箒にしがみついた。

「長いこといるってだけで、そんなに詳しくはないですけど。もし知っていることならお答えします」

「小月さん、て名前の女官をご存じですか。たぶん、まだ二十歳前後だと思います」

作児は腕を組んで考え込んだ。

「小月ですか。昔はそんなに珍しい名前じゃなかったですがね。このごろはあまり聞きませんね。そういえば、今上の大家《ターチャ》が立太子されたときに、小月って名前の宮官が入ってきたっけなぁ。若くて明るくて、可愛らしくて、あたしら宦官《かんがん》にも、きさくに話しかけてくるから、ちょっと変わったお嬢さんだなと思ったんで、覚えていますよ」

その小月であれば、年齢的にも、時期的にも、玄月と出会って特別な仲になっていたことはあり得そうだと明々は思った。

「その方、いまはどこの宮におられます」

「ちょっと、わかんないですねぇ。長生宮に配属されてから、今上の大家の後宮には縁がなくなりましたから。風の噂では、大家が即位されてから、内官に上がられたと聞きます。出世されましたねぇ」

明々は胸がどきりとした。玄月の想い人が宮官ならともかく、皇帝に直接仕える内官では、いろいろと不都合ではないか。

「その方の姓名は、わかりますか」

「うーん。知っていた気もするんだが、ちょっと思い出せないですねぇ。最近は、覚えていたことも、本当に知っていたのかよくわからなくて。でも李お嬢さんはとてもきれいな方でしたねぇ」

作児は相変わらずのんきに首をぐるぐると回しながら、訊かれないこともべらべらとしゃべる。

「どうもありがとう。作児さん」

明々は急ぎ足で永寿宮の一室に帰り着いた。

忙しく働く女官の中から、少し年上の世代の宮官に声をかけ、入宮当時は『小月』と呼ばれていた内官について訊ねる。宮官は少し首をかしげて、ああ、とすぐに思い出した。

「王容華《おうようか》さまが、以前は小月さんと申し上げていましたよ」

嬪《ひん》の位にある内官の名に、明々は愕然《がくぜん》として言葉を失う。その瞬間に、明々がいままで玄月に対して抱えていた信頼感が、跡形もなく打ち壊された。

明々は、居ても立ってもいられなくなった。

「大后さま、やはり私は年内に遊々の家に参りたいと思います」

玲玉皇后に目通りの叶《かな》った明々は、そう言って遊圭の叔母《おば》を驚かせた。

帝都から西沙州まで馬車で一ヶ月。六人の錦衣《きんい》兵に守られた、女馬車一台のささやかな旅ではあるが、それだけに軽快に旅は進む。たっぷりと綿を詰めた絹張りの、幅の広い腰掛けは、小石や轍《わだち》を拾う車輪の揺れを吸収し、腰への負担を減らしてくれる。

「馬車なんて、都へ行くのに荷馬車の隅に乗せてもらったことしかないから、詰め物ひとつでこんなに楽になるなんて想像もしたことなかったわ。舌を噛《か》まずにおしゃべりができて、退屈もしなくてすむわね」

明々が感心してそういえば、同乗する凜々《りんりん》が鷹揚《おうよう》に笑い返す。

「公主さまがご降嫁されたときの馬車に比べれば、慎《つつ》ましいものですけどね」

「私にとっては充分すぎるほど贅沢《ぜいたく》よ、凜々」

旅の道連れに、昔なじみで娘子《じょうし》兵の林《りん》凜々が付き従うことになったのも、旧知の気心の知れた女官に先々の手配を任せようという、玲玉の心配りであった。

だが、後宮時代をともに過ごした凜々との旅は、明々にとっては必ずしも心弾むものではなかった。

というのも、凜々は玄月の忠実な腹心なのだ。世界中が玄月の敵に回ろうとも、自分は最後まで玄月の味方であると断言している。

位の低い宮官の家婢《かひ》であった凜々は、その宮官が急死したのちは、自らの諱《いみな》すら持たない出自の低さと、お世辞にも器量よしとはいえない無骨な容姿のために、寄る辺なき身の上となり、官婢の待遇で後宮の下働きを務めていた。そんな凜々に、蜀葵《しょくき》という名を与え、また呼び名も凜々と改めさせたのが玄月であったという。

名を授受することは、主従の契りを交わしたことになる。つまり凜々はその名を名乗っている限りは、玄月を主人と仰ぎ、忠誠を誓っているということだ。そして、心の底から玄月に心酔している凜々は、後宮の女官としての務めよりも、玄月の命令を優先することも厭《いと》わない。

凜々は後宮に仕える女官というよりは、女装した田舎の好青年と言われてもそうかと思うくらいに、朴訥《ぼくとつ》な顔つきをしている。上背もあり、体格も女性としては非常に良く、娘子兵として鍛え上げられた体は馬車を狭く感じさせるほどだ。

その凜々は、大げさに喜ぶ風情は見せないが、この辺境行きをとても楽しみにしているさまが、絶えず口元ににじみ出る微笑に表れていた。

「こんな季節に、物騒な地方へのお供をさせて、ごめんなさいね」

と明々が気を遣えば、凜々はにこにこと首を横に振る。

「とんでもありません。明々さんとご一緒できてとても楽しいですよ。後宮から出て外の世界を旅することは、私のような者にとっては、滅多にない特典です」

凜々が楽しそうなのは、遊圭の配流先に玄月がいるからだ。うきうきした空気を醸して外の雪景色を眺めては、

「楼門関《ろうもんかん》もこんな風な雪景色なんでしょうか。それはそれは寒いことでしょうね」

と、その地で危険な仕事に励む人物を、心配する口調になる。明々はさりげなく凜々の話に同調した。

「そういえば、玄月さんも、楼門関に赴任されているんですよね」

「はい、そのように聞いております。気候の厳しいところで、ご無理をなさっておられなければいいのですが」

凜々の横顔は、働き過ぎがちな玄月を、心の底から案じている。

玄月が凜々に『蜀葵』と名付けたのは、背が高いことを気にせずに胸を張る彼女が、タチアオイのように凜々《りり》しかったからだという。容姿で褒められることのなかった凜々が、玄月のような美しい若者にそのように言われたら、それだけで一生を捧《ささ》げたくなるものかもしれない。

「そういえば、凜々と玄月さんはどうやって知り合ったの」

凜々は遠い昔を見つめ、瞳《ひとみ》を輝かせた。

「初めてお会いしたときは、玄月さまはまだ、ほんの少年でいらっしゃいました。入宮したての宦官は、自分が濡《ぬ》らした夜具は自分で洗濯しないといけないのですが、親元から引き離されて後宮に送り込まれた通貞のほとんどは、生まれの貴賤《きせん》にかかわらず、洗濯なんぞしたことはありません。私はそんな少年たちに洗濯の仕方を教えていたんですよ」

それはもう、後宮における底辺も底辺の話で、明々は聞いてはいけないことを聞かされているような気になってきた。

「玄月さまも、そんな通貞のひとりでしたが、間もなく東宮さま、いまの主上の側近に取り立てられて姿を見なくなりました。当時からずば抜けて美しく聡明《そうめい》な少年でいらっしゃいましたから、当然のことでした。でもある日、私のところにいらして、娘子兵にならないかと仰せになったんです。名前もそのときにいただきました。一生名もない洗濯女で終わるのだろうと思っていたこの私が、官品付きの娘子兵ですよ。青天の霹靂《へきれき》とは、このことでしょうか」

後宮にいた当時、明々と凜々は一緒にいた時間は長かったが、互いの身の上を話し合うような暇はなかった。凜々の生真面目で勤勉、上司や同僚、友人に対して忠実な人柄は知っていたが、凜々のひととなりを形作ってきた来し方までは、知る機会はなかった。

天候の不安定な、寒い季節の旅路。馬車の中でただひたすら揺られるだけの毎日では、妙齢も通り過ぎた女の、さほど共通の話題を持たないふたり旅だ。自然と身の上話の告白大会となってしまうのは、当然のことだったかもしれない。

明々は、一途《いちず》に玄月を尊ぶ凜々が、小月の存在を知っているのか、知っていてなお、無私の忠誠を誓っていられるのかと訊《き》いてみたかった。だが知らなければその方が幸せだろうと思うと、下手に藪《やぶ》をつついて蛇を出すこともためらわれる。考えに考えて、遠回りな質問を思いついた。

「玄月さんも、かなり出世なさったから、そろそろ城下に自宅を構えてもよいころよね。そうしたら、凜々は玄月さんについてゆくの？」

位の高い宦官は、並の官僚よりも豪壮な館に住み、妻妾《さいしょう》を囲うことが許される。そのときに昵懇《じっこん》となった女官を皇帝から賜ることは珍しくない。

「いえいえとんでもない！」

凜々は小さな目をぐっと大きく見開いて、言下に否定した。

「玄月さまが宮城外にお住まいになったら、ご自身が後宮内で動かれることが難しくなります。私どもは、玄月さまの目となり、耳となり手足となって、後宮の平安をどこまでも守り抜くお役目を全うする覚悟です」

凜々の口ぶりでは、後宮のために身を投げ出して働こうという女官は、凜々ひとりではないようだ。後宮のどん底から救い出してくれた玄月に恩こそ感じても、男女の感情はないのかと明々が思いかけたころ、凜々はぽっと顔を赤らめて告白した。

「それに、玄月さまの奥様には、もっと若くてきれいなお嬢さまがお似合いですよ。それはそれはきっと、美しくて尊い一対の夫婦とおなりでしょうねぇ」

小さな目をうっとりと潤ませ、両手を胸に当てた凜々が行く手の空を見つめる。

凜々が容姿や年の差を気にして身を引こうというのなら、明々は他人事《ひとごと》とは思えない。むしろ子どもを産む必要のない宦官《かんがん》の妻であれば、それこそどれだけ年上だろうと関係ないのではないか。そう思った明々だが、凜々がひたすら玄月を仰ぎ見、忠義を尽くすことで満足しているのならば、明々が口出しする筋合いではない。

明々がはっきりさせることのできないあれやこれやを胸に抱えたまま、馬車は大河を渡り、進路を西へと転じた。

旅の途中で春節を迎え、護衛の錦衣兵には酒とごちそうを振る舞い、ようやく遊圭の家があるという嘉城に着いたころには、立春をとうに過ぎていた。

竹生は突然の珍客に驚き、慌てふためいて胡娘の部屋を女人たちのために整えたが、明々は旅の埃《ほこり》を落とす暇も惜しんで、玄月に会いに行くことにした。

「はあ。でも、陶監軍さんのいる方盤城は、ここから馬で半日かかります。明々さんは馬に乗れるんですか」

もちろん乗れるわけがない。一般の庶民にとって馬とは鋤《すき》や荷を牽《ひ》くための動物だ。馬車を返してしまったことを後悔する明々に、厩《うまや》を見てきた凜々が平然と言い放った。

「遊々さんの金沙はおとなしい馬ですから、手綱は竹生に牽かせて、明々さんは鞍《くら》の上に座っていればいいんです。私がもう一頭をお借りします」

竹生に助けられて金沙馬によじ登った明々だが、鞍に跨《また》がったとたんに後悔した。

地面が恐ろしく遠くて、目が回りそうだ。丸い鞍は磨き抜かれた革が滑りやすく、どこにお尻《しり》を置いたら安定するのかわからない。さらに固定されていない鐙《あぶみ》はぐらぐらと動いて、まるで見えない綱で宙に吊《つ》り下げられているようだ。

「明々さんは、手綱に触らないでください。用もないのに手綱を引っ張られると、馬が落ち着きませんから」

「じゃあ、何につかまればいいのよっ。きゃっ、落ちるっ」

この高さから落ちたらきっと死ぬ、と明々は涙目になって叫んだ。

金沙のたてがみを握りしめ、あるいは首に抱きついて奮闘した明々だったが、嘉城を出て一里も進まないうちに音を上げた。

慣れない運動と緊張に、足腰だけでなく全身の痛みを訴える明々を、凜々が自分の鞍の前に座らせて先を急いだ。竹生は行きがかり上、金沙馬に乗ってあとに従った。

「遊々も凜々も、竹生まで簡単そうに乗り回しているのに、私には無理だわ」

凜々の腕に守られて、ようやく安定と安心を得た明々は、涙声で訴えた。

「私が乗馬を始めたのも、娘子兵になってからのことです。もう二十歳を過ぎてましたけど、すぐ覚えましたから、明々さんもすぐに慣れますよ」

「俺も、大家《ターチャ》の留守中に覚えたんです。馬丁が馬に乗れないのも不便だから練習しとけって大家に言われて。辺境では女性も馬に乗れるのが普通ですから、明々さんもぼちぼち練習されるといいです」

星家の奥様になるのは、体力勝負でもあるらしい。早春など知らぬ大地を吹き抜ける、冷たい風をまともに受ける頬は、あっという間にひび割れてしまいそうだ。蔡才人に大量に持たされた化粧品や軟膏《なんこう》の数々がありがたい。

方盤城では、春節の祭りが続いていた。とはいえ、兵士の数が一般の住民を遥《はる》かに超える辺境の城塞《じょうさい》都市だ。都や平和な田舎の春節を見慣れた明々の目には、辺境の新年は殺風景に映る。

ルーシャンは嘉城の自邸にいて不在であったが、玄月は官舎にいた。突然の明々の訪問に驚いた顔も見せず、体調や旅の便などの社交辞令で迎える。

「遊々がお役目で不在、ってどういうことですか！　駅逓《えきてい》もない場所へ行かせるなんて、玄月さんは遊々の命をいったいなんだと思ってるんですか」

明々は新年の挨拶《あいさつ》もそこそこに、何日も溜《た》め込んできた疑問と不満を、ここぞとばかりにぶつける。

「遊圭は自らこの任務に志願したのだ」

玄月は平然とそう言ってのけた。

公主一行の失踪《しっそう》に、胡娘の夫がかかわっている疑いが浮上したことから、遊圭と胡娘は事の真相を明らかにするためにも、西域へ旅立ったと説明する。

「麗華公主の行方が判明し、無事に身柄を確保して帰国すれば、遊圭は恩赦を待たずして都へ帰ることが叶《かな》う。母代《ははしろ》の胡娘を生き別れた家族と対面させ、自らは手柄を立てて罪を雪《そそ》ぐことのできるこの機会を、遊圭から取り上げる権限は、私にはないのでな」

間違ったことは何ひとつ言ってないのに、なぜか理不尽に思えるのは、明々が玄月の義誠に疑念を抱えるためだろうか。

「順調にいけば、あとひと月で朱門関まで戻ってくるはずだ。そこからこちらへ帰還するか、そのまま都へ復命するかは遊圭の判断に任せてある」

遊圭が麗華を連れて帝都へ帰還するとなれば、明々と遊圭はまったくの行き違いになってしまう。遊圭が生還しても、再会にはそこからさらに二ヶ月も三ヶ月もかかるだろう。

明々が言葉を失くし、握り合わせた拳《こぶし》を震わせていると、玄月は妙に優しさの漂う笑みを浮かべた。

「これ以上すれ違ってしまうのも気の毒だ。明々が朱門関まで足を運んで、遊圭を出迎えたいと考えるのなら、こちらとしては協力を惜しまぬが？」

玄月には言いたいことが山ほどある明々であったが、ぐっとこらえた。

楼門関から朱門関までは、金椛領内ではいったん東へ引き返して南へ下がり、最初の岐路で西へ進まねばならない。その道のりは山あり谷ありの、そして大小の川を無数に渡り、いくつもの湖を迂回《うかい》する大冒険である。女の足では一ヶ月でも無理かもしれない。朱門関で落ち合えなければ、ずっと西沙州で待ちぼうけを食わされるか、あるいは都で待ちぼうけとなり、この先何年後に再会できるかまったくわからないのだ。

明々は玄月の執務机に両手を叩《たた》きつけた。

「すぐ出発します！　辺境の旅はよくわからないんで、玄月さんは、なんでも協力してくださいよ！」

「各城市や関所を素通りできる手形を発行する。急ぐのなら、馬車よりも馬と駱駝《らくだ》を乗り継いだ方が早いが、どうする」

「う、馬に乗るの？」

明々は思わず腰が引けた。

「小型の馬ならば、乗馬術を習得するのはそれほど難しくはない。落ちても軽い打ち身ですむ。朔露《さくろ》の捕虜から鹵獲《ろかく》した小馬を用意させよう」

あの高さに慣れなくてすむと知って、明々はほっとする。

玄月は背後に控えていた凜々に目配せをした。凜々は即座に執務室を出て行く。早急に長旅の準備に行ったのだろう。

明々は凜々が席を外したので、気にかかっていたことを切り出す。

「私、玄月さんのこと、本当に信じていいのか、わからなくなってるんですけど」

執務に戻ろうと書類に手を伸ばした玄月は、眉《まゆ》を上げて明々に視線を戻した。

「玄月さんは、誰のために働いているんですか、その、忠誠心とか、目的とか」

玄月は眉を下ろして明々をじっと見つめる。その作り物めいた無表情に明々は圧倒されたが、一歩も引くまいと歯を食いしばった。

「答える義務のない質問だが、敢《あ》えて知りたければ、大家《ターチャ》と祖国、そして私自身だ。そしてそなたが私の忠誠心を信じようと信じまいと、私にとってはどうでもいいことだ」

「いざとなれば、私も遊々も簡単に切り捨てるって事ですか」

玄月は沈黙で応える。

「凜々もですか。あんなに玄月さんを慕っているのに」

玄月の無表情に、さざ波が走る。意外なところを突かれて、鉄の仮面がわずかにずれたようだ。

「明々。すべての男女が恋情によって結ばれているわけではない。士は己を知る者のために死す。凜々は女性だが、男子に劣らぬ気概を持った志士である。ゆえに、私は機会があれば凜々の志に報いる。他人がとやかく口を挟むことではない」

恋情に拘泥する女子と見做《みな》されたことに、明々は傷ついた。

「では、小月さんはどうなんですか。主上を裏切りながら、ふたりとも何食わぬ顔をして仕えておられるんですか」

明々は、この弾劾が玄月の怒りを買ったり、自身の命を危うくしたりするかも知れないという、政治的な発想を持ち合わせなかった。ただ、玄月の表情を変えさせ、臣下としての至誠や、男性としての真心を明らかにしたかったのだ。

玄月はすぐには答えなかった。明々には、まるで半刻ものあいだ、自分の呼吸する音と、激しい鼓動だけを感じて玄月とにらみ合っていたように感じられた。実際にはほんのわずかの間だったのだが。

玄月はゆっくりと肩を上下させ、机の上の書類を重ねて脇に置いた。

「誰から何を聞いたか知らんが、後宮では、そういった根も葉もない噂は、淀《よど》みのあぶくのように絶えず浮かんでは消えていく。誰かと誰かがどうなったとか、化粧と噂に一日の大半を費やす、暇な女官たちのでっち上げた流言になどこだわっている暇があったら、自分の将来を心配することだ。遊圭が復官する前に祝言を挙げてしまわないと、そなたは永遠に遊圭の妻になりそこねてしまうぞ」

明々は頭と頰が熱くなって、爆発してしまいそうな気がした。玄月と正面からやりあっては感情的になり、手玉に取られてしまう遊圭の気持ちが初めて理解できる。

「凜々も、小月さんも、玄月さんにはもったいないです！」

ようやくそれだけの捨て台詞《ぜりふ》を吐くと、明々は旅の準備のために足を踏みならして玄月の執務室を出て行った。

十、胡楊の郷

ルーシャンの計らいによって、達玖《タルク》が一隊を率いて明々を朱門関まで案内してくれることになった。明々が凜々と竹生を連れて、意気揚々と楼門関《ろうもんかん》から東へ引き返したとき、遊圭の一行は死の砂漠のどこかで、完全に道を見失っていた。

道標《みちしるべ》となると期待していた廃墟《はいきょ》は、『牡牛《おうし》の右眼』のあとは見つかっていない。ただ星宿図と子守唄《うた》の導く星を測り続けて、数値の上では『罪深き王妃の宮』に着いていいころだが、砂ばかりの大地になんの徴《しるし》も見いだすことはできなかった。

「迷いましたかね」

西の空に沈みきった太陽の残照を眺めつつ、慈仙《じせん》が遠慮がちに言う。

遊圭は「そのようです」と認めるしかない。あかね色の地平線を見下ろすように輝く宵の明星を見上げて、遊圭は込み上げてくる咳《せき》をこらえて呑《の》み込み、嘆息した。胡娘に見られないよう、手袋の内側から出した咳止めの薬を、水筒の水と一緒に飲み下す。

このまま、子守唄を締めくくる『熊の母子』と北極星を目指しても、死の砂漠をただぐるぐると回り続けるだけで、意味がないという気がする。

「解釈は間違ってなかったはずだ。牡牛の右眼まではたどりついたのだから。途中で計算が狂ったのか、標を見落としたか……」

遊圭が悔しげにつぶやけば、慈仙は具体的な対策を提案する。

「角度が一度でも狂えば、千里先は百里どころの誤差じゃないといいますから、仕方のないことです。最後の羊の肉もなくなったことですし、引き上げ時かもしれません」

「南に転進して、天鋸《てんきょ》行路を目指しますか」

ふたりの議論に、胡娘も意見を述べる。

「それもいいが、まだ水はある。いっそこのまま劫河《こうが》へ向かい、そこから川床沿いに南へ向かってはどうか。川床付近なら地面を掘れば水は出る。胡楊の郷ではなくても、手がかりになりそうな緑地《オアシス》のひとつやふたつは、見つかるだろう」

失望を隠しきれなかった慈仙の表情が、急に明るくなる。

「そうですね。少しでも可能性が残っていれば、あきらめたくはないです」

驚くべきか、感心すべきかと、遊圭はただ首を左右に振った。

「義仙《ぎせん》さんは幸運な方ですね。慈仙さんにそんなに大切に想われていて」

「ひとは誰でも、ひとりくらいは自分の命と引き換えにしてでも、守りたい家族や友人、配偶者がいるものではありませんか」

穏やかな笑顔で、さらりと深いことを言う。

「わたしは、胡娘と明々。玲叔母《おば》さんと従兄弟《いとこ》たち」

遊圭はつられて指を折った。初めてできた親友の顔も思い浮かぶ。互いに罪を得て東西の辺境に離れてしまい、何年後に再会できるかはわからない。それでも年月に毀《こぼ》つことのない友誼《ゆうぎ》を信じられる相手だ。無事でいてくれたらと心から願う。

「けっこう欲張りですね、遊圭は」

「私はいまのところ遊々だけだな。遊々が守りたい人々を加えてもいい」

胡娘も加わる。

「ファリドゥーンさんは？」

「ずっと顔を見ていないんだ。会ってみないとわからない」

肩をすくめる仕草に、遊圭はまだ胡娘の話さない本心があるのを察した。だが、遊圭もいつまでも子どもではない。夫婦のことに首を突っ込むほど野暮ではなかった。

黙り込んで火を熾《おこ》す真人の前に遊圭は腰を下ろす。

「僕にはひとりもいませんがね」

問われる前に、真人はふて腐れたように答える。

「故国には、家族も友人もいないのですか」

「生きているかどうかもわかりません。第一、命に代えても守りたい人間がひとりでもいたら、生まれ育った故郷を離れるはずがないじゃないですか。それも生きて帰れないかも知れないような海の彼方《かなた》、地の果てに」

薬缶《やかん》に水を注ぎ、野営用の焜炉《こんろ》に置く。沸騰した湯に茶葉を入れて、四人分の茶を淹《い》れるのはいつしか真人の役割となっていた。

駱駝《らくだ》のようすを見に行った慈仙の声が、少し離れたところから聞こえた。

「今夜はまた流星が多いですね。これだけ多いのは、どういう意味があるのでしょう」

遊圭が答える前に、真人が先に吐き捨てた。

「たくさんひとが死ぬんじゃないんですか」

今夜の真人は虫の居所が悪い。行程の変更に意見を求められなかったせいだろうか、あるいは、慈仙の持ち出した話題に、痛みを伴う面影が蘇《よみがえ》ったのか。

「星が降ろうと降るまいと、ひとは毎晩、どこかでたくさん死んでいる。だが、たくさん生まれてもいる。あまり気にするな」

胡娘が真人の言葉を受け流すのを聞きつつ、遊圭は流星の降り注ぐ空を見上げた。

毎晩見上げる夜空は、どの星の名前も軌道も、だいたい覚えてしまった。星宿ごとに配置を固定された状態で天を巡る星々と異なり、不規則に星宿から星宿へと旅する太白や太歳《たいさい》、災いを予告するとされる赤い遊星熒惑《けいこく》の動きも、少し先までなら予測できる。しかし、流星の意味するところまでは知りようがない。

「天狗《てんこう》は流星が気になるようですよ」

慈仙が指摘したとおり、最近の天狗は落ち着きがない。星が流れる度に、空を見上げて鼻をひくつかせ、吐息さえ凍りつく寒気をものともせずに、砂丘を走り回っては夜中に帰ってくる。星見のために起きている遊圭の膝《ひざ》に上がって差し出された水を飲み、そのまま眠り込むかと思えば、目を覚ました途端にホルシードのことで腹を立てていたことを思い出して、ふんっと鼻を鳴らして胡娘の寝床へと潜り込む。

それでも走り疲れたときは自分のところに戻ってくることが嬉《うれ》しくて、遊圭は夜更かしも気にならなくなっていた。

朝がくるとホルシードを空に放ち、廃墟か川床を探させた。

「もういい加減、砂景色にも飽きてきましたね」

慈仙が正直な感想を述べた。遊圭はそれに応《こた》えようとして咳《せ》き込み、沙棘油《サージ》の小壜《びん》を出してあおったが、逆さに振っても一滴も落ちてこない。これが最後の壜だったなと、遊圭はため息をついて放り投げた。小壜は砂の上を転がり、同じように傾斜を流れ落ちる砂にみるみる埋もれてゆく。心配そうにこちらを見る胡娘に何か言おうとしたが、しゃがれた声しか出てこないので、遊圭はにっこりと笑って見せた。

溜《た》まってゆく疲労と、水が使えず、何日も洗い流せないでいる垢《あか》と埃《ほこり》のために、顔色がひどいのはみな同じだ。

　蜂蜜《はちみつ》や麻黄《まおう》などは、河西郡で手に入るだけの量を買い集めて持ってきたから、あと十日は持つだろう。問題は胃腸が弱っているときは続けて麻黄湯を摂《と》れないことだ。だが、ここまできたらどうすることもできない。遊圭は干し杏《あんず》を飴《あめ》のように口に含み、その酸味と甘みで喉《のど》を癒《い》やしながら、先のことは深く考えないようにした。

　収穫もなく帰ってきたホルシードに餌と水を与え、籠《かご》に戻す。砂と冷気から守るために、籠に覆いをかけて鞍《くら》に固定すれば、ただひたすら砂丘の尾根に沿って、登っては下りる一日がふたたび始まる。

　次の朝、ホルシードがなかなか帰ってこなかった。知らない間に南北の行路に近づいて人間に見つかり、射落とされてしまったのではと心配していると、西南西の方角からようやく戻ってきた。さすがに疲れたようで、遊圭が嚙《か》んで柔らかくした干し肉を一度では吞み込めずにいる。

「あっちに、何か見つけたのかい」

　遊圭がホルシードの飛んできた方角を指して訊《たず》ねれば、鷹《たか》は首をかしげて高く鳴いた。そうだと言っているのかもしれないが、もっと肉をくれと言っているのかもしれない。

　籠には戻さず、鞍の前に停まらせて少し進めば、ホルシードはふたたび自ら空に舞い上がった。いつものように旋回せず、道案内をするようにまっすぐに西南西へと飛ぶ。

「やっぱり何か見つけたみたいだ。急ぎましょう」

先頭の駱駝が速度を上げれば、荷を積んだ駱駝も足を速める。砂煙を上げて寒空の黒点となった鷹を追っていくうちに、太陽が中天に上がっていた。ホルシードがこんなに長時間飛んだのは初めてではないか。働かせすぎたのではと遊圭が心配していると、前方に淡い緑の染みが見えた。

「緑地だ！」

遊圭は大声で叫んだ。昼は気温が上がるせいだろう。ようやく厳寒を脱したばかりのこの時期に、芽吹き始めた気の早い胡楊と柳の黄緑が目に沁《し》みて、歓喜の笑い声が止まらない。この砂漠を彷徨《さまよ》っている理由と目的を忘れて、ただひたすらに駱駝を走らせた。

そこは水溜《みずた》まりとでも言うべき小さな泉だった。林の規模を見れば、もとはもう少し大きな池だったと思われるが、気まぐれに地表に顔を出した地下水が、やはり気まぐれに地下へ戻ろうとする過程に来合わせたような印象だ。

人間が訪れた痕跡《こんせき》はなく、昆虫やトカゲの他は鳥の姿すら見当たらない。木々はどれも樹齢を二十年も超えておらず、緑地としては新しいものだ。人間に見つかることなく生まれて、遊圭たちが訪れなければ、誰にも知られることなく消えていく運命の泉だったのだろう。

「完全に、迷ったな」

胡娘が断言した。

「少なくとも、駱駝は水を飲めます。私たちも、少し水を補給していきましょう」

慈仙は駱駝から下りて荷を解いた。ところが、泉の岸辺は凍っていて、厚さの不明な氷の上を歩いて水を汲《く》むのは危険であった。胡娘が胡楊の幹に穴を開ければ、そこから澄んだ水が採れると提案したので、慈仙と真人はさっそく錐《きり》と鍋《なべ》を用意し、水をたっぷり吸い上げていそうな胡楊を選んで作業を始める。

黙々と野営の作業に入る人間たちをよそに、天狗《てんこう》だけが嬉しそうに岸辺や樹間を走り回って、トカゲや昆虫を捕まえてはバリバリと食べている。お裾《すそ》分《わ》けのつもりか、蝗虫《ばった》を捕まえては、急ごしらえの竈《かまど》の横に並べて積み上げた。

風除《よ》けのある場所や、朔露《さくろ》の哨戒《しょうかい》を心配する必要のない場所では、竈を作り薪を使った料理の種類と幅が広がるのを、天狗はちゃんと覚えているのだろう。

火の加減を見ていた真人が、知らずに蝗虫の山に手を突いて、「うわっ」と悲鳴を上げる。手の下で潰《つぶ》れた蝗虫が気持ち悪いらしく、しきりに砂で手を拭《ぬぐ》った。

「東瀛《とうえい》国では、蝗虫は食べないのですか」

遊圭は柳の枝を細く裂いて、蝗虫の羽と足を毟《むし》って突き刺し、火で炙《あぶ》った。

「金椛《ジンファ》では食べるんですか」

真人が頓狂《とんきょう》な声を上げる。遊圭は蝗虫を次々に串刺《くしざ》しにして、焚《た》き火《び》の周りに立てた。

「飛蝗《ひこう》の害が起きると、全天を覆う蝗《いなご》の群れに作物も野山も食べ尽くされて、後に残るのは蝗の死骸《しがい》ばかりになり、人間は当分これればかり食べて飢えをしのぐのです。それに、蝗虫や蠍《さそり》はとても栄養があるんです。わたしの家の下男が、仕事がなくてお金もなくなり、半月ばかり蝗虫を獲《と》って生き延びたそうです」

こんがりと焼けた蝗虫を差し出された真人は、おそるおそる口にした。

「青臭いですね。あんまりおいしいとはいえませんし」

「炒《い》ってから醤《しょう》に三日も漬けておけば、米飯とも合って食も進むんですが」

慈仙が蝗虫の素焼きを見て、嬉しそうに近寄ってくる。

「懐かしいですね。うちは家が貧しかったので、蝗虫を捕まえるのは私の仕事だったんですよ。美味《おい》しいものではなかったのに、いまでもときどき、無性に食べたくなります」

天狗《てんこう》は自分が演出した一行の団欒《だんらん》を、誇らしげに眺めつつ、毛繕いを始めた。ところが急に『きゅっ』と叫ぶと、駱駝の群れを世話している胡娘のもとへ走り去った。

どこかへ出かけていたホルシードが戻り、遊圭の帽子めがけて舞い降りてきたからだ。

遊圭はとっさに拳《こぶし》に手袋をかぶせて、ホルシードを受け止めた。

「この近くにまだ緑地があるのかな」

昆虫は食べるだろうかと蝗虫を差し出すと、ホルシードは一瞬だけ嫌な顔をしたが、おとなしく口に入れた。吐き出すかと思ったが、そのまま呑《の》み込んだ。

「先妻の贈り物を後妻に与えるのですか。それでは家庭はうまく回りませんよ」

慈仙に冷やかされて、遊圭は失笑しかけた。しかし駱駝の鞍に上った天狗がこっちをじっと見つめているのに気がついて、遊圭は思わず天狗に手を振って「いやこれは」と叫んだ。慈仙の冗談をまともに受け取った自分が恥ずかしく、遊圭は慌てて餌袋から干し肉を取り出して、柔らかくふやかしてからホルシードに与える。

「結婚する前から、いらない苦労をしますねぇ」

柔らかく釘《くぎ》を刺されて、遊圭は今後の進路について強引に話題を変えた。

水が湧き出ているということは、劫河が近いか、あるいは天鋸行路に近づいているために、いずれの谷からか流れ出た川がこの砂漠の下を流れているのだろう。

しかし真人は首をかしげた。

「その、この砂漠の下を大河が流れているっていうのが、いまひとつ信じられないんですよね。この下に空洞があって水が流れていたら、僕たちが乗っかった重みで地面が沈んでしまうんじゃないですか」

「流砂のことですね。その仕組みは私にもよくわかりませんが、東瀛《とうえい》国でも井戸を掘るでしょう？」

遊圭に訊《き》かれて、真人は自信なげにうなずく。

「そしたら水が湧いてきますよね。その水はどこから流れてくるんでしょう？　やっぱり地下には川というか、水脈があって、地上と同じように流れているんじゃないでしょうか。空洞や隧道《すいどう》のようなものがあるのかどうかはわかりませんが、川の近くを掘ればどんどん水が滲《にじ》み出てきます。地下の水流を竜脈っていうくらいですし、水って案外と、自在に地面の中を動き回っているのかもしれません」

いまにも砂が沈み出すのではと、真人は薄気味悪そうに砂地をポンポンと叩《たた》いた。

「橘さんは井戸を掘るのを見たことはないのですか」

「井戸そのものも、あまり見かけたことはないです。水のないところでは井戸を掘るってのは知っていますが、僕の郷里には、たいがいどこでも川が流れていて、必要な場所へは水路が引かれているので」

「どこにでも水があるというのは、いいな」

胡娘は上の空で真人に言葉を返して、話題を変える。

「劫河は近い。このまま、もう少し西へ進もう」

ここまで予定が狂えば、もう夜通しの星測に固執する意味はない。その夜、遊圭は緑の葉ずれの音を聞きながら、故郷に帰ったような心地になって早々に眠りについた。

曙光《しょこう》をまぶたに感じて遊圭が目覚めると、胡娘が不安げにあたりを捜し回っている。

「どうしたの、胡娘」

「天狗《てんこう》が夜歩きから帰ってこない。荷物にも駱駝《らくだ》の腹の下にも隠れていないのだが、こんな小さな緑地で姿が見えなくなるはずはない」

「木に登ってるんじゃないか」

遊圭と胡娘は、天狗を呼びながら樹上を見上げげつつ泉の周囲を歩いたが、やはり見つからない。

「天狗を置いていくわけにはいかない。どうしようか」

遊圭としては、天狗が戻ってくるまでは緑地を立ち去ることはできない。慈仙と真人はのんびりと緑陰を楽しんでいる。水の心配もなくなり、昼間は寒さもゆるんできた。実際、何日も砂上で過ごしたので、ここで休息していくのはよい考えと思われた。

遊圭たちの立てる物音に、夜明けを知ったホルシードが、朝の運動をさせろと嘴《くちばし》で籠《かご》を毟る。

「いまホルシードを放したら、天狗が逃げてしまうかもしれない。困ったな。胡娘、わたしは緑地の見える範囲まで出て、天狗を捜してくるよ」

遊圭は駱駝に乗り、とりあえず南の砂丘に登った。緑地が見えなくなると少し引き返し、西へと砂丘を回り込みながら天狗を捜した。

そうして砂丘の尾根に沿って進むうち、北西の地平に黒い豆粒のようなものが見え隠れするのが見えた。遊圭は鞍《くら》の上で伸び上がって目を凝らす。

その豆粒は動いていた。そして少しずつこちらに近づいている。遊圭は砂丘をひとつおりてまた上がり、尾根の上から豆粒を注視する。やはりこちらに近づいている。ゆらゆらと見えるのは陽炎《かげろう》のせいと思われるが、逃げ水ではなく、実体があるようだ。

遊圭はまたひとつ砂丘を下りて登った。こんどはそれが駱駝に乗った人間であることがはっきりと見て取れた。そしてその前方を駆ける、芥子《けし》粒のような獣の影。

「天狗！」

天狗が砂漠の民に追われているのかと怖れた遊圭は、急いで砂丘を駆け下りた。武器は何ひとつ持っていない。それでも、天狗を見捨てる選択肢は遊圭にはなかった。

遊圭が砂丘を登っていると、尾根から姿を現した天狗《てんこう》が遊圭を目指して駆け下りてきた。砂地を蹴《け》って跳躍し、鞍の上に飛び上がろうとして届かず、砂の上に大の字になって腹から着地した。上級の小麦粉のように細かな砂が高く舞い上がり、天狗の姿は淡黄色の小さな雲に覆われた。砂が軽くて柔らかすぎるため、跳躍には向かないのだ。

腹ばいになって首を振り、口に入った砂をまき散らす天狗に、この場合は尾もあることから『大』ではなく『木』の字かな、と遊圭の頭をどうでもいいことがかすめる。

遊圭は駱駝を止めて鞍から滑り降り、天狗を抱き上げた。

「どこへ行っていたんだ。心配したぞ」

遊圭が尾根を見上げると、駱駝騎手が姿を現し、遊圭に向かって手を振った。だが、その左手には弓を、左右に振る右手には矢を握っている。抵抗するなと威嚇しているのだ。遊圭は天狗を外套《がいとう》の中に押し込んだ。もっさりとした白い毛並みの尻尾《しっぽ》が、上着の裾からはみ出して左右に振れる。

鞍上《あんじょう》で弓矢を構えた駱駝騎手は、砂丘を滑るように下りてくる。言葉が通じるだろうかと遊圭が案じていると、騎手は声を張り上げ、夏沙語で誰何《すいか》した。

口調は厳しいが、声は子どものようだ。遊圭は驚き喜び、思わず叫び返す。

「菫児《きんじ》！　菫児じゃないか。遊圭だよ、君たちを捜しに来たんだ！」

麗華の近侍、少年宦官《かんがん》の菫児と知り、遊圭は天狗を小脇に抱え直して手を振った。

騎手は矢を握りしめた手で頭巾《ずきん》を撥《は》ね上げ、鞍の上から身を乗り出した。目を細めて遊圭を見つめるその少年の顔にも、喜色が広がっていく。

「遊圭さん！　よくここが！」

菫児は遊圭のすぐそばまで駆けつけ、身軽な動作で駱駝の高い鞍の上から飛び降りた。

これが毒の実を誤食して死に直面し、半身が麻痺《まひ》して動けなかった菫児かというほどの敏捷《びんしょう》さだった。ただ、地面におりると左の腕の動きは鈍く、足を少し引きずっている。

しかし背丈は遊圭に並び、少年期を過ぎつつある顔つきからは幼さが消え、凛々《りり》しく成長している。日焼けした頬は、乾燥と冷気にさらされて皹《ひび》が浮いていたが、顔色は健康そのものだ。

「菫児、公主さまは？　胡楊の郷はここから近いのか」

手を取り合って再会を喜んだ遊圭は、息せき切って公主の無事を訊《たず》ねた。

「公主さまはご無事ですが、胡楊の郷はここから三日がかりです。僕は塩を採りに行った帰りで、近くの廃墟《はいきょ》に野営していたところを、明け方に天狗と出くわしたんです。上革の首輪をつけているし、白い毛並みに見覚えがあって、『天狗？』って呼びかけたらひと鳴きして急に走り出したんで、追ってきたんです」

そこまで一気にしゃべると、菫児は革袋を出して水を飲んだ。遊圭も、自分の水袋を出して天狗に飲ませてやり、自分も飲む。

菫児を連れて緑地へ戻れば、慈仙は大喜びで菫児を抱きしめた。真人を除く三人は、再会と目的を達成した喜びに地に足も着かないありさまだ。

菫児《きんじ》の案内で一行は胡楊の郷を目指す。

「ええっ、あの子守唄《うた》を頼りに胡楊の郷を目指したんですか。あれ、後半はもう道標《みちしるべ》が砂に埋まってなくなってるんですよ。よく迷わなかったですね」

鞍上でこれまでのいきさつを聞いた菫児は、驚きあきれた。

「迷ったよ」

　遊圭は苦々しげに応《こた》える。

「そろそろあきらめて、天鋸行路に出て帰国するつもりになっていた。公主さまたちは、どうやって胡楊の郷へたどり着いたんだ？」

「案内人がいたんです。胡楊の郷を知っているという、胡人のお医者さんです」

「そのひと、ファリドゥーンさんって言う名前？」

「そうです、よくご存じですね。あ、兵士の誰かが教えたのかな」

　遊圭は胡娘の表情が強《こわ》ばるのを横目に見つつも、話を続ける。

「でも、わたしたちが聞いた話だと、そのファリドゥーン医師は、もっと西の方から来た難民だそうだけど」

「ファリドゥーン先生は、隊商医師です。長旅には病人も出ますから、大きい隊商だと医師や薬師が同行するの珍しくないですよね」

　ファリドゥーン医師は、十五年前に戦争で故郷を追われ、一家離散してしまったという。その後は隊商について各地を回り、家族を捜しているのだと菫児は語った。

間違いなく胡娘の夫であること、そしてファリドゥーンもまた胡娘を捜していたことを知った遊圭は、うれしさに顔がほころぶ。ふたりの再会が楽しみだと思って胡娘へとふり返った遊圭だが、胡娘の顔色は冴《さ》えない。緊張しているというよりは、怒っているようだ。

董児は、ファリドゥーンが胡楊の郷を知ったいきさつも語った。

ファリドゥーンが郷を初めて訪れたのは、隊商について天鋸行路を往復し始めたころのことだ。もう十年以上も前になるという。

太古の昔から劫河の支流にあったという胡楊の郷は、川筋が変わり水脈が地下に潜って以来、外界から切り離されて数世代が経っていた。昔からそこに住んでいた民の子孫と、砂漠で迷い、幸運にも郷にたどり着いてそのまま住み着いてしまった人々が、細々と暮らす伝説の郷。その郷の民は、ごくたまに南北の交易路へ必需品を買い求めに訪れるほかは、よそ者を拒みつつひっそりと暮らしてきたという。

しかし、その年は流行病《はやり》のために、郷の民が次々に命を落とし、人口が半分以下にまで減ってしまっていた。このままでは郷が死に絶えてしまうと案じた郷の民は、天鋸行路まで出かけて医師を捜した。立ち寄った城市でファリドゥーンを見つけて助けを求め、郷へ連れ帰ったという。

「ファリドゥーンさんが、流行病に冒された郷を救ったんだ。すごいな」

遊圭はさすが胡娘の夫だと感心したが、董児は苦笑いを返す。

「先生が言うには、とてもタチの悪い感冒だったようで、普通の熱冷ましや痛み止めを処方するくらいしかできなかったそうです。それでも半数は幸運にも生き延びて回復したので、とても感謝されたとか。それで、郷への秘密の行き方を教えてもらって、診療や薬の交易のために、その後も一、二年おきに村へ通っていたそうです」

いまや自在に伝説の郷を訪れるファリドゥーンには、郷に家も診療所もあるという。そのファリドゥーンから、伝説の郷が実在すると聞いた麗華は、帰国よりも伝説の一部になることを望んだ。

ファリドゥーンはその願いを聞き届け、一行を導いて『太古の湖宮跡』から真っ直ぐ南へ向かった。天鋸行路にいったん出てから西進し、劫河を北上して砂漠の内部に入り、秘密の標《しるし》伝いに伝説の郷へと至ったという。かなり遠回りだが、胡楊の郷民だけに伝えられた、もっとも確実な秘密の行路なのだと菫児《きんじ》は語った。

「つまり、星の謎を解きつつ、死の砂漠を西へ向かって横断したわけではないと」

十分な準備と、方角を誤らぬ知識さえあれば、死の砂漠を南北に縦断することは不可能ではない。女性と乳飲み子連れでは命がけであったことに違いはないが、子守唄の謎かけに従って、無数の砂丘を越えつつ何千里も横断するよりは、理に適《かな》った経路である。

遊圭としては、とんだ道化を演じた気分だ。

「あの子守唄を、必死で解読した時間を返して欲しいよ」

「紛らわしいことをしてすみません。僕も、あの手紙を書いたときは、伝説の郷へいく秘密は子守唄にあると思っていたものですから。あの歌詞を玄月さまに読んでもらえたら、きっと迎えに来てもらえるんじゃないかって」

遊圭は脱力のあまり、鞍からずり落ちそうだ。慈仙が横から遊圭をなだめる。

「まあ、そう悲観するものではありませんよ、遊圭。あなたが途中までも経路を解読できていたのは、確かなんですから。いえ、きっと最後まで解読できていたのかもしれません。だからこんなに近くまでやってこれたのです」

廃墟伝いに進んで、三日目の朝。

昇る朝日に照らされた金色の地平に、ぼんやりと黄緑色の緑地が浮かび上がる。育ち始めた牧草地と、冬を越して丈を伸ばし行く小麦の緑の、風にそよぐさまがゆらゆらと視界を滲《にじ》ませる。まだ色の浅いあわあわとした麦や楊《やなぎ》の緑は現実感に乏しく、砂上に浮遊する蜃気楼《しんきろう》を思わせた。

水と緑の匂いの濃さに、駱駝《らくだ》の速度が上がる。遊圭たちも久しぶりに大気に満ちる緑の香りを胸いっぱいに吸い込む。朝の静寂を切り裂く雄鶏《おんどり》の鳴き声に、人々の営みが実感できた。

新芽を伸ばし始めた胡楊の森では、若葉をまとった伸びやかな枝には小鳥がさえずり、空気はしっとりと柔らかい。梢《こずえ》を渡る風は、すでに春の温《ぬく》もりを含んでいる。

その森に守られた、紺碧《こんぺき》に煌《きら》めく湖の周囲に、これまでの廃墟で見かけたような、日干し煉瓦《れんが》の家並みが見え隠れする。

菫児《きんじ》は郷には入らず、森を抜け、郷の外縁に広がる牧草地へと駱駝の首を向けた。淡《は》い緑が黄色い砂の色に溶けてゆく、砂漠との境目が曖昧《あいまい》な草地では、羊の群れが草を食《は》んでいた。先の曲がった長い杖《つえ》を持った羊飼いの女が、生まれたばかりの仔羊《こひつじ》が親からはぐれないようにと囲い込んでいる。

菫児はまっすぐにその羊飼いの女のもとへ、遊圭たちを連れていった。

赤子を背負った羊飼いの女は、駱駝を引き連れた旅人たちを見て、驚いて立ちすくんだ。遊圭は駱駝の鞍《くら》から滑り降りて、羊飼いの女へと走りより、草の上に膝《ひざ》をついて揖《ゆう》を組んだ。慈仙も追いつき、同じように跪拝《きはい》する。

「公主さま。よくぞご無事で」

「まあ、遊々。慈仙。よくここがわかったわね」

麗華は素直な驚きに目を瞠《みは》り、慈仙が感極まった声を上げた。

「それはそれは！　お捜し申し上げましたよ」

「そんなところに膝をついたら、朝露で脚衣が濡《ぬ》れてしまうわ。立ちなさいよ」

麗華は縮絨《フェルト》の帽子をかぶり、三つ編みにした髪を肩に垂らし、砂漠の民の衣裳《いしょう》をまとって毛皮の外套《がいとう》を羽織っていた。脚には内側に羊毛を敷き詰めた分厚い長靴、腰には革の帯と、どこから見ても羊飼いにしか見えない。金椛の後宮で金糸銀糸を織り込んだ綾《あや》絹《ぎぬ》と、袖《そで》も裾《すそ》も広やかな曲裾袍《きょくきょほう》を艶《あで》やかに着こなしていた公主の面影は、まったくなかった。

「どうして失踪《しっそう》などなさったのですか」

麗華は首をかしげて苦笑する。

「それは話せば長くなるけど、正直に言って、もう公主も王妃も嫌になったのよ」

麗華は首の紐《ひも》をゆるめて、赤ん坊を入れた袋を前に回した。小柄な麗華が背負うにはいささか成長しすぎた赤ん坊が、くぅくぅと音を立てて笑っている。駱駝を真人に預けて追いついてきた胡娘も、袋の中をのぞき込み相好を崩した。

「まるまるとして、健康そのものだ」

麗華は、楽しげに微笑む胡娘をじっと見つめて、悲しげに眉根《まゆね》を寄せた。瞳《ひとみ》を潤ませてうつむき、喉《のど》を詰まらせて涙声になると、赤ん坊をしっかりと抱いた。

「かわいいでしょ。イナールさまに似てると思わない？　もうつかまり立ちもできるの。重たくって、背負うのも大変なんだけど、手に触れる物は何でもかんでもつかんでは口に入れるから、ちょっとの間も目を離せないの」

麗華は滲んだ涙を息子の頬でぬぐう。その頬に口づけして、ゆさゆさとあやした。

「王子のままだったら、イナールさまや、王都を守ろうとした王太子のように、戦わなくてはならないわ。平民でも、徴兵されれば戦争に行く。この子が誰とも戦わずにすむ場所はないのかと、ずっと思っていたの。イナールさまのお子で、ひとりくらいは、平和な世界で、ただの人間として生きて死ぬことはできないものかしらと」

遊圭には、麗華の願いが痛いほど理解できる。とにかく母子とも無事であったことに、安堵《あんど》で目頭を熱くした。

「王子殿下のお名前は、なんとおっしゃるのですか」

「侯陸《ホウルー》。夏沙名ではホルシダ。夏沙語で太陽という意味よ。陽元お兄様に因《ちな》んだの。帰国したら、お兄様にそう伝えて」

赤ん坊を背負い直した麗華は、羊を集めて柵《さく》に戻すあいだ、菫児《きんじ》にみなを家に連れて行って、もてなすように命じた。

麗華の家は、村のどの家とも変わらない、日干し煉瓦と胡楊の枝で屋根を葺《ふ》いた慎《つつ》ましい造りだった。そこに、ホルシダの乳母と菫児が、麗華と同居している。朝食を用意していた乳母が、祖国からの客に驚き、喜んで温かく迎えた。他の側近は、村の空き家をもらって住んでいるという。

遊圭は室内を見回しながら菫児に訊《たず》ねた。

「そのファリドゥーン医師はどこにいる?」

「ファリドゥーン先生は、いまは交易に出ていてお留守です。天鋸行路も最近は物騒になって、薬や道具が手に入りにくいとかで、その辺の情勢も探りに、よくお出かけになります。天鋸山脈の北麓《ほくろく》に興った新王国と、西から攻めてきた朔露軍の小可汗とが、行路沿いの都市を奪い合っていて、東からは金椛軍が――」

遊圭は混乱して菫児の話を遮った。

「ちょっと待って、天鋸の新王国? 朔露の小可汗? 小可汗は、西大陸と夏沙を征服した朔露可汗の王太子で、いまは東朔露軍を率いて北大陸から楼門関に攻め込もうとしているはずだ。それがなんで西大陸から天鋸行路に現れるんだ」

北大陸の朔露高原から、死の砂漠の西側へは、移動だけで半年はかかる。まして十何万という軍勢の動きは、騎兵のみの朔露軍とはいえ、もっと時間がかかるはずだ。

菫児は頭をかきかき考え込むと、竈《かまど》の焚《た》き付けから一本の小枝を拾い上げた。地面に楕円《だえん》を描き、死の砂漠を囲む現状を描いてみせる。

「えっとですね。北大陸と西大陸を征服して、いまは大陸中央の天鳳《てんぽう》行路を押さえて夏沙を従えた朔露可汗は、自らを朔露の『大可汗』と称しています。つまり、一等上がって王の中の王ですね。なので、天鳳山脈の北側の、朔露高原の本国で留守を預かる小可汗は『可汗』に昇格。それで、南方部隊を率いる大可汗の末息子が、『小可汗』を称するようになったそうです。朔露では、領土を認められた王族の男子は、みんな小可汗を称するともいいます。ややこしいですね。僕も誰かに整理して欲しいです」

二百年前の朔露帝国について調べたことのある遊圭だが、現在の朔露は、また違った役職名や公称によって王室と政治体制を成り立たせているようだ。邪魔になる既存の知識を、遊圭は頭を振って追い出した。

とにかく。

朔露帝国は、北と西から楼門関へ、死の砂漠の南を天鋸行路から朱門関へと、三方面から東大陸へ攻め込もうとしている。

遊圭は悲鳴を上げた。

「朔露はいったい、どれだけの軍勢を擁しているんだ！」

大陸の半分近くを呑み込みつつある朔露帝国は、呑み込んだ国々から吸い上げた亡国の兵士を、さらに強力な軍隊に作り替えて吐き出し、次の標的へと向けさせる。

そのようにして、地を征《ゆ》く飛蝗《ひこう》の群れと化して膨張を続けていた。

菫児《きんじ》は、ホルシダの乳母に、茶を淹《い》れてみなを休ませるようにと頼む。

「みんなを呼んできます。金椛の話を聞きたがるでしょうから」

慈仙は旅装も解かずに菫児の後を追った。

「私も行きます。義仙はどこにいます？　いきなり行って驚かせてやります」

「あ、義仙さんはファリドゥーン先生とお出かけです」

菫児が申し訳なさそうに言えば、慈仙はひどく落胆してその場に膝をついてしまった。

遊圭たちが一服している間に、菫児は一軒の空き家を借りて、一行の宿を用意した。

「薪と水を用意しておきました。食事は公主さまの家でお出ししますので、それまでゆっくりお休みください。足りないものがあったら、言ってください」

菫児の案内した一軒家では、炊事場の竈の大鍋《おおなべ》だけでなく、居間の地火炉《じかろ》に懸けられた鍋や薬缶《やかん》からも湯気が立っている。旅に疲れた客のために、手足を清めるための湯を用意するのは金椛風のもてなしだ。こんな乾燥した場所で、四人分の洗い湯を沸かすのは、菫児の不自由な体では、大変な仕事だったことだろう。

菫児の心遣いが嬉《うれ》しくて、遊圭は心から礼を言った。

不器用で粗忽《そこつ》、真面目だけが取り柄の、年の割に幼い少年であった菫児が、実に要領よく仕事をこなしている。たったの二、三年で、ひとはこんなにも成長し、変化するものかと、遊圭は驚かされた。胡娘も同じ感想を抱いたらしく、感心してつぶやく。

「菫児は、ずいぶんとしっかりしてきたな。麗華も育児の大変なときに、頼り甲斐《がい》のある近侍がいて、よかった、よかった」

「あ、菫児、訊《き》きたいことがある」

遊圭は立ち去ろうとする菫児を引き留めた。

「あの星の子守唄《うた》は、玄月に迎えに来てもらいたくて送ったって、言ってたね。菫児は帰国したかったんだろう。ずっとこの郷《さと》にいるつもりか」

菫児は少し困って弱々しい笑みを浮かべた。

「あのときは混乱の最中《さなか》でしたし、もちろん、金椛に帰りたい一心で書きました。でも、いまはずっとここにいてもいいと思います。むしろ僕の家族をここに連れてきたい。この郷では税も払わなくていいし、課役もない。豊かではないけど、貧しくもないから、子どもが売られていくこともない。それに、僕みたいなものでも、郷のみなさんは普通に接してくれます」

遊圭は菫児に何を言ってやればいいのかわからなかった。たった十五かそこらの少年に、そんな言葉を吐かせてしまう金椛の社会に戻ってこいとは、とても口にできない。

「玄月さまも、来てみればきっと、ここを気に入ってくださると思うんですけど」

その名を口にしたときだけ、菫児《きんじ》は夏沙の王宮で別れた当時の、親に置き去りにされた子どものように泣きそうな声になった。


午後遅くには、懐かしい顔が麗華の家に集まり、身分の上下に関係なく居間の床の中央に切られた地火炉を囲んだ。床に置かれた絨毯《じゅうたん》に座った遊圭たちは、羊肉と玉葱《たまねぎ》、割れ豌豆《えんどう》のスープに硬い麵麭《パン》をちぎっては浸し、柔らかくしてから口に運ぶ。

「この麵麭は、わたくしが生地を練ったの。丸く成形したら、この地火炉の灰の中でじっくりと焼くんだけど、けっこう難しいのよ。薄くしたらカチカチになってひび割れるし、厚くしたら火が通らない。他の仕事に夢中になって、うっかり忘れてしまうと炭になってしまう」

実際に、灰に埋めた麵麭を、炭になるまで放置したこともあるのだろう。麗華たちはおかしげに笑い出す。菫児が、宮廷であれば絶対にしないであろうこと——麗華の話を横から引き取って続けた。

「どの家でも、その日に自分たちが食べる分だけ焼くので、失敗したので分けてくれとは言い出せないんですよ。だから、麵麭焼きに失敗すると、腹を空《す》かせて眠らないといけないと思っていました。でもその話をファリドゥーンさんにしたら、うまく焼けるようになるまでは、よその家からも麵麭を分けてもらえるようになったんですが」

遊圭は、種類こそ少ないが、擂《す》り潰《つぶ》したひよこ豆で和《あ》えた胡桃《くるみ》や干果、刻んだ漬瓜《うり》を混ぜた酸乳など、食べ物が潤沢なことに内心で驚いていた。

「麵麭の麦は、誰が育てているんですか」

砂漠から吹いてくる風を受けて、緑色に波打つ麦畑を思い浮かべた遊圭の問いに、麗華が満足げな笑みで答える。

「麦は土を起こして種を蒔《ま》くところから、収穫して粉に挽《ひ》くまで、全員でやるの。穀物は郷の倉に貯蔵して、子どもの数も入れて公平に分配される。羊や畑の野菜は、それぞれの家の財産だけどね」

胡楊の郷では、主食の麦畑と、管理の大変な果樹園は郷の共有であり、家を建てるときは、郷じゅうの人々が協力し合う。それ以外は各家庭がそれぞれの必要に応じて、畑を作ったり、羊を育てたり、布を織ったりと分業をして助け合っている。生活に必要なことはほぼすべて、この陸の孤島のごとき郷の中でまかなえているという。

外界から伝説の郷を求めて流れ着いたひとびとは、麗華のような亡命者や戦争の難民とその子孫がほとんどだ。そのため、戦争や掠奪に満ちた外界に倦《う》み、砂漠の外との交流を拒むことを選んだ。

時折り、必要な道具や苗などの、郷では産し得ない必需品を求めるため、男たちが羊毛製品や胡楊の木で作った工芸品を駱駝《らくだ》に積んで交易に出かけるときでも、胡楊の郷から来たことは決して口にしない。

「でも、遊々たちは菫児《きんじ》に会えて幸運だったわね。ここではない胡楊の郷を見つけていたら、すれ違っていたでしょうから」

なめらかになるまで潰して、山羊《やぎ》の乳で溶いた棗椰子《なつめやし》を匙《さじ》ですくって、ホルシダの舌に載せた麗華が言った。

「まだほかにもこのような集落が、砂漠のどこかにあるというのですか。ルーシャンは、昔は劫河の支流沿いに取り残された都市や村があったけど、放棄されて砂に埋もれてしまったと話していました。だから、胡楊の郷は伝説になったのだと」

遊圭は信じられないといった顔で麗華に訊ねる。麗華は鷹揚《おうよう》にうなずいた。

「もう、あまり残ってないというわ。最後に別の郷から迎えられた花嫁は、もう八十歳のおばあさんなの。家族からの消息も、五十年前に絶えたきりですって」

菫児へと視線を移して、麗華は微笑んだ。

「菫児は塩を採りに出かけるたびに、他にも孤立した緑地に伝説の郷がないかと探しているのだけど、まだひとつも見つけてないのですって」

「つい数年前まで、誰かが住んでいた感じの廃村はあったのですが、湖がすっかり干上がっていて、緑地だった場所が、黒か砂の色に変じてしまったのばかりです」

ここに来るまでに見かけた、廃墟《はいきょ》の村々を思い出して、遊圭は不安になった。

麗華がやっと見つけた安住の地は、いつ水が涸《か》れるかわからない湖だけが頼りの、砂漠の孤島でもあった。遊圭の表情を読んだ麗華が、ぷっと噴き出した。

「遊々、そんな顔をしないで。国だって滅んだり興ったりするのだもの。砂漠の奥で小さな郷ができたり消えたりしても、誰も気に留めはしないわ。湖が涸れれば、みんなで新しい緑地を探してここを出て行くだけ。砂漠の民は、伝説を砂に刻みながら、もう千年も二千年も、そのようにして生きてきたの。でも、遊々がそんなに心配なら、わたくしが八十のおばあさんになって、侯陸《ホウルー》も八十のおじいさんになるまで、この郷の湖が涸れないように、わたくしたちのことを思い出す度に、天と地に祈ってちょうだい」

一方、突然やってきた旅人を紹介された郷の民は、戸惑いの色を顔に浮かべる。

麗華たちが来たときもそうだったという。ファリドゥーンの説得によって、麗華たちは移住を許された。見知らぬ人間を警戒する一方で、十数年前の流感のために人口が減っていた胡楊の郷は、新しい血を必要としていた。隠遁《いんとん》の意思の固い移住者は喜んで受け入れられるが、犯罪を犯して逃げてきた者は拒否される。

遊圭たちを麗華の身内と知った郷長《さとおさ》が進み出て、ここに住んでくれるのかと訊《たず》ねた。

「わたしたちは、麗華さまを捜しに来たのです。ご無事で健やかであることが確認されたので、帰国して麗華さまのご家族に報告をしなくてはなりません」

遊圭らが出て行くことで、この郷の位置が外部に漏れるのを怖れているのだろう、遊圭はこの地を見つけたことは、決して誰にも口外しないと誓った。それでもなお、流行《はやり》病で多くの子どもたちを失った郷の長は、麗華が赤ん坊を連れて出て行くのではと不安そうな顔をする。麗華の連れてきた男たちが宦官《かんがん》であったことも、失望の一因であったのだろう。遊圭と真人に、留《とど》まってほしいと切々と訴えてくる。

「わたしは帰国しなくてはなりませんが、橘さんはどうします？」

遊圭に訊ねられて、真人は困惑するばかりだ。

「天鋸行路に行っても、朔露軍とやらがいて、西に向かうのは困難なんですよね。戦争が終わるまでこの郷に留まっているのはやぶさかではないですが、でもそれではいつになったら西へ行けるんだか」

「どうして、そこまでして西へ行きたいんですか」

遊圭は齢《よわい》十七にして、もはやこの地上のどこへ行こうと、人間の社会にたいした違いはないという気がしている。それこそ一回りも年上の真人に、それがわからないのが不思議でたまらない。

「僕の生まれた国の人々はですね、この郷のひとたちと少し似ています。ここからここまでが自分たちの領域って決めたら、それが外から侵されるはずがない、って勝手に信じ込んでいるんですよ。外からやってきた異民族が移住したいって言えば、仲良くやっていけるんなら、耕す土地は分けてもいい、ってね」

「それで戦争にならないなら、素晴らしい国じゃないですか」

遊圭はお世辞でなくそう言った。真人は鼻で笑う。

「親父はその考えを馬鹿げていると言って、笑い飛ばしました。東瀛《とうえい》国では、身内同士の諍《いさか》いが絶えません。そこにつけ込んで武器を売り込んでは奴隷を買い漁《あさ》る親父の舌の上で、みんな面白いように踊るんです。ですが、生まれたときから身分や血統にがっちり縛られた東瀛国では、僕は絶対に上には這《は》い上がれない。だったら、こんなにも考え方の違う親父の生まれ育った大陸なら、僕でも上を目指せるかも知れないと思った。でも、ここに来て思い知りましたよ。僕にはたいした才能もなければ大望もない。日々生きるだけが精一杯で、年ばかり取る。こうなったら、この身ひとつでどこまで遠くへ行けるのか試して、見聞を広げる。それくらいしか僕に成し遂げられることを思いつかないんですよ」

遊圭はまるで、自分の方が悟りきったおとなで、真人がいまようやく世界に漕《こ》ぎ出そうとする無謀な若者であるかのような錯覚を覚える。

「真人さんは、わたしには想像のつかない視点から、この世界を見ているんですね」

真人は頬を赤くして、ぶるっと肩を震わせた。

「人生を投げてるだけです。世界の果てを目指して、行けるところまで行ってやる。それで野垂れ死にもせずに、すごく価値ある何かを故国に持ち帰ることができたら、この世界ってのは、とてつもなくでかくて、しかもそんな優しいもんじゃないって故郷のやつらに見せつけてやれたら、生きた甲斐《かい》があったってものです。見せたところで、理解もできないだろうけど。僕だって、未《いま》だに何もわかっていない。遠くへ行けば行くほど、躓《つまず》いては途方に暮れるばかりで、どこまでも無知な自分を、嫌ってほど思い知る」

遊圭には、己の器量も測れず、具体的な展望も持たずに突き進んでいく、真人の人生観も価値観も理解できない。とはいえ、生まれた場所から万里を越えてなお、その先を目指す真人の気概には敬意を覚える。

「橘さんが世界の西の果てを見届けて金椛国へ戻ってきたら、わたしを訪ねてください。それまでにわたしがいくらか出世していたら、いくばくかは帰国の餞別《せんべつ》を差し上げられるかも知れません」

真人はその童顔を遊圭に向けて、じっと見つめた。砂漠行のあいだ伸ばし放題のひげは濃く、砂と日光に焼かれた肌はざらついて皺《しわ》も染みも増えた。だが丸い目と小鼻は真人の愛嬌《あいきょう》のある特徴をそのまま残し、子どものような丸い頭蓋《ずがい》の骨格は、かれの夢見がちな性質をそのままに表している。

真人は目を潤ませて、頰を荒れた掌《てのひら》でごしごしとこすった。

「生きて、ふたたび金椛帝都の土を踏めたら、そうさせてもらいます」

遊圭は人相見の知識は持ち合わせないが、子どもの心を持ち続けることのできる真人のような人間は、常識のある者には行き当たりばったりに見えても、だれも実現しようとすら思わない冒険を、天祐によって成し遂げるのではないかと思った。

十一、再会別離

伝説の郷を探し当て、麗華の無事を確認して気がゆるんだせいか、遊圭は熱を出して三日ほど起き上がれなかった。慈仙《じせん》も真人も熱こそ出さなかったが、ひたすら寝ては食べて日を過ごし、体力の回復に努める。女たちの家に移った胡娘の体調が気になったが、夫に再会するまでは気が張っているらしく、郷の人々ともうまくやっているらしい。

麗華が、碾《ひ》き割りにした押し麦の粥《かゆ》と新鮮な卵を毎日届けてくれたお陰で、自覚していた以上に衰弱していた遊圭たちの回復は速やかだった。

新芽と若葉の萌黄《もえぎ》に色づく胡楊の森に囲まれた、穏やかな湖のほとりでは、仔羊《こひつじ》が次々と生まれ落ちては、半日とたたないうちに、黄色い羊膜を背中や尻《しり》に貼りつかせたまま、母羊の乳を求めてよろよろと歩き回る。次の日にはもう元気にぴょんぴょんと跳ね回って、遊圭を驚かせた。

「次の新月で、羊の毛刈りが始まるの。それまでここにいればいいのに」

遊圭としては、麗華の無事を確認した以上、帰国して復命しなくてはならない。胡娘とファリドゥーンが再会を果たしたら、遊圭はすぐにでも旅立つつもりであった。

「それに、羊たちが怖がるので、ホルシードを飛ばせてやれないのも可哀想で」

生まれたばかりの仔羊を目にした若鷹《わかたか》が、狩りの本能に目覚めないように、ホルシードの脚と止まり木を紐《ひも》で繫《つな》いである。郷を散歩するときは、その紐の端を遊圭の左手首に結わえて自由を奪っていた。

郷から離れたところで飛ばせば、と麗華は言ったが、翼のある生き物のことだ。瞬く間に郷へ舞い戻り、生まれたばかりの無抵抗な仔羊に食指を動かさないとも限らない。

「食指というか、鉤爪《かぎづめ》ね」

麗華は無邪気に笑った。息子を抱き上げて若鷹と対面させる。双方とも、警戒心と好奇心に落ち着きなく首を揺らした。

「侯陸《ホウルー》、おまえと同じ名前の鷹ですよ。あなたもこんな凜々《りり》しい男に育ってね」

ホルシダがあーあーと声を出し、いきなり手を上げて鷹の嘴《くちばし》をわしづかみにしようとしたので、ホルシードは翼を開いてばたつかせた。その音と大きく広がった翼に、相手が突如巨大化したと思い込んだ幼児は、驚きと恐怖に火がついたように泣き出す。

「も、申し訳ありません」

遊圭は大慌てで後ずさり、麗華たちから離れてホルシードの散歩を続けた。日々の運動をさせられないのは可哀想だが、散歩に連れて歩くのにはちゃんと理由がある。こうして羊たちを見せて回れば、ホルシードが羊を餌や獲物だと認識しなくなるのでは、と期待しているのだ。

「それにしても、天狗《てんこう》はどこに行ってしまったんだろう」

この郷についてから、天狗の姿をほとんど見ない。餌を入れた皿は毎朝きれいになっているので、近くにいるのは確かだ。この郷を縄張りとするために探索を広げているのだとしたら、この広い森と集落を、天狗がすべて我が物とするのは何日もかかりそうだ。

天狗が、どうやって緑地から何十里も離れた廃墟《はいきょ》にいた菫児《きんじ》を見つけ出したのか、遊圭はそれがずっと疑問だった。胡娘によれば、これまでも野営中に姿を消して、明け方に戻ってくることはよくあったという。鞍《くら》の上では昼の間中眠り込んでいるので、夜は元気になるものなのだろう、と胡娘は気にもしていなかった。

しかし、何の目印もない砂漠へふらりと出かけて、半日以上遠ざかっては、同じ場所に戻ってくるなんて芸当は人間にはできない。去年に比べると、天狗の体長は倍にまで伸び、持ち上げるのも気合いがいるようになった。

胡娘が言うとおり、体の成熟した天狗は、番《つがい》の相手を探して、夜な夜な砂漠を徘徊《はいかい》しているのかもしれない。駱駝《らくだ》は百里の彼方《かなた》から水の匂いを嗅《か》ぎ分けるという。ならば天狗が数十里の先から、人間や動物の気配を感じとったとしても、不思議なことではないのかもしれなかった。

天狗が伴侶《はんりょ》を見つけたら、どうなるのだろう。遊圭について金椛国《ジンファ》へ戻るのだろうか、それとも番の相手と共に、自然の山河へ帰ることを選ぶだろうか。天狗の仔狗に囲まれてみたいと思いつつも、妊娠した天狗を連れて、騒乱の嵐雲に覆われた天鋸《てんきょ》行路を旅するのも難しく思われる。それに番の相手が人間に馴《な》れるとも思えなかった。

そしてさらに、胡娘がファリドゥーンとここに留《とど》まることを選んだら？

遊圭は一気に身辺が寂しくなってしまうことに、愕然《がくぜん》とする。真人とここで別れ、もしも義仙《ぎせん》がここに残ることを選べば、帰り道は慈仙とふたりだけになってしまう。

「玄月とふたりきりで旅するよりはましかな」

遊圭はそうつぶやいて、自身を励ました。


遊圭たちが旅の疲れを癒《い》やすこと五日、ファリドゥーン医師が帰ってきたと、菫児《きんじ》が知らせてきた。

子どもたちが集まり、古老が迎え出る広場では、ファリドゥーンと思われる胡人の男を先頭に、四人の男たちが、十頭の駱駝から荷をおろしていた。

「義仙！」

遊圭より先に広場に駆けつけていた慈仙が、同僚に声をかけて走り寄る。その声にふり返ったひげのない青年の顔が、驚きから喜色に移り変わる。

「契兄《きっけい》！　どうやってここに！」

両手を広げて抱き合い、満面の笑みで再会を喜ぶかれらを後に、遊圭は急いで胡娘を呼びに行く。風通しの良い集会所で、麗華や郷の女たちとともに、羊の乳を搾り凝乳を作っていた胡娘を見つけた遊圭は、喜び勇んでファリドゥーンの帰還を告げた。

胡娘は口をぎゅっと引き、喜びとはほど遠い厳しい顔になり、急ぎ足で広場へと向かった。

「なんか、感動の再会、って感じじゃないな。いったいどうしたんだろう」

赤ん坊を背負った麗華が、憂いを帯びた目で胡娘の後ろ姿を追う。

「シーリーンには、つらい再会だと思う。でも、どんな結果になろうとも、会わずにいられないのはわかるわ」

麗華の独白の意味がわからず、遊圭は胡娘のあとを追った。

ずんずんと広場に踏み込んだ胡娘は、夫の名を叫んで仁王立ちになった。地面に下ろした荷を検品していた胡人医師は、胡娘の声に弾《はじ》かれたように立ち上がった。

目の前の光景が信じられないとでもいうように、呆然《ぼうぜん》として十五年前に生き別れた妻を見つめる。

「シーリーン？　まさか、来たのか。どうして」

縮絨《フェルト》の三角帽子に豊かな黒い顎《あご》ひげは、その知的な風貌《ふうぼう》がイナール王と印象が似ている。瞳《ひとみ》は胡娘のそれと近い灰色だ。落ち着きと若さの同居した三十代も後半の、穏やかな印象の人物であった。

胡娘はつかつかとファリドゥーンの前に進み、頭半分高い位置にある夫の頬に拳《こぶし》を叩《たた》き込んだ。

「胡娘？　何をっ！」

遊圭は驚いて叫んだ。拳が振り上げられた瞬間から全く身動きもせず、それを受けたファリドゥーンの態度にも唖然《あぜん》とする。

「私の同意もなく、神に定められた夫婦の縁を、勝手に切れると思うのか！」

胡娘はそう叫ぶと、拳の中に握りしめていた銀貨をファリドゥーンの胸に叩きつけた。

遊圭の背後で、追いついてきた麗華が囁《ささや》いた。

「ファリドゥーンは、あの銀貨を見れば、シーリーンは自由になる、って言ったのよ。でもシーリーンはそんなこと、望んでなかったようね」

再会した夫婦の母国語で交わされる、恐ろしく早口の会話は、まったく聞き取れない。遊圭は呆然としてかたわらの麗華に訊《たず》ねる。

「公主さま。おっしゃる意味がよくわからないのですが。いったい何が起こっているんですか。どうして胡娘は怒っているのでしょうか」

「あのふたりの故郷ではね、婚姻の際に交わした贈り物を返すということは、夫婦の縁を解消するということなんですって」

遊圭は驚いて麗華へとふり返った。

「どういうことですか、胡娘はそんなこと、ひと言も言いませんでした。そして、胡楊の郷を探し当てるのに必死になって、ここまでやってきたんですよ！」

麗華は視線を泳がせて言葉を探しつつ、むずかる息子を抱き直しゆすった。

「わたくしから、金椛国で薬師を続けているシーリーンの話を聞いて、彼女がずっと独り身だって知ったファリドゥーンは、もしシーリーンが自分たちの結婚に縛られていて貞操を守り続けているとしたら、その枷《かせ》を外してあげたいと言ったのよ。で、金椛に帰る兵士に託したのだけど」

遊圭は愕然として言葉も出ない。

「じゃあ、ファリドゥーンさんは、もう誰か他の人と再婚しているんですか」

「正式にはまだ。でも、この郷にはファリドゥーンの子どもたちが何人かいるの。流行《はやり》病で夫や子どもを亡くした女たちに、郷に戻る度に子種を授けるように頼まれて」

こんどは開いた口が塞《ふさ》がらない遊圭だ。

「胡娘は、それも知っているんですか。でも、郷の子どもたちとは、普通に楽しそうに遊んでましたけど？」

「シーリーンは、子どもの数が減っていくのを、なんとかしたいと思った郷人の気持ちはわかっているわ。ここのひとたちの貞操観念は、わたくしたちのそれとは違うし。子どもたちには何の罪もないこともね。でも正妻にことわりなく、他所《よそ》の女に子どもを産ませるのは、胡人の間でも認められてないというし、まして相談もなく離縁された妻の感情は別の問題よね」

金椛の皇帝ですら、皇后が拒否すれば他の女を閨《ねや》に上げることはできない。生き別れた妻子を捜しているはずの夫が、その放浪中にかなり自由に生きていたと知れば、妻としては許せないのは当然だろう。自分まで裏切られた気がした遊圭は、両方の拳を握ってこめかみを押さえ、ぎゅっと目をつぶった。

遊圭と麗華が広場の隅で囁き合っているあいだに、ファリドゥーンは胡娘をなだめすかしてどこかへ連れて行ってしまった。

夫婦間の争いには、実の息子でも干渉しないだろうと考えた遊圭は、一方で感動の再会に幸福を満喫している青蘭会の義兄弟に目を向けた。

「義仙さんは、どうするんだろう。わたしたちと帰国するのかな」

「義仙は、わたくしを救出して帰国する任務を負っていたから、わたくしのわがままで帰るに帰れないでいたの。お兄様と玄月には、手紙を書くから、慈仙といっしょに帰国させてあげたいわ」

かつて高原行路を共に旅した義仙と慈仙が一緒なら、物騒とされる天鋸行路も怖れることはないだろう。遊圭はほっとした。

しかし、負傷した兵士から、ファリドゥーンの銀貨を受け取ってから旅の間中、胡娘がそれほど嬉しそうではなかったことを遊圭は改めて思い出した。考えてみれば、金椛でも妻を離縁するときは、持参金を返さなくてはならない。自分の察しの悪さにもあきれるが、銀貨の意味と本心を打ち明けてくれなかった胡娘に、釈然としない気持ちも湧いてくる。

「わたしが、子ども過ぎたんですね。胡娘をファリドゥーンさんに会わせてあげたくて張り切ったんですが、これなら再会しない方が良かったのかも」

麗華は遊圭の肩をとんとんと叩いて励ます。

「それは、わからないわ。シーリーンの気性なら、直接会ってけじめをつけないと、終わらせることも、新しく始めることもできなかったでしょうよ」

たった二年の間に人妻となり、母となり、そして未亡人となった麗華の言葉には含蓄がある。

それから半刻して、遊圭は診療所を兼ねたファリドゥーンの家に呼び出された。家の扉の前には、子どもや女たちが、心配と好奇の綯《な》い交ぜになった表情で中をのぞき込もうと、ひとだかりを作っていた。

奥の方へ顔を背けて立つ胡娘に、気遣わしげな視線を向けて、遊圭はファリドゥーンに招かれるままに屋内に入る。

「やあどうも、遊圭君」

左頰の青アザを心持ち腫《は》らしたファリドゥーンに丁寧な挨拶《あいさつ》をされ、遊圭も「はじめまして」と礼を返す。遊圭はこのときほど、康宇語を学んでおいて良かったと思ったことはない。夫婦の間には波瀾《はらん》があるものの、胡娘の家族と言語の壁に隔てられることなく会話ができるのは嬉しいことだ。

「遊圭でいいです。シーリーンにはずっと世話になって、何度も命を救われました」

ファリドゥーンは、近くで話してみれば、ますますイナール王に雰囲気が似ている。どちらも知的な文人肌だからであろうか。遊圭は、麗華がこの医師を信頼して砂漠越えを決意した理由をぼんやりと察した。

「我々の家庭は、不幸な戦争に巻き込まれて破壊されてしまったことは、シーリーンから聞いているそうだね」

息子ともいえる年齢の遊圭にも、丁寧な口を利く。

「はい」

「私は陥落した都市の死体の中に、自分の妻子を見つけられなかったので、きっとどこかに生きているのだろうと捜してきた。捕虜にされたものは奴隷商人に引き渡され、国外へ売られていったとも聞いて、隊商に入り大陸を行き来した。しかし、十五年は長い。私の状況も変わったし、聞けばシーリーンも縒《よ》りを戻すために、この郷を探し当てたわけではないという。事情を知らせる手紙もなく、銀貨だけ突きつけるような非道な離縁をしたのは、私の過ちだ。シーリーンを怒らせたのも無理はない」

ファリドゥーンはそう言って、左の頬を撫《な》でた。

「胡じょ――シーリーンは、一方的な離縁宣告に怒りをぶつけるために、胡楊の郷を目指したの？」

遊圭は及び腰になって母代《ははしろ》の女性に訊ねる。胡娘はふたりから顔を背けたまま、腕を組んでうなずいた。斜めうしろから見る横顔には、赤く染まった目尻《めじり》が痛々しい。

「そうだ」

遊圭は目眩《めまい》がした。胡娘は硬い口調で続ける。

「もちろん、公主の安否も心配だったからだぞ。自分の夫が伝説の郷などという、怪しげな場所に公主を連れ去ったと聞けば、真相を確かめなくてはなるまい。下手をすれば遊々をも巻き込んでしまうのだからな」

「それはそうだけど。なんか、伝説の郷での再会が、わたしの想像していたのと違うから、戸惑いしか感じないよ。でも、和解はしたんだね。円満に別れるってこと？」

胡娘とファリドゥーンは、同時にうなずいた。

「シーリーンは、それでいいの？」

遊圭がもう一度確認すると、胡娘はふたたび首を縦に振る。

「生きて無事でいたのなら、それでいい」

胡娘は立ち上がり、早足で外へと出て行った。遊圭は呆然《ぼうぜん》としてその後ろ姿を見送ってから、ファリドゥーンへと視線を戻す。

「でも、シーリーンを捜していたんですよね。ずっと独り身で、再婚はされてないって聞きました」

ファリドゥーンは、沈痛な面持ちで遊圭を見つめる。

「シーリーンは、ふたりで話し合おうとしてすぐ、息子を守れなかったことを私に詫《わ》びた。彼女が私に会いに来たのは、それが一番の理由ではなかったかと思う。だが、家族を守れなかったのは私も同じだ。敵が攻めてきたとき、すぐにシーリーンのそばに駆けつけることができなかった。互いに罪の意識を抱えたまま、十五年を生きてきたのだから、もう、赦《ゆる》されていいのではないかと思う。自分の家族を守れなかった男から、言い出していいことではないのだが」

「ふたりでやり直す、という選択はないんですか。どちらも、互いを思いやっているように見えるんですが」

ファリドゥーンは重いため息をついて、先に口にした言葉を繰り返した。

「十五年は、長い。麗華からシーリーンの無事を聞いたとき、私は気がついたんだ。彼女に対する想いが、十五年前と同じではなくなっていたことに。私たちの道は、都の陥《お》ちたあの日からすでに、分かたれていたことにね。だから私は、彼女を捜すことを終えた。まさか、あの兵士が正直に銀貨をシーリーンまで届けるとは、思わなかった。金椛人は、義理堅い民だ」

ファリドゥーンは、銀貨を手放すことで、自分の気持ちに整理をつけたのかもしれないが、兵士はただ伝言を預かったのではない。命を救ってくれた医師に、返すべき恩があったのだ。

生きてきた時間も世界も違うファリドゥーンの言葉や考えを、遊圭は何ひとつ理解できない。ただ、ファリドゥーンがもはや過去に心を残していないことだけは、はっきりとわかった。

家に帰っても、胡娘は不在だった。真人に訊《き》いても、胡娘はずっと帰宅していないという。遊圭は胡娘を捜して郷を歩き、森に至った。

樹上で物音がしたので上を見上げれば、天狗《てんこう》が枝につかまって日向《ひなた》ぼっこをしている。いつのまにか、天狗の真っ白な冬毛は抜けて、灰褐色の夏毛に生え換わりかけていた。

「天狗、胡娘を見なかった？」

ガサッと音を立てて枝から飛び降り、遊圭の足下に着地した天狗は、ついて来いとでもいうように、尻尾《しっぽ》を立てて湖へと歩き出す。少し前には遊圭の膝《ひざ》を超えていた体高が、また大きくなった気がするのだが、あとどれだけ成長するつもりだろう。

天狗のあとを追っていくと、湖のほとりの岩陰に座り込んでいる胡娘を見つけた。

「きれいな場所だけど、いつまでも座っているのは、まだ寒いんじゃないかな」

遊圭が声をかけても、胡娘はふり向かない。遊圭は胡娘の横に腰を下ろした。

鼻をすする音が聞こえたので、遊圭は懐から手巾《しゅきん》を取り出して手渡す。胡娘が握りしめた手巾はもうぐちゃぐちゃだったからだ。

「思ってた再会とは違うけど、胡娘が一緒に帰国できるのは、わたしはほっとしてる」

「たとえファリドゥーンが金椛国まで迎えに来たとしても、私の方から離縁するつもりだった」

胡娘は遊圭に渡された手巾でまぶたを拭《ふ》いて応《こた》える。

「息子さんを、守れなかったから？」

「それもあるが、奴隷として売り買いされて、何人かの主人の自由にされた私は、もうまっとうな男の妻というものには戻れないんだ」

戦禍で息子を失い夫と引き離され、奴隷に落とされたのは胡娘のせいではないのに、どうして妻子を助けられなかった夫が『まっとうな男』のままで、暴力に我が子と日常を奪われた女の方が、貶《おとし》められて汚名を着せられなくてはならないのか。

遊圭はどこへもぶつけようのない義憤に、拳《こぶし》を握りしめた。

「でも、ファリドゥーンさんは胡娘が奴隷商人に売られたことを知っていて、それでも捜し続けていたんでしょう？　それなのに——」

「ファリドゥーンには、もう、他に誰かいる」

遊圭の言葉を遮り、胡娘が肺の底から絞り出すような声で言った。遊圭はそんなことを言わせてしまった自分の舌を、嚙《か》み切ってしまいたくなる。

「それでも捜してくれたのは、彼が誠実な男だからだ。私が金椛にいると知って、銀貨を送ってきたのは、もう私を捜さない、迎えに来ないという意味だった。もう待つな、とわざわざ言ってきたのも、ファリドゥーンの良心というやつだな」

それとも、別れを告げるために、捜し続けたのだろうか。もしそうならば、良心とはかえって残酷なものだ。

「もっとずっと前に、あきらめていた。でもときどきは、迎えに来てくれるのでは、と思うこともあった」

胡娘が遊圭の手巾で洟《はな》をかんだ。そういえば、胡娘の涙を見るのはこれが初めてのような気がする。

「終わった、待つな、とはっきり告げられて、それでも会いに来る私は、どうしようもなく未練な女だ。みっともない」

手巾に顔を埋めて、胡娘は声を殺して泣いた。天狗《てんこう》が胡娘の膝に上って、手巾を握りしめる手の甲を舐《な》める。

「みっともなくなんか、ない」

それ以外は、かける言葉も見つからない。むしろ何も言わない方がいいのだろうと思いつつ、遊圭はただ黙って胡娘のそばに座り続けた。

遊圭たちの出立前夜、麗華は丸々と肥った仔羊を捌《さば》かせ、振る舞ってくれた。

「しっかり栄養つけて、無事に都へ帰り着いてね。それからこれ、この郷で織った毛織物で作った帯と帽子」

麗華が差し出した四人分の赤と茶、渋い緑の衣料は、麗華が手ずから糸を縒《よ》って染め、織り上げた物だという。

「染料が限られているから、地味なんだけど、この紋様はこの郷を知る人間であることを示すの。いつかまたここを訪れたくなったら、南行路でこれを身につけていれば、誰かが話しかけてくるわ」

二度と訪れることはないだろうと遊圭は思ったが、麗華が初めて自分の手で作った織物を断るのも礼を欠く。ありがたく受け取った。

帰国のためについてくるのは、結局は林《りん》義仙のみであった。他の側近たちは、戦乱の激しくなる東西の行路へと、命の危険を冒してまで、平和な郷から出ていくのを好まなかったからだ。とくに、元女官の中には郷の男と縁を結んで、すでに身籠《みご》もっている者もいた。

故国を失っても、人生や人々の営みが終わるわけではない。

充分に休息させ、水と草葉でふたたび肥えた駱駝《らくだ》に、大量の堅麵麭《パン》と水を積み込み、菫児《きんじ》と義仙の案内で南へと向かう。

一行を郷の外まで見送りに出たのは、ホルシダを抱いた麗華と、ファリドゥーンの三人だ。麗華は一行が砂丘の彼方《かなた》に見えなくなるまで、いつまでも手を振り続ける。

遊圭が最後にふり返ったときも、麗華はまだ手を振っていた。

「あのふたり、幸せになるといいな」

横にいた胡娘が急につぶやいたので、遊圭はびっくりして聞き返した。

「あのふたり？」

「ファリドゥーンは、イナール王に似ているだろう」

遊圭は首を捻《ひね》ってふり返り、もう豆粒よりも小さくなったふたつの人影を目で追った。

ああそうか、と遊圭は思った。麗華が帰国でなく新天地を選んだ理由。戦のない土地で、ホルシダの安全と将来を守りたかったのも、もちろん真実だろう。だが、我と我が息子の生命と運命を預けるほどに、全幅の信頼を捧《ささ》げられる相手でなければ、危険を冒して死の砂漠へ踏み込むことはできなかったはずだ。

「胡娘は、いつから気がついていたの？」

「いつから、かな。昨夜、麗華公主が自分から謝罪しにきて、はっきりした。麗華たちは、ファリドゥーンの家族としてこの郷に受け入れられたんだ。先王の王妃と王子では、どこまでもザード侯の追っ手がかかるだろう。しかし旅医師の妻子となれば、外界との縁を断ち切って安全に生きていける。謝る必要など、どこにもない。命がけで守り守られた相手が、分かちがたく愛《いと》しくなるのは仕方がない。夏沙の都が陥ちたとき、ファリドゥーンは麗華の手を放さなかった。つまり、そういうことだ」

胡娘は、言葉を切って仰向《あおむ》けになり、目を見開いて空を見上げた。そうすれば、滲《にじ》み出る涙が、頰に落ちる前に乾いてしまうとでもいうように。

「イナール王の喪が明けたら、息子も連れて三人で暮らすのだそうだ。麗華公主はまだ若い。たくさんファリドゥーンの子を産めるだろう。胡楊の郷はまた子どもたちの笑い声と泣き声であふれるぞ」

イナール王が戦死してから、死の砂漠への失踪《しっそう》までの、どの時点でファリドゥーンと麗華が互いへの想いを自覚し、確かめ合ったのか、もはや知る術《すべ》はない。実母に裏切られ、夫を失い、乳飲み子を抱えて落城を生き延びた麗華が、ようやく安住の地を得たことは喜ばしいことだ。ただ、その陰で胡娘が傷ついてしまったことに、ひどく心が痛む。

離れている間も、それぞれに流れている時間を止めることはできない。生きていれば、予期せぬ出会いに心が動き、その一方で想いが離れたり冷めたり、そういうことは、どうしようもなくあるのだろう。初めから希望など持っていなかった胡娘が、夫も麗華も責めないことが、かえって遊圭にはつらく感じられる。

遊圭は胡娘を見つめて、不器用に微笑んだ。

「公主さまは、胡娘にも少し似ているよ。姿形や顔立ちじゃなくてね。とても優しいのに、とても強くて、誇り高くて、不撓《ふとう》不屈なところが。ファリドゥーンさんは、公主さまのそんなところを好きになったんじゃないかな。だから連れて逃げたんだ」

麗華は、こんどこそ己が望んだように生きられるといいと、遊圭は心から願った。

王家のしきたりに縛られれば、王妃が自身の手で我が子を育てることは難しい。乳母の一族や後見の貴族らの野心に振り回され、親子の距離は遠く絆《きずな》も細くなってしまう。一瞬でも長くホルシダを抱いていたいとでもいうように、片時も息子のそばから離れようとしなかった麗華を思うと、羊飼いだろうと医者の妻だろうと、麗華が心から欲しかったものを手に入れられるのなら、それでいいと遊圭は思う。陽元には『麗華公主さまはとても健やかで、お幸せそうであられました』と伝えることができる。

先を行く王《おう》慈仙と林義仙は、駱駝の首を並べて睦《むつ》まじく言葉を交わしている。高原行路を旅していたときは、注意を払っていなかったこともあるが、このふたりがこのように親密な同僚であったことに、遊圭は気がつかなかった。長く離れて互いの生死すら明らかでなかったのだ。紐帯《ちゅうたい》を新たにしたのだろう。

遊圭は、斬刑《ざんけい》にあたる罪を犯して逃亡潜伏中の親友、史《し》尤仁《ゆうじん》を思い出して、彼の無事を祈った。

胡楊の郷から半日以上離れたころ、遊圭はホルシードを空に放した。久しぶりに飛翔《ひしょう》を許された鷹《たか》は、存分に翼を広げ、気流を捉《とら》えて高く舞い上がる。

「天狗《てんこう》といい、鷹といい、遊圭は生き物を馴《な》らすのが上手ですね」

いつの間にか並びかけてきた真人が、空を見上げながら声をかけてきた。

「そうかな。訓練が終わる前に、鷹匠から離してしまったので、上手に馴らせたかどうかわかりません。でも砂漠の真ん中で緑地を見つけてきたのは、お手柄でした」

自由に空を舞うホルシードを見上げる真人に、遊圭はこれからどうするのか訊《たず》ねる。

「真人さんは郷に残るものだと思ってました。仲良くしていた娘さんがいたでしょう」

真人は下を向いて苦笑いを隠す。

「滅多にもてないんで、もったいないことをしましたが。僕は平和で静かな理想郷に埋もれたくて、大陸に渡ってきたんじゃありませんから」

天鋸行路に着いて、西へ進むか東へ戻るかは、そのときに決めると真人は言った。

十二、山上の王国

砂漠に春の訪れを告げる、黄砂に染め上げられた大気に追われるように、遊圭はふたたび無数の砂丘をうんざりするほど登っては下り、あるいは迂回《うかい》したりを繰り返し、ようやく死の砂漠の南側を東西に走る交易路、天鋸《てんきょ》行路へ行き当たった。

董児は一行の旅の無事を祈って、そこで引き返そうとしたが、すでに午後が遅かったことも
あり、引き留められる。

「ここから董児ひとりで胡楊の郷へ引き返すの、本当に大丈夫なのか」

遊圭は心配して訊ねた。

「僕は指南盤を持っていますから大丈夫です。夏沙王都が陥落する前に、公主様と侯陸《ホウルー》王子を無事に金椛《ジンファ》へ送り届けるようにと、王太子から授かった物ですが、公主様は僕が持っていてもいいと言ってくださって」

すっかり逞《たくま》しくなった董児に、遊圭は自分の方が嬉《うれ》しくなる。義仙《ぎせん》も舎弟との別れが名残り惜しいのか、もう二、三日の同行に董児を誘う。

「今夜は近くの城市に宿を取る。董児も久しぶりの町で体を休めて、遊んでいけばいい。金は慈仙《じせん》兄が出してくれる」

強く勧められると断れないのは昔のままらしく、董児は誘われるままについてきた。

城門の外で入城の手続きを待っていると、前方で騒ぎが起こり、姉妹らしきふたり連れが、必死の形相で門を駆け抜けてきた。城の衛兵がその後を追い、少女たちは二手に分かれて入城を待つ人々の列に逃げ込み、馬や駱駝を脅かしては混乱を広げていった。

董児と同年齢と思われる少女たちは、おそろしく足が速く、身が軽い。

「あれは、男児ですよ。なぜ女の恰好《かっこう》をしているんでしょう」

慈仙が不思議そうにつぶやく横で、たちまち遊圭の駱駝たちにも周囲の騒擾《そうじょう》が伝染し

て、他人のことを構っている余裕はなくなった。六人がかりで駱駝を落ち着かせてひと息ついていると、先ほどの少年たちが乱暴に列から引きずり出された。門兵はいまや五、六人で少年ふたりを捕らえ、殴る蹴《け》るの暴行を加えている。

「何をす――」

どんな罪を犯したのかは知らないが、あのままでは殴り殺されてしまうと一歩前に出ようとした遊圭の肩を、慈仙がぐっとつかまえて止めた。

慈仙は仮面のように無表情な顔で、耳を澄ませるようにと目配せをする。さざ波のような周りの囁《ささや》きから、少年たちが徴兵逃れのために、女装して逃走を試みたことが知れた。

近くにいた商人に、あの少年たちはどうなるのかと訊ねる。

「このまま処刑場行きだよ。税や徴兵逃れは死罪だ。ああやって女装して戸籍をごまかす連中が増えてきたとばっちりで、女が男の恰好をしても厳罰を受けるようになった」

天鋸行路沿いの諸国の法は、金椛帝国よりも厳格であるように遊圭には思われた。あるいは、日常に戦争が入り込むなかで、法規や刑罰がどんどん苛酷《かこく》なものになっているのかもしれない。

商人は胡娘から董児、そして遊圭へと、一行の顔をまじまじと見て、不安げに首を左右に振った。

「あんたらも、男か女かわからん恰好をしていると、捕まって処刑されちまうよ」

そう言われても、過酷な砂漠地帯の旅に男装も女装もあったものではない。一様に防寒と防砂を最優先とした装備をまとい、真人を除いて誰ひとりひげをたくわえていないかれらは、性別不詳の不審な一団と思われたようだ。

商人の予言通り、入城手続きでいささか面倒なやりとりがあったが、三ヵ国語で記された通行証のお陰で、雑多な民族が出入りする城内に入ることができた。

隊商宿に落ち着き、部屋を三つ取る。胡娘は個室、遊圭は真人と同室、三人の宦官《かんがん》には広めの部屋をとった。城壁に囲まれた堅牢《けんろう》な建物の中で、久しぶりに眠れる安心感に、遊圭は寝台に横になるなり微睡《まどろ》みはじめる。

誰かが扉を叩《たた》いた。遊圭は寝惚《ねぼ》けた状態で起き上がり、扉を開けようとした。その手を、真人が押さえて低い声でささやく。

「遊圭さん。こんな場所で、相手を確かめずに扉を開けるもんじゃありません」

真人のもう一方の手には短剣が握られていて、遊圭はいっぺんで目が覚めた。

真人はこれまで、そんな用心深さを見せたことがなく、いい加減な放蕩《ほうとう》者の異国人という思い込みが覆される。考えてみれば、真人は十年も異国を放浪しているのだ。太医署でも無害な貧乏留学生を装って、見事に遊圭と女官たちを騙《だま》した。へらへらとした頼りない態度で相手を巻き込んでいくのは、彼一流の韜晦《とうかい》術であり、自己防衛なのだ。

卑屈さもまた他者を油断させ、生き延びるための演技だとしたら、真人に限らず、あらゆる人々の表に見えている人間性というものが全て嘘に見えてくる。

「僕です。菫児《きんじ》です」

扉の向こうから聞こえてきたのは、子どものような菫児の声だ。無頼の無法者に出せる声音ではない。真人は息を殺して扉に耳を当て、廊下には菫児ひとりの気配しかないことを確認して扉を開けた。そこには枕と毛布を抱えた菫児が、眠たげな顔をして立っていた。

「先輩たちの鼾《いびき》がひどくて、眠れないんです。こっちで寝かせてもらってもいいですか。床でいいですから」

「真人さんの鼾もけっこうなものだけどね」

緊張を解いた遊圭は、苦笑して菫児を招き入れる。真人はすでに短剣をどこかに隠してしまい、自分の寝台に戻っていた。暢気《のんき》な大熊猫と思っていた連れが、いきなり用心深く狡猾《こうかつ》な野良猫に変化してしまったようで、遊圭は戸惑う。

「明日から、慈仙さんたちと部屋を交換してもらおう。今夜はわたしの寝台の壁側を使えばいい。寝相は悪い方じゃないよね」

互いに痩《や》せ型なので、寝台にも少し余裕があるのではと思ったが、並んで寝てみると思ったよりきつかった。寝返りは打てないかもしれないと思いつつ、ふたたび睡魔が訪れてきたとき、菫児が小声でささやいた。

「何？」

「あの、玄月さま、僕のこと何か言ってませんでしたか」

遠慮がちに訊ねられ、遊圭はまた目が覚めてしまった。記憶を遡《さかのぼ》って、玄月から菫児《きんじ》に伝言があったかと考え込む。

「ごめん、思い出せない。仕事のことばかりで、そんなに話す時間はなかったから。菫児だって玄月がどんなだか、知ってるよね」

菫児が吐息だけで笑う気配がした。

「義仙さんがうらやましいです。慈仙さんは玄月さまの反対を押し切って、公主さまを捜しに来たって言ってました」

「そういう、話だったかな。玄月は自分で捜しに来られたら、そうしたかったと思う。でもいまは楼門関《ろうもんかん》の監軍を務めているから、朔露《さくろ》とのにらみ合いが続く間は動けないんだ」

遊圭は、なぜ自分が玄月をかばうような言動をしているのか、よくわからない。ただ、菫児が沈んでいるようなので、元気の出そうな言葉を探した。

「菫児の書簡が届いたときは、とても喜んでいたよ」

受け取って差出人の名を見た瞬間の玄月は喜んでいたのだから、嘘ではない。

「そうですか」と、菫児は小声でつぶやくと、それきり静かになった。

二度も寝入りばなを起こされた遊圭は、すっかり目が冴《さ》えてしまった。真人や菫児の寝息が規則正しくなっても寝付けないので、そっと寝台を抜け出して上着を羽織った。真っ暗な部屋では、何もすることがない。しかたなく手探りで見つけた椅子に腰かけて、ぼんやりと闇を眺める。

楼門関を出てから二ヶ月半が過ぎていた。明々には春には嘉城に戻り、手紙を出すと約束した。こちらの行路から手紙を出せば、遊圭よりも早く都に着くだろうか。公主を連れ戻さなかったのだから、配流中の遊圭は都に入ることは許されないかもしれない。それでも、叔母《おば》に宛てて出せば、明々に転送してくれることだろう。

遊圭は真人と董児を起こさないように、慎重に懐炉を開けた。石綿に包まれて静かに燃える石炭から、部屋に置かれた油灯《ゆとう》に火を移した。

灯心が油を吸い上げるジジという音が闇に響き、橙色《だいだいいろ》の輪が卓上から床へと広がった。遊圭は携帯品を入れる帯袋から筆筒と墨壺《つぼ》、紙を取り出した。油灯の弱い光を頼りに、明々に宛てた手紙を書く。それから陽元と楼門関の玄月には、麗華の名を出さずにその無事を知らせる報告書を作る。嘉城で留守を預かっている竹生にも、簡単な文章で無事を知らせる手紙を書いた。

書き終わるころにはすでに東の空は白み始めており、遊圭は机に伏せて目を閉じたとたんに、深い眠りに落ちる。

隊商宿の主人に、城内に金椛帝国軍の駐屯地があるのを教えられた遊圭はそこを訪ね、書簡の包みを渡して最速で送るよう駅使《えきし》に託した。皇帝宛《あて》の書簡を処理した軍吏は、遊圭の若さに戸惑ったが、象牙《ぞうげ》に金の椛《もみじ》を彫り込んだ印章を前に、一切の質問をしなかった。

遠流《おんる》の重罪人が、尊貴の身分の者しか使えない象牙の印章、それも皇室の紋章入りをこのような異郷で使用して何も咎《とが》められない矛盾はさておき。これで、遊圭の身に何かあっても、麗華の無事と任務の成功は都に伝わるはずだ。

そう、任務は遂行した。

天鋸行路の東半分は、まだ金椛帝国の保護が行き届いている。最長でも百里おきに城市があり、数十里おきに隊商宿がある。この先は死の砂漠を横断するために必要だった荷の半分でよく、荷駱駝《らくだ》はふたりに一頭で十分だ。身軽になり、立ち寄る城市では明々や竹生への土産を選びながら、物見遊山気分で初めての南行路を行けばいい。

遊圭は、まだ都からは何千里も離れていることを自らに言い聞かせながらも、困難な試練をやり遂げた解放感から、昂揚《こうよう》してくる気分を引き締めることが難しかった。

宿を定めた城市は、帝都や楼門関のある方盤城に比べれば、規模の小さな自治都市にすぎなかった。とはいえ、朔露小可汗の率いる南方侵略軍はまだ千里の彼方《かなた》にあり、金椛帝国の威信は健在で、隊商宿は混み合い、市場は盛んであった。遊興街も賑《にぎ》わっており、食べ物も、あらゆる獣肉や近くの川や湖から獲《と》れる淡水魚、木の芽や新芽の新鮮な春の野菜が豊富にそろっていた。

ファリドゥーンの警告していたような三国のにらみ合う緊張感は、少なくともこの付近には及んでいないようだ。

「米だ」

市場の穀物売り場で、急に立ち止まった真人が切なげにつぶやいた。遊圭がその視線を追えば、穀物の袋から金椛兵士の持つ麻の小袋へと、商人が移し替える升から、パラパラと米がこぼれ落ちてゆく。

金椛でも北天江以北では栽培されていない米だが、南方から派遣されている兵隊のために流通しているのだろう。遊圭は値段の高さに一瞬迷ったが、菫児《きんじ》も慈仙たちもごくりと唾《つば》を呑《の》み込むのを見て、思わず五合も買ってしまった。

隊商宿に持って帰り、厨房《ちゅうぼう》の料理人に炊いてもらう。

食事時でもないのに、おかずもなく漬物だけで白いご飯をかきこむ五人を前に、胡娘がかぶりを振って二階の自室へと上がっていった。菫児が、急に洟《はな》をすり上げる。

「やっぱり、金椛に帰りたいな」

誰も菫児の帰国に反対はしていない。胡楊の郷での穏やかな暮らしと、郷愁を刺激する米飯の味を秤《はかり》にかけて、生きる場所を選ぶのは菫児なのだ。

「わたしたちは、まだ数日はここにいて、残りの旅に必要な品を手配したり、装備を修繕したりするから、時間をかけて決めたらいいよ。ルーシャンに頼まれた用事もあるから、出発は急いでない」

「ルーシャン将軍の御用事ですか？」

慈仙が口を挟む。

「ええ、こちらに逃げてきた康宇人の難民に、もしも将軍のお身内がいたら、伝言を託されています」

それを聞いた慈仙は、目尻《めじり》を下げて愉《たの》しげに微笑む。

「なら、菫児《きんじ》の心が決まるまで、ゆっくり滞在しても大丈夫ですよ。ね、義仙。急いで帰ったところで、ひとたび次のお役目を言いつかれば、こんな風にのんびりとはしていられませんから」

皇帝への復命を課せられている義仙は、困惑気味の視線を義兄に返したが、満腹した遊圭は大きく息を吐いて同意した。

「そうなんですよ。目的を果たした以上、急いで帰る必要もありません。わたしなんてまだ徒刑が半年以上残ってます」

この探索行を徒刑の期間に数えてくれるなら、遊圭としてはゆっくり帰った方がそれだけ胥吏《しょり》の勤務期間が短くてすむ。一日も早く明々の顔を見たいところだが、何度も交わした手紙の中でも、明確な返事をもらったわけではない。生還し再会したところで「ごめんなさい。やっぱり弟としか思えない」と言われたら二度と立ち上がれそうにない。

急いで祖国へ帰りたい気持ちと、復命を少しでも延ばしたい気持ちが喉《のど》の下でせめぎ合って、踏み出した脚がもつれそうな気分である。

気がつけばあっという間に十日が過ぎ、旅の装備を季節と旅程に合わせ、盗賊対策の武器もそろえて、準備万端で帰国の途につく。

西へ向かう隊商に話をつけたという真人とは、ここで別れを告げることになった。色々あったが、交易の旅暮らしに慣れた真人のおかげで、死の砂漠越えの労力は節約できた。遊圭は荷役夫としての報酬を銀で真人に払い、必要のなくなった駱駝を餞別《せんべつ》代わりに譲った。真人は控えめに驚き、そして喜んで受け取った。

遊圭の書簡を発送した軍吏が城門まで見送りに来て、本当に護衛をつけなくていいのかと念を押した。確かに各城市には金椛軍が駐屯し、隊商や早馬のための施設は行路沿いに設けられてはいるが、その間には無人の山野も砂漠もあり、盗賊や追剝《おいはぎ》がまったくでないという保証はない。見た目の優し気な宦官《かんがん》と、弓矢は携えているが女性と年若い公子の一行は、どこから見ても脂の乗った鴨といえる。

ある意味、数百里を行っても、生きた人間をひとりも見かけることのない死の砂漠よりも、雑多な人々の行き交う街道の方が危険であった。

「そう、ですよね」

遊圭がその気になりかけたのを、慈仙が遮った。

「大丈夫ですよ。われわれは訓練された兵士です。そうは見えないでしょうけども」

まったくそう見えない柔和な微笑を湛《たた》えて、慈仙は軍吏の申し出を断った。

里心がついて、ずるずるとついて来ようとしていた菫児は、このやりとりに自分が戦力にならないことを自覚し、引き返す決心がついた。乗降のときは膝《ひざ》を折ってくれる駱駝は乗りこなせても、乗騎が馬になると自力では鞍《くら》に上がれない。ましてや賊に襲われたときには、武器を使えない菫児《きんじ》は足手まといにしかならない。

雪解けの水が谷から砂漠へと流れ出す浅瀬の手前で、菫児は遊圭らに別れを告げた。浅瀬を渡りきった遊圭は、対岸で手を振る菫児へとふり返る。その菫児の目が恐怖で見開かれているのを見て、遊圭は上げかけた手を宙で止めた。

菫児が大声で叫ぶ。

「遊圭さん！　逃げてっ」

その声に、菫児の視線を追った遊圭は、自分たちが騎馬の一団に待ち伏せされていたことを知った。

盗賊の一団は、見たことのない意匠の刺繍《ししゅう》を施した帽子をかぶり、その縁からは直毛の黒髪が背中へと流れている。顔立ちは金椛人と似ているようだが、細部の印象は異なる。外套《がいとう》は毛皮を剝《は》ぎ合わせた胴着だ。

数の多さに、慈仙と義仙はすでに武器を下ろし、胡娘だけが弓を引きしぼったままだ。

騎馬の中から、頭目らしい男が進み出た。

「金椛帝国の公主様がここを通ると聞いて、わが主人に献上しようと網を張っていたのだが、女は年のいった胡人がひとり。いや、それともひげのないところを見ると、全員が男を装った女どもか。さて、どれが公主だ。その一番若いのは別嬪《べっぴん》と言えなくはないが、公主にしてはずいぶんと脂が足りなそうだ」

乗馬鞭《むち》の先を突き付けられた遊圭は、頭目のひどく訛《なま》った金椛語のために、言われていることがよくわからない。自分が公主？

「えっと」

「シッ」と慈仙がするどく舌を打って、遊圭の言葉を遮った。

「声を出さないで。拐《かどわ》かしを生業《なりわい》とする山賊どもが、賞金目当てに行方知れずの金椛公主を生け捕りにするため、近隣の女たちをさらっているという噂を、城市で耳に挟みました。あなたが公主でないとわかれば、積み荷と持ち金を目当てにこの場で全員が殺されるかもしれません。ここは私に任せてください」

遊圭に素早く耳打ちをすると、慈仙が一歩前に出る。

馬は駱駝《らくだ》の匂いを嫌うものだが、この盗賊たちの馬は訓練されているらしく、まったく駱駝を怖れない。遊圭は騎馬の動きが滑らかで隙がないことに、ただの盗賊でないことを直感した。駱駝に馴《な》れた騎馬隊といえば、かなり統制のとれた軍隊だ。

見回せば二十騎あまり。食い詰めた傭兵《ようへい》や盗賊ではなく、土地の富豪が、私兵を用いて旅人から掠奪しているのであろう。

「金椛皇室の血を引く高貴な女性に、あなたがた蛮族が触れることなど許されません」

声そのものは高いが、声量の豊かな慈仙の声には侮れない威厳が備わっている。

頭目は馬鹿にしたような笑みを引っ込め、慈仙をじろりとねめつけた。

「あんたらから見れば、野蛮人かもしれんが、俺たちの主人はれっきとした王族だぜ。あんたたちが天鋸山脈と呼んでいる、戴雲《たいうん》王国を支配する賢王《けんおう》殿下だ。金椛の公主は未亡人になったっていうから、うちで引き取ってやろうっていうんだ」

天鋸山脈には、大小の異民族が、それぞれに勢力を張って互いに牽制《けんせい》し合っているというが、戴雲王国の名は初めて聞く。かつての朔露のように、天鋸山麓《さんろく》では部族間の統合が進んでいて、そのひとつが王国を名乗り始めたのだろうか。

「王を自称するのはそちらの勝手ですが、われらが公主様のご再婚は、皇帝陛下のお決めになること。このように掠奪《りゃくだつ》まがいの行為に出られても、公主様を渡せるはずがないでしょう。外交というものを知らぬのを、野蛮人というのです」

頭目はおかしそうに笑った。

「ずいぶんと気の強い宦官だ。あと、そっちの姉ちゃんのこっちに向けた鏃《やじり》だが、よそに向けてくれないかな。うっかり俺に刺さったら、あんたらの誰一人、生きて金椛にもどれやしないぞ」

多勢に無勢だ。遊圭は「胡娘」と囁《ささや》いて、弓をおろすように言った。胡娘は言われたとおりに弓はおろしたが、矢はつがえたままだ。

遊圭は必死でこの場から逃れる方策を考える。馬よりは駱駝の方が足が速い。このまま引き返して城市に逃げ込むことも遊圭は考えたが、背後の浅瀬までしっかり囲まれている。菫児《きんじ》の姿は見えなくなっていた。逃げてくれたならそれでいい。

慈仙はまだ頭目と話し続けている。

「本当に賢王とやらの使いならば、交渉するのはやぶさかではありません。われらが公主に指一本触れぬと誓えますか」

　頭目は鼻を鳴らして嗤《わら》ったが、帯から抜いた刀子で左手の親指の付け根を切り、滲《にじ》み出た血を地面に落として、異国の言葉で何か唱えた。

「これでいいか」

「何を誓ったか、我々にはわかりませんが、言葉を違《たが》えて公主に触れたら、あなたに災厄が降りかかることは、間違いありませんね」

「公主は俺の獲物じゃないから、どのみち指一本触れやしない。いくらでも誓ってやるさ。さあ、こっちへ来てもらおうか」

　遊圭たちは否応なく囲い込まれて、行路から外れた山道へと連れていかれる。

　慈仙は遊圭のそばまで来て、耳打ちした。

「星公子。しばらく公主のふりをしてください。本当に公主目当てに待ち構えていたようです。賢王というのは、天鋸山脈に根を張る蛮族の首長どもの尊称です。その首長に公主を献上するためにわれらを拉致《らち》したのなら、勘違いされている間は手を出してこないと思われます」

　だが、正体がばれるのは時間の問題ではないか。その賢王とやらに引き渡され、公主でないことがばれたら怒りを買って、釈明の余地なく殺されてしまうだろう。盗賊にさらわれた人間の運命は、なぶり殺されるか、命があれば売り飛ばされ、腕や額に焼き鏝《ごて》で烙印《らくいん》を捺《お》されて、異郷の奴隷に落とされるかだ。

と、抗議の言葉が遊圭の喉元まであふれそうになったが、声を出して男とばれたら、いまここで何をされるかわからないので、黙ってこらえる。

砂漠の旅装には、男女の差がほとんどない。帽子を深くかぶるなど、季節がら厚着をしていたことと、遊圭が一番若く、年の割に小柄なせいもあってか、声を出さなければ男か女か、外見からは見分けがつかなかったようだ。とはいえ、それが好都合だとは遊圭には思えない。このあたりの土地では、脱税や徴兵逃れを防ぐため、異性装が厳重に禁じられていることは、滞在した城市でも見てきたとおりだ。身分どころか性別を偽っただけでも、命がないかも知れない。

とりあえず、帝国の公主は下賤《げせん》のそれも男とは口を利いたりはしないので、慈仙を窓口に交渉していくしかない。

谷の奥に用意されていた四頭の馬に乗り換えて、さらに天鋸山脈の奥地へと登っていく。置き去りにされた駱駝たちの不安げな鳴き声が、遠い山麓にこだまする。

この男たちはなぜ、遊圭たちを公主の一行だと頭から信じ込んでいるのだろう。

四頭の馬が用意されていたということは、初めから遊圭一行の人数を知っていて、狙っていたことになる。

そもそも、夏沙王妃が未亡人となり、砂漠のどこかへ逃走してから、もはや一年近く経つのだ。それがいまになって天鋸行路を帰国の途につくなどという、でたらめな情報が、なぜこの者たちの耳に入ったのか。

辻褄《つじつま》が合わない。なにもかもが不自然だ。

城市に滞在していたときに、遊圭たちは周囲の注意を引くような行動をとっただろうか。

象牙《ぞうげ》の印章を駐屯地の軍吏に見せたことか？　あれで公主と勘違いされたのだろうか。

しかし、あのとき言葉を交わした誰もが、遊圭を公主と思い込むはずがない。それとも菫児《きんじ》を公主と取り違えたのだろうか。菫児は背丈こそ低くないが、顔も声も可愛く、男装していても、旅装の少女と思われてしまったかもしれない。

だが、菫児では夏沙王妃の麗華とは、年齢が一致しない。

楊柳《ようりゅう》の繁る谷沿いから、針葉樹の増える山の中へ、馬の背に揺られて進むうち、遊圭はますます混乱してくる。

二日のあいだ、ひたすら山を登り続け、かなりの標高にいたったころ、突然開けた高原地帯に出た。

そこには、青みがかった自然石を用いて、階段状に築かれた町が広がっていた。そして、街区と天鋸の裾野《すその》を見晴るかす丘の上に、重厚な造りの宮殿があった。

それは、砂漠のほとりの山岳地帯に築かれた、夏沙の城塞《じょうさい》都市と似ていなくもなかったが、こちらは城壁の代わりに濃い緑の森に囲まれた石の都だ。

人口は多く、みっしりと並んだ石造りの家々には、厚い毛織物や毛皮をまとった男女や老人、子どもたちが出入りしている。異国からの客人と知って、誰もが好奇心ととももに見物に駆けつける。

丘の上の宮殿には、頭目らと似たような華やかな色合いをした毛織の衣服に、毛皮の胴着を身につけた兵士があふれていた。人間というものは、地上のどこであっても、都市と宮殿を築くものなのだと、遊圭は妙なところで感心した。真人もついてきていれば、この高原の都市に来て、世界の一部を見届けることができたのにと、残念な気にもなる。

遊圭たちは宮殿の一室に通され、賓客の扱いを受けた。

無法な盗賊や蛮族にかどわかされて、なぶり殺しになる運命を免れたのはありがたいことだが、有無を言わさず拉致同然で連れ去るのだから、まっとうな国とはいえない。

慈仙は四人だけになると、大急ぎで公主に化けるよう、遊圭に言い含めた。

遊圭は抵抗を試みる。

「といっても、声を出せばばれます。それに金椛の公主を後宮に入れて、ほかの首長たちと差をつけようって魂胆なら、いずれ体を検《あらた》められるでしょうし」

「遊圭さん、あなたは夏沙へ行く前に、声色を操る訓練も受けたでしょう。夏沙の王宮では美声とまでは言わずとも、少なくとも細く高い声で、後宮の女官たちでさえ騙《だま》し通していたじゃありませんか。さあ、私の沙棘《サージ》の喉《のど》油を分けてあげますので、これで声を滑らかにしてください。これを呑《の》み続けていれば、多少は澄んだ声になります」

遊圭は、後宮勤めの間、第二次性徴を遅らせるために、肌の美しさや女性らしさを保つための食事やら生薬、化粧品を大量に使用する羽目になった。そのせいか、もう十代後半になるというのに、体つきは華奢《きゃしゃ》で、喉骨は目立たず、ひげの生えてくる気配のない頬は、生娘のように滑らかだ。

慈仙は大真面目に、遊圭に化粧を勧めた。ずっと持ち歩いていたのか、紅や白粉《おしろい》のそろった化粧箱まで取り出し、刷毛《はけ》を手にして遊圭の前に立ちはだかる。

三年前に火傷痕《やけどあと》の偽装のために顔に膠《にかわ》を塗り付けられ、髪を切られた記憶がよみがえり、遊圭は息が苦しくなる。強引に米糠《こめぬか》で旅の垢《あか》を落とされ、蜂蜜《はちみつ》入りの乳液を塗られて頬をしっとりとさせ、白粉を薄く塗られてしまう。

「あまり白塗りにしても、ここの未開人の美意識とは相容《あいい》れないかもしれませんので、肌の色に近い自然な感じに仕上げますね。途中で見かけた女性たちは頬紅を濃くしていました。血色が良くて元気そうなのが好まれるようです。口紅は唇の形を整えるくらいにしますね。都で流行《はや》りの花鈿《かでん》は額に入れますか」

玄月が女装していたときに額を飾っていた蓮《はす》や牡《ぼ》丹《たん》の花鈿は、かれの美貌《びぼう》に拍車をかけていたが、遊圭としてはとても耐えがたい。

「勘弁してください。男に見えなければそれでいいです」

と泣きそうになって拒絶した。それにもかかわらず、慈仙は遊圭の目尻《めじり》に沿って赤い線を入れ、素顔にはない切れ長の印象を添える。

「化粧の力は偉大です。ひげさえなければ、どんな醜男《ぶおとこ》だってそれなりの美姫《びき》に仕上げて見せます」

自ら仕上げた芸術にうっとりしながら、慈仙は断言した。そこまで自分の容姿を醜いとは思いたくない遊圭だが、とりあえず戴雲国の賢王とやらを騙せるのならば文句は言えない。

銀盤の鏡を見せられて、遊圭はそこに映る初対面の偽公主に息を呑んだ。

薄桃色の肌に、赤くさした頰紅。美人絵に好まれる形に描かれた唇の紅は、薔薇《ばら》の花びらを唇に挟んだようだ。目は大きすぎず小さすぎず、しかし美しく弧を描く鮮烈な赤の縁取りが、高貴で孤独な女性の矜持《きょうじ》を強調している。

自分自身の顔立ちは、もはや原形を残していないという気がしなくもないが、これならば玄月の女装に充分張り合える。若さのもたらす可憐《かれん》さでは、こちらが有利かもしれない。

胡娘が感心して慈仙の技を褒め称《たた》えた。

「化粧の力も偉大だが、慈仙どのの腕前が尋常ではないと思うぞ」

遊圭は、表情を変えたり、口を開いたりすれば、瞬く間に化粧が崩れ落ちるような気がして、こわごわとうなずいた。

戴雲国の身分の高い女性の衣裳《いしょう》が届けられ、慈仙と胡娘が慣れない服の着付けに苦戦したが、どうにか体裁が整った。ありがたいことに、縮絨《フェルト》を固めた円筒の帽子には、金椛産と思われる薄絹が縁に縫い付けられており、額から頰へと垂らすことで顎《あご》の線が隠れる。

で下ろした。

標高が高いために、まだ春の恩恵も遠い戴雲国の衣裳は、幾重にも毛織の裙《くん》を重ね、綿の入った胴着を重ねる。これは体型がまったくわからないので、遊圭はほっと胸を撫《な》で下ろした。

「でも、歩きにくい……」

真冬でも絹の綿入れか、毛皮ならば柔らかな仔羊《こひつじ》や兎の、軽い外套《がいとう》に慣れた遊圭には、厚く織った毛織物の重ね着など、経験したことがない。砂漠行では羊毛素材の厚着もしたが、さすがに裙を何枚も重ねるということはなかった。

「戴雲国の女性は、こんな服で腰を痛めたりはしないのかな」

「慣れだろうな」

胡娘が腰から裾《すそ》へ流れる襞《ひだ》を整えながら応じた。

一行を迎えに来たこの国の女官は、遊圭に用意された衣裳ほど華美ではないが、やはり着膨れて裙は広がり、小柄な女性には重たそうだ。

風と日に焼けた頰の赤い女官は、遊圭を見つめて口を小さく開き、ほぅ、とため息をついた。うっとりと潤んだ目で、恥ずかしそうにうつむく。

この反応をどう解釈したものか悩んでいるうちに、遊圭一行は謁見の間に案内された。

壁も床も石造りなのは夏沙の王宮と同じだが、こちらは青みを帯びた岩を切り出して積み上げた宮殿だ。装飾は少なく、巧みな石造建築の割には、芸術への関心や文化が未発達な印象を与える。

賢王の間に二列に並んだ六人の重臣の間を通って、玉座の前まで連れて行かれた遊圭は、正面に座す人物を見て驚く。

そこに両肘《りょうひじ》を張るようにして肘掛けに置き、脚を組んでふんぞり返っていたのは、玉座の大きさに不釣り合いな十歳くらいの少年だったからだ。多く見積もっても十二にはなっていないだろう。だが、目が合った瞬間、少年の瞳《ひとみ》にいぶかしげな光が宿った。探るような目つきに変わる。

ばれたかもしれない。

遊圭は冷や汗をかきながら袖《そで》の中で手を組み、後宮時代に培った、風に揺れる柳のごとき優婉《ゆうえん》な物腰で金椛風の揖礼《ゆうれい》をし、賢王に微笑みかけた。

こちらは偽者だろうと大国の公主であり、あちらはその名も知られていない新興の小国なのだから、頭を下げたり膝《ひざ》を折ったりはしない方が自然だろう。あくまでもまっすぐ背を伸ばし、上からの目線での会釈だ。賢王は目を瞠《みは》って顎を引き、頬を赤らめ、玉座の左側に立つ、瘦《や》せた初老の男を見上げた。

熟練の政治家という印象の、宰相か摂政というところだろう。

賢王と摂政らしき人物がふたことみこと言葉を交わし、摂政が玉座の右に控えていた中年の男に話しかける。赤毛と深目鼻高の、興胡《こうこ》の衣裳をまとった恰幅《かっぷく》のよい人物が、一歩前に出た。

「金椛語に堪能《たんのう》なものが出払っている。夏沙語でよろしいか」

いくつもの言語を操る興胡には、滞在地の貴人に雇われ、外交時の通訳を買って出る者も多い。遊圭は厚い衣裳の下でさらに冷や汗をかく。金椛人とはいえ、夏沙の王妃や側近が夏沙語を解さないのでは都合が悪い。本物かどうか試されているのだろう。

「問題ないです」

夏沙の宮廷に長くいた義仙が進み出る。

遊圭は全力で集中して、胡人の通訳の話に耳を傾けた。

曰《いわ》く、昨年のいまごろ、夏沙王都陥落から逃げ延びた金椛公主が、天鋸行路で行方不明になったという噂が流れた。それからかなり経って金椛の軍が公主を捜しに来たが、見つかっていない。新興の戴雲国としては、公主を保護して即位したばかりの賢王の正妃として迎えたいと考え、引き続き公主の行方を捜していたという。

朔露来寇《らいこう》で緊迫する情勢に、金椛帝国の保護を得ようという腹づもりなのだろうが、朝貢関係にない国が、公主降嫁の無心など外交の順番としてあり得ない。

新興の小国としては、公主の保護は金椛帝国に恩を売る絶好の機会ではあるが、そこから結婚へ飛躍する発想が遊圭には理解できない。

亡国の末亡人ならば、帰国途中をかすめ取って娶《めと》れると思っているのなら、帝国を馬鹿にしている。もっともこれが皇族男子の外遊や、外交に派遣された官僚ならば、通行国から声がかかり、接待を受けることは珍しくはない。だが結婚となれば話は違う。

摂政から胡人の通訳、義仙から慈仙と説明と交渉が行ったり来たりするのを、遊圭は黙って見守った。玉座の少年賢王はだんだんと飽きてきたらしく、椅子の上にあぐらをかき、行儀悪く片方の肘掛けに頬杖《ほおづえ》をついて、正面に立ち尽くす、人形のような異国の偽公主を眺めている。

賢王の顔色はあまり良いとはいえない。頬は子どもらしくふっくらしているが、肌は乾燥して艶《つや》がなかった。ときどき空咳《からせき》をする。持病を抱えているのでなければ、かつての麗華のように、側近が栄養を考えずに、子どもの好きなものを言いなりに与えているのだろう。遊圭は賢王の脈をとりたくてうずうずしてきた。

遊圭の胸にふっとしたいたずら心が芽生えた。にっこりと少年に微笑みかける。賢王は目を瞠り、パチパチと瞬《まばた》きをして頬を染め、視線を逸《そ》らして摂政の顔を何度も見上げた。

この年で王位もしくは族長の地位に据えられているということは、すでにこの少年の父親は冥界《めいかい》の住人ということだ。遊圭は族滅させられて帝都の地下を逃げ回り、後宮に逃げ込んだのがこのくらいの年頃だったことを思い出す。

その日は対面と状況の説明だけで話が終わり、慈仙が公主に考える時間をもらいたいと告げ、遊圭たちは貴賓の客室へと引き返した。

遊圭は慈仙に、通訳の胡人を呼び出して、もっと詳しい話を聞けないかと相談した。

慈仙は眉《まゆ》を寄せて、それは難しいのではと言う。

その夜は胡娘と同じ部屋で休み、前室には慈仙と義仙が陣取って警戒態勢を取る。

十三、背反の行路

朝を迎えて目覚めた遊圭は、洗顔の時刻になっても慈仙《じせん》が入室してこないので、不思議に思って奥の部屋から顔をのぞかせた。

「胡娘、これはどういうことだろう」

遊圭の愕然《がくぜん》とした声に、胡娘が「どうした」と問い返す。

「慈仙も義仙《ぎせん》もいない」

「戴雲《たいうん》国のやつらに連れて行かれたのか」

扉を開けて前室に飛び出した胡娘は、使われた形跡のない寝台の掛け布を引っぺがして叫ぶ。

「争った形跡はない。荷物もなくなっている。もぬけの殻というやつだ。私たちを置いて、自分たちだけで逃げたのか！」

「どういうことだろう」

慈仙の化粧道具も消えていた。これでは女装は続行できないので、今日にでも偽公主であったことがばれてしまう。

そこへ、王宮の女官が、片言の金椛語《ジンファ》で朝食を運んでよいかと声をかけてきた。遊圭は慌てて奥へ駆け込み、胡娘が対応に出た。

「公主さまは長旅の疲れが出て、お加減が悪い。山羊《やぎ》の乳と蜂蜜《はちみつ》、柔らかい麵麭《パン》があれば、温めて持ってきてくれ。今日は一日、休ませて欲しい」

女官は立ち去り、胡娘は奥の部屋に戻る。遊圭はすっかり混乱して頭を抱えた。

「慈仙が自分たちだけで逃げる理由がわからない。わたしたちは逃げるのに足手まといになるほど、役立たずではないと思うんだけど」

窓の外を確認した胡娘が、疑惑に満ちた声で外のようすを遊圭に教える。

「ひと柱ごとに兵士が立って我らを見張っている。どうやってこの警戒をくぐり抜けたのだろう」

「この状況が打開できないから、巻き込まれる前に逃げ出したのか、それとも策があって一時脱出したのか」

玄月の信頼する青蘭会の士なのだから、遊圭を置き去りにして自分たちだけ逃げるはずはない。かれらの真意がわかるまで、こちらの正体が知られないように振る舞うしかないだろう。しかし、化粧道具がなければ、公主を装うことは不可能だ。

「胡娘、あの興胡《こうこ》の通訳を呼んでこれる？　この国について情報が足りない。公主でないとばれても殺されたり、奴隷にされなくてもすむよう、交渉に持ち込まないとね」

胡娘は朝食を運んできた女官に、かの興胡を呼んでくるように伝えた。

興胡は昼近くになってようやく公主の部屋を訪れた。味方にできると確信するまでは、正体を明かさない方がいいだろうと、遊圭の前には青紗《しゃ》の幕を垂らして、こちらの姿が見えないようにした。そして興胡の顔や表情は見えるよう、明るい位置に座らせる。

前日、賢王の前で通訳を務めた興胡の名はナスルという。会話の取次ぎが宦官《かんがん》でなく、胡人の侍女であったことに驚いた顔をしたが、洗練された口上で公主の機嫌を伺った。

胡娘はそれに答礼し、本題に入る。

「私の主人は、このように拉致《らち》された上に、異民族の王との結婚を強要されて、嘆き苦しんでいる。どうしても解せないのは、あの日、あの朝に、あの場所を我々が通ることが、なぜ戴雲国に知られていたのかということだ」

康宇語で話しかけられたことに、興胡ナスルは少し驚いたようだが、同じ胡人の女性と母国語で話せることで気が楽になったようだ。舌の滑りが昨日よりもよくなった。

「私も詳細は知りません。あなたがたを拉致した小隊長が、金椛の公主を連れ帰ったと摂政に報告し、私が通訳に呼び出されたのが昨日のことです」

胡娘は垂れ幕越しに遊圭と目配せを交わし、次の質問に移る。戴雲国なるものが、いつから成立し、どのくらいの版図を持つのか、その勢力はどれくらいのものか。

戴雲国の国号が定められたのは五年前と新しく、現在の賢王の父が、周辺の五部族をまとめて自らを賢王と名乗ったという。その先王は昨年亡くなり、五部族の分散を防ぎ、均衡を保つために先王の遺児が賢王として立てられた。

「ですから、公主殿下《せっけん》が戴雲王国についてご存じなかったのも無理はありません。朔露《さくろ》可汗国が西大陸を席巻している昨今、行路沿いの都市国家群だけでなく、天鋸《てんきょ》山脈の山間部や高原部の部族集団も、滅ぼされ吸収されるのを待つか、あるいは団結して戦うかの瀬戸際に立たされているところです」

「だから金椛帝国と婚姻関係を結ぼうとしたのか。しかし金椛の法律では、花嫁を掠奪しても正式な婚姻は成立しないことは、戴雲国の重臣どもは知らんのか」

興胡は黙って首をすくめる。所詮《しょせん》は他人事《ひとごと》なのだろう。戴雲王国と金椛帝国の間に深入りするつもりはないらしい。遊圭と胡娘は、これ以上はこの興胡から聞き出せることはないと判断し、話題をナスル自身の商売へと変えた。

「ナスルどのは、康宇国のご出身だな。この戴雲国とは長いお付き合いか」

「ええ、二十歳より康宇を出て交易を学び、ここ二十年は天鋸行路を本拠としております。戴雲国は建国当時からの顧客です」

「ナスルどののご一族に、ルーシャンという名の親戚《しんせき》はおいでか」

ナスルはわずかに両の眉毛を上げて胡娘を見つめ返す。

「親戚に何人かその名を持つ者がいますが、ルーシャンとはごくありふれた名です。あなたがたがお尋ねのルーシャンかどうかは、わかりかねます」

それは先の城市で、ルーシャンの血縁を捜したときに、遊圭も痛感したことだ。

遊圭はルーシャンの家系図の書き写しを、胡娘を介してナスルに見せた。ナスルという名も、その家系図には書き込まれてあるが、これもルーシャンの家系図だけで三人もいるありふれた名だ。

赤毛で同名、そして康宇人というだけで、ルーシャンの眷属《けんぞく》に結びつけるのは、死の砂漠で麗華を見つけ出すのと同じくらいの幸運が必要と思われた。

とはいえ、遊圭はここにきてついにその幸運に恵まれたようだ。

「ああ、このルーシャンは確かに私の従兄《いとこ》の甥《おい》です。成人もせぬうちに家を飛び出したあの腕白小僧が、金椛帝国の将軍になっていましたか。それは重畳。公主様はこのルーシャンとお知り合いでしたか」

ずいぶんと血の遠い縁だが、ナスルは得心して微笑んだ。

胡娘は、ルーシャンが麗華公主の護衛を夏沙王国まで全うした功績によって、金椛軍で出世を遂げていることをかいつまんで説明した。

「率直に言おう、戴雲国の小隊長は人違いをした。我々はルーシャン将軍に頼まれて、朔露の侵略のために離散した親族の消息を追う、ただの旅人に過ぎぬ」

ナスルは油断のならない笑みを浮かべる。

「このご時勢に、女人のふたり連れでですか？　ルーシャンが将軍になっているのなら、寄越す兵士に事欠くこともありますまい。第一、金椛の公主かと訊《き》かれたときに、どうして否定しなかったのですか」

胡娘は痛いところを突かれて、一瞬言葉を失った。ナスルには性別は明かした方がいいのではと遊圭が思案していると、胡娘が急いで言いつくろう。

「我々のひとりが公主でなければ、我らを囲んだ戴雲国の兵士たちは、そのまま追剝《おいはぎ》に豹変《ひょうへん》しそうな勢いだったからだ」

面白い冗談でも聞いたかのように、ナスルは笑った。

「ま、否定したとしても、金椛人の宦官を連れていては説得力はなかったでしょう。金椛の皇室とかかわりがなければ、普通は宦官など、お供にはしませんよ」

海千山千の興胡との駆け引きは、傷病人に向き合い、癒《い》やすのが天職の胡娘には不利と見える。答えられない問いや指摘を不自然に無視して、胡娘は話を進めた。

「その宦官たちだが、今朝から姿が見えないので心配している。彼らがどうなったのか調べて欲しいのだが、お願いできるだろうか。そして人違いについて、賢王と摂政どのに取りなしてもいただければ、なお助かる。もちろん、礼はさせてもらう」

「ルーシャンの知り合いなら、ひと肌くらいは脱いでも構いません」

ナスルはそう言って立ち上がり、西域風の礼をして出て行った。

「さて、どうしようか」

遊圭は戴雲風の衣裳《いしょう》を脱ぎ捨てながら言った。動きやすさからいえば、西沙州の平民が着る普段着がいいのだが、この高原ではまだ寒い。保温はもちろん、状況次第では逃げやすいよう旅装でいた方がいい。

「やっぱり、旅装だよね。胡娘。いざというときに備えて」

と遊圭がふり返れば、胡娘はすでに旅装を整えて、持ち出す荷物も最小限にまとめていた。遊圭は大急ぎで着替える。身軽になるため、常に手首足首に巻いている鉄札入りの革帯をはずそうとして、考え直す。足首はともかく、手首の革帯は籠手《こて》代わりにもなるし、いざというときには武器にもなるので、そのままにしておいた。

上着の帯の金具を遊圭が留めるのを待っていたかのように、扉が荒々しく叩《たた》かれた。男たちの罵声《ばせい》とともに、扉を破る勢いで押し開き、遊圭たちを拉致同然で連れてきた小隊長が怒鳴り込んでくる。

日焼けした顔を真っ赤に染めて遊圭を指さし、唾《つば》を飛ばして罵《ののし》るのだが、まったく理解できない。胡娘が遊圭の前に立ちはだかって弓を構え、小隊長の眉間《みけん》にぴたりと狙いを定める。遊圭たちを取り囲み引っ捕らえようとしていた兵士たちは、胡娘の動きの速さに戸惑い、小隊長の危険を慮《おもんぱか》って動きを止めた。

「何を怒り狂っているのか知らんが、人間の言葉で話さないか」

小隊長が息継ぎのために言葉を切った瞬間に、胡娘が叫び返した。小隊長は怒りのあまりこめかみをぴくつかせ、いっそう赤黒さを増して罵る。

「この、嘘つき女め、何が公主だ。よくも俺を騙《だま》したな」

ナスルが密告したか、あるいはこの短気直情な小隊長が、自分の落ち度を知って遊圭の口を封じに来たのか。

「抜いたら射る」

胡娘が鋭い声で一喝すると、剣の柄に手を伸ばしていた兵士が凍りついた。宮殿内では鎗《やり》などの長柄の武器を持たない兵士らは、飛び道具を構える胡娘に逆らえない。

「全員下がれ。外へ出ろ」

兵士らは、胡娘に目を当てたまま言われた通りにする。

「そこの小隊長は武器を捨てろ。両手を頭の上にあげて組み、後ろ向きにゆっくりと進む。敷居に踵《かかと》をひっかけて転ぶなよ」

小隊長は踵を摺《す》るようにして、胡娘に向けられた鏃《やじり》を見つめながら後ずさる。

胡娘のこの度胸と機転は、いったいどれだけの逆境を切り抜け、危険な場数を踏めば培われるのか。遊圭は突然雪崩れ込んできた戴雲の兵士たちより、悪鬼のような小隊長を子どものようにあしらい、彼らに言うことを聞かせる胡娘の方が怖いと思ったが、この素早さとはったりの勢いは、しっかり学んでおこうと心に刻んだ。

そんな感慨は横に置き、遊圭はまとめておいた荷物をすばやく拾い上げ身につけた。ホルシードを籠《かご》から出して、窓から放す。うまく脱出できて、合流できるように祈りつつ。

天狗《てんこう》は戴雲国に向かう途中で森へ消えたまま帰ってこないのだが、遊圭は心配はしていなかった。懐いている相手はどこにいても探し当てる能力を持った天狗だ。それに、もし発情期に入っているのなら、番《つがい》を見つけたら最後、もう帰ってこない可能性もある。たまたま野生の幼獣を拾って馴《な》らしても、成長したり番の相手を見つけると、ひとの手を離れてゆくことは、むしろ珍しくないのだ。

胡娘のあとについて、宮殿の回廊に踏み出す。左右と背後を警戒するのは遊圭の務めだ。荷物を背負い、周囲ににらみを利かせながら、遊圭はゆっくりと進む胡娘に続いた。

このまま宮殿の門までじりじりと進めるかと思ったが、女官の悲鳴が上がり、回廊のあちこちから兵士があふれ出て、あっという間に囲まれてしまった。

「困ったね、胡娘。交渉できそうな人間が出てこない。このままじっとしていても、いつかは袋だたきだ。どうしようか」

胡娘の矢をつがえる手が震え、弓の張りが弱くなるのを見て、小隊長が兵士たちに命令を下した。その高く上げられた右手を、即座に胡娘の矢が貫く。小隊長が絶叫し、兵士らが動揺した隙に、遊圭は小隊長に突進した。

掌《てのひら》を貫く鏃を、驚愕《きょうがく》の眼で見つめる小隊長の首に、遊圭は左の腕を巻き付け、ぶらさがるように背中に回る。負傷した右手を上から取って背中へとねじ曲げ、小隊長の膝裏《ひざ》を蹴《け》って跪《ひざまず》かせた。帯に挟んでおいた刀子を抜いて、その首に突きつける。

都にいた間に、ルーシャンの副官の達玖《タルク》に仕込まれた、護身術のひとつだ。

次の矢を番《つが》えた胡娘が、よく通る大きな声で叫ぶ。

「このままこの小隊長を殺していいのか、それとも、ここに話のできるやつを連れてくるか、どっちか選べ！」

まわりが右往左往している間に、衛兵に囲まれた賢王と摂政、そしてナスルが中庭に出てきた。

「これはこれは、お転婆な公主だ」

狡猾《こうかつ》そうな摂政の言葉をナスルが通訳するまでもなく、皮肉な笑みと口調から、言っていることは察せられる。賢王は真昼の捕り物を前に、興奮で頰を赤くし、目を輝かせて自国の武官を押さえつけた異国の偽公主を見つめた。

胡娘が一歩前に出て、摂政を詰問した。

「この小隊長をして我らを害せよと命じたのは、賢王のご決断か」

ナスルが進み出る。

「いえ、その小隊長の独断です。私どもが宦官《かんがん》の捜索に気を取られている間に、偽公主を連れてきてしまった己の罪を、あなた方にかぶせようとしたのでしょう」

遊圭と胡娘は武器をおさめ、攻撃されなければ戦う意思のないことを誓う。小隊長が引き立てられてゆくと、賢王は兵士や摂政の制止を振り払って、遊圭のそばに駆け寄った。昨日は可憐《かれん》な美しい少女であった公主が、今日は大のおとなの、それも武人の小隊長に膝を突かせる戦士に変身してしまった秘密を知りたがった。

すでに、ナスルを通して公主ではないことを明かしていた遊圭は、床に膝をついた。一介の旅人が、一国の元首である賢王に対して行うべき拝礼を行う。

「賢王殿下にお目にかかれて光栄です。星遊圭と申します」

とうに男とばれているだろうと、地声で名乗りを上げた遊圭だが、あたりに走った騒めきと、驚いて飛び下がった賢王の凍りついた表情に戸惑う。周りのザワザワはひどくなるばかりで、中には遊圭を指さして罵倒する者まで出てきた。すでに弓をおろしていた胡娘は対応に迷い、ナスルは額に指を当ててかぶりを振った。

頭や肩に痛みを感じて足下を見れば、投げつけられた礫《つぶて》が落ちていた。摂政が何か叫び、衛兵たちが遊圭と胡娘を拘束するために進み出た。身構える胡娘と遊圭を、ナスルが逆らわず衛兵についていくように説得した。

連れて行かれた先は、先ほどの小隊長が尋問を受けている場所から、さほど遠くない地下牢《ちかろう》のひとつだった。

牢屋の錠を下ろす衛兵越しに、立ち去ろうとするナスルを呼び止める。

「いったい何の罪でわたしたちが牢に入れられるんですか」

悲鳴交じりに聞こえてくる小隊長の自白に注意を向けていたナスルは、やがて遊圭たちへとふり向いた。

「このあたりの国々では、異性装は重い罪に問われるんですよ。特に遊圭さんは、昨日の公主姿と、今日の小隊長を一瞬にして組み伏せてしまった手並みの落差が、みなの度肝を抜いてしまいました。間諜《かんちょう》の疑いをかけられ、下手をすると、小隊長の次に拷問にかけられて、処刑されかねません。今後の言動は慎重になさい」

遊圭は必死になって叫んだ。

「間諜じゃありませんよ！　ただの金椛人の旅行者です」

ナスルは苦笑を返す。

「ただの旅行者が、宦官を連れて絶世の美女に化け、一国の元首を欺き、一国の武官を

「一撃で倒してしまうんですか」

一撃ではなく、胡娘との連携で相手の隙を突き、初歩的な護身術を応用した結果だが、あまりに鮮やかだったので説得力がない。慈仙の策に乗って女装で逃げ切ろうとしたことが、こんな結果を招いてしまうとは。遊圭は唇を噛《か》み締める。

小隊長の嘆願と自白に耳を傾けていたナスルは、意図の読み取り難い表情を浮かべてその内容を遊圭に教える。

小隊長は城市の賭博《とばく》場に出入りしていたところを、金椛人の宦官に買収されて、公主の拉致《らち》を引き受けたのだということが判明した。

一度は天鋸行路に現れ、帰国することなく消息を絶った金椛の公主を探し求めていたのは、戴雲国だけではなかった。天鋸行路に勢力を張る都市国家や、山間の有力氏族たちは、政治的な意図を持たぬものまで、貴重な戦利品か掘り出し物であるかのように公主の痕跡《こんせき》を捜し回った。だが杳《よう》として行方の知れぬ公主の捜索も、下火となって久しい。みなが忘れかけていたこのとき、博打《ばくち》で負けて借金を背負い込んだ小隊長に、公主がようやく帰国の途についたことを、慈仙が吹き込んだのだという。

「慈仙が、なぜそんなことを」

遊圭は呆然《ぼうぜん》として言葉を失う。

「公主には賞金がかけられていた。その宦官は小隊長に、公主を捕らえて賞金を山分けすることを持ちかけた。慈仙という宦官は昨夜、小隊長から賞金の分け前を受け取り、そのまま姿を消してしまった」

「慈仙が、わたしを嵌《は》めた？」

遊圭は呆然として考えがまとまらない。熱心に女装を勧めたのも、遊圭を陥れるためだったというのか。

ナスルが立ち去り、遊圭は意気消沈してつぶやいた。

「ずっと女のふりをしていれば、助かったのかな」

胡娘は遊圭の肩を撫《な》でて励ます。

「遅かれ早かれ、いつかはばれることだ。この国の連中はともかく、ナスルどのにはまだ交渉の余地がある。われわれの取り調べのために、通訳として同席するだろうから、そのときは遊々の身分を正直に話そう。縁組みを考えた相手の義理の甥《おい》を、女装の罪くらいで処刑したりはすまい」

日没後、牢の表が騒がしくなり、ふたりの金椛人が引きずられるようにして牢に連れてこられた。衛兵は宦官を捕まえたと言ったが、薄暗がりで見る二人連れは、慈仙の容姿とも、義仙の体格とも一致しない。

格子越しにその姿を見定めた遊圭は、頓狂《とんきょう》な声を出した。

「菫児《きんじ》、それに、橘さん。いったいどうしたんですか」

逃亡中の慈仙たちと間違えられて、相当に小突き回されたのだろう。ふたりの顔は痣《あざ》だらけで、真人の口元や肩には血が滲《にじ》んでいる。服もボロボロだ。

遊圭は彼らを捕らえてきた兵士に訊《たず》ねる。

「彼らは、城市で別れた友人たちです。なぜ彼らを捕まえたのですか」

「遊圭さん」

同じ牢に放り込まれた菫児《きんじ》が、小さな声で呼びかけた。幼く弱々しい声に、遊圭は慌てて胡娘に手当てをよびかける。

「事情はあとで、とりあえずけがの治療をしなくては」

荷物は取り上げられたが、懐の薬籠《やくろう》や、革帯に通した小物入れまでは没収されなかった。少量の水で肩や背に負った刀傷を清められ、痛い痛いと悲鳴を上げる真人と、べそをかきながら謝り続ける菫児から、捕まってしまったいきさつを聞き出す。

遊圭の一行が山賊に襲われているのを見た菫児は、大急ぎで城市へ戻り、駐屯地の金椛兵に助けを求めた。だが一般人の、それも声と華奢《きゃしゃ》な体格から、のっぽな子どもに間違えられてしまう菫児は誰にも相手にされない。そこで宿に戻って真人を見つけ、どうすればいいのかと泣きついたという。

「それで、橘さんが腰をあげてくれたんですか。わたしたちのために？」

遊圭は驚いて真人を見つめた。

「たいした助けにはならないと思いましたがね。隊商の出発までまだ五日あったので、できることがあればと思いまして。賊の正体と居場所さえわかれば、駐屯地の軍吏に通報できるでしょう？」

真人はへらへらと痛がりながら嘯《うそぶ》いた。

「菫児の言った場所から山に入って、蹄《ひづめ》の踏み分けた山道を登ってたら、今日の明け方には慈仙と義仙に再会できたんですが、遊圭さんたちがいないじゃないですか。自分たちだけで逃げてきたのか、って詰《なじ》ったら、あの普段のきれいな声からは想像もつかない、気持ち悪い声で笑い出したんで、びっくりしました」

＊　　＊　　＊

甲高い声でひとしきり笑った慈仙は、満足げに真人の問いに答えた。

「逃げてきた？　いえ、何もかも計画通りですよ」

真人はもちろん、菫児も慈仙が何を言っているのかわからない。

「遊圭さんを山賊の手に残して、慈仙さんたちが逃げ帰ってきたことが計画通り？」

混乱する菫児の顔を眺め、慈仙はくっくっくと、楽しげに笑う。

「そうですよ。いまごろは身分と性別を偽ったことがばれて、怒り狂った蛮族どもに八つ裂きにされていることでしょうね」

慈仙は、いつに変わらぬ微笑を浮かべて平然とそう言った。途中経過を知らないまま、結果だけを聞かされた真人は、ただもう驚いてかろうじて訊《き》き返す。

「慈仙さんは、はじめから遊圭さんを始末して帰国するつもりだったんですか。でも、そんな馬鹿な。あんなきれいな声で、天上の歌を歌うあなたが」

慈仙の微笑がゆがむ。

「天上の声なんかじゃありませんよ。ねえ、菫児《きんじ》」

ねっとりと甘い声で名指された菫児は、怯《おび》えて真人にしがみついた。

「遊圭を置いてきたことを、あなたたちに知られたのは、困りましたね。口を封じてからでないと、安心して帰国できません。義仙」

真人は視線を慈仙の背後の宦官《かんがん》に移す。義仙はすでに剣を抜いていた。慈仙が横に一歩下がり、義仙は真人に斬りかかった。真人は菫児を抱いて斜めうしろへ跳ぶ。真人の肩口に鋭い痛みが走り、飛び散る血の臭いが薄明の森に広がる。尻餅《しりもち》をついた真人が菫児をかばって前を向いたときには、義仙の振りかぶった剣が、いまにも空を切って振り下ろされようとしていた。

「菫児、目をつぶれ。袖《そで》で鼻と口を押さえて息を止めろ」

真人は跳んだ瞬間に懐に入れた手を引き出し、握りしめた物を義仙の顔めがけて投げつけた。白い粉の塊を、顔の中心にぶつけられた義仙は、「目がぁ」と悲鳴を上げて剣を取り落とし、まぶたを両手で押さえた。すぐに、口や鼻から入りこんだ粉で、息が詰まり声も出なくなる。目に入った粉のもたらす焼けるような痛みにのたうち回り、木の根や、道端の岩に頭や肩をぶつけた。

「義仙！」

慈仙の叫びを背に、真人は董児を引きずるようにして、森の中へ逃げる。そのあとを追って、慈仙の罵声《ばせい》が飛んだ。

「この、野蛮人め。卑怯《ひきょう》な手を」

朝日も差し込まぬ、足下もおぼつかない薄暗い森を、慈仙は真昼であるかのように素早く追いかけてくる、おそろしく身軽な足音に、真人の背中に戦慄《せんりつ》が走った。

背後にひやりと感じた刃《やいば》の気配を避けようとしたが、鋭い痛みとともに真人は董児とともに転んだ。運悪く倒れた先の段差には、小さな崖《がけ》でもあったらしく、ふたりはごろごろと二丈近くも、抱き合ったまま転がり落ちた。

「どこに隠れてるんですか」

頭の上で慈仙の毒づく声がする。落ちた場所の深さから、慈仙の剣は届かないと判断した董児が、大声を上げた。

「どうして遊圭さんを嵌めたんですか。なんのために？」

「大事な甥っ子が、玄月の下した任務で横死したら、娘々《ニャンニャン》のお怒りがどれほどのものか、見物《みもの》でしょう？」

任務を終え、自らの企《たくら》みも成功したと信じたためか、慈仙は高笑いとともに本心を吐き出した。

「私たちが遊圭の殉職を報告すれば、玄月は娘々の怒りを買って失脚します。あとからやってきたくせに、親の権威を笠《かさ》にきて、学をひけらかし、大家《ターチャ》の寵《ちょう》をいいことに好き勝手に後宮をいじり回してきた、策謀家気取りのお坊ちゃまの命運もこれで尽きます。私の契弟を戦地へ送り込んでおいて、救援を渋るような非道者。いつまでも玄月の風下に立っているつもりなんか、私にはない。さあ、知りたいことは教えてあげました。ふたりとも、ひと思いに口を封じてあげますから出てきなさい。それともこちらから滅多突きにしてあげましょうか。こちらには長鎗《ちょうそう》もあるんですよ」

どこか狂気を孕《はら》んだ冷徹な声に、真人も菫児《きんじ》も、慈仙は本気であると悟った。真人は慈仙の気を逸《そ》らそうと言い返す。

「僕たちを殺している間に、大事な義仙さんが死んでしまいますよ。さっき投げつけたのは石灰の粉です。鼻を焼き、目を潰《つぶ》し、喉《のど》を詰まらせて窒息させてしまう。すぐに手当てしないと、都どころか国境にもたどり着けません」

「何っ、この、卑怯者がっ」

慈仙の駆け去る音に、真人らは息を吐いた。慈仙は暗くても目が利くらしく、薄暗い森の中でも躓《つまず》いたり、転んだりする音はしない。慈仙が鐘鼓司《しょうこし》の軽業俳優でもあったことなど知らぬ真人は、ただただ人間離れした身体能力を恐ろしく思うばかりだ。

真人と菫児はひしと抱き合ってその場から動けず、遠くで慈仙の毒づく声と、義仙の立てるらしいうめき声に、聞き耳を立てたままじっと息をひそめていた。

「石灰？　石灰の粉を義仙にぶつけたんですか」

遊圭と胡娘はあきれて顔を見合わせた。真人は半分は得意そうに、そして半分は恥じ入った表情で「ええ、まあ」とつぶやく。菫児がおどおどと訊ねた。

「あの、義仙さんは、どうなったのでしょう」

遊圭は丁寧に答える。

「石灰の粉は、水分を含むと熱を帯びて凝固する。量によっては喉を詰まらせ窒息させてしまう。目を焼かれた義仙は、おそらく失明するだろうね。橘さんは、日頃からそんな危ない物を持ち歩いていたんですか」

あきれ声で問う遊圭に、真人はばつが悪そうに応じる。

「遊圭さんたちだって、持ち歩いているじゃないですか」

「あれは、喘息《ぜんそく》の薬に混ぜるためで、量が違いますよ。目を焼くほどの量はさすがに……というか、石灰なんかでひとを攻撃するのは、刀を振り回すのと変わらないくらい危険なんですから。ひとつかみをいつでも懐に忍ばせていたってことは、石灰が目に入ったり、吸い込んだりしたら致命的だって、橘さんは知っていたわけでしょう？」

「ええ、だから、護身用といっても使ったのはこれが初めてです。盗賊とか、武器を持ってこっちを殺すつもりで襲うやつ以外には、使わないようにって言われてましたし」

真人は弁解がましく言いつのると、頭を掻《か》いた。胡娘が間に入って取りなす。

「まあ、橘は剣が使えるわけでなし、手練《てだ》れの義仙や慈仙を相手に、手段もなりふりも選んではいられない。お陰で菫児も命拾いした。橘、礼を言うぞ」

胡娘に褒められて、真人は「えへへ」と頭を掻く。

満身創痍《まんしんそうい》で宮殿に連れてこられたのは、義仙に切りつけられ、慈仙に追い詰められて山中を転がって傷を負ったためだった。宦官と間違えられて戴雲国の兵士たちに暴行されたのではないことがわかって、遊圭はほっとした。

「慈仙は、玄月を失脚させるつもりだったのか。これは、根が深いな」

遊圭にもしものことがあったら、玄月は玲玉の怒りを買って失脚するだろうと言っていたのは慈仙だ。玄月を陥れるために、慈仙は初めから遊圭を旅の途上で始末する心づもりで、何ヶ月も一緒に旅をしていたのかと思うと、遊圭の背筋が凍った。

何度かは、慈仙の微笑によぎる得体の知れない冷たさに、不安を覚えていたことを思い出す。それにもかかわらず、宦官とは外の人間とは容易に打ち解けないものなのだろうと、過去の経験からそう解釈し、遊圭は一緒に旅を続けてきた。

遊圭が慈仙を信じたことが迂闊《うかつ》だったとは思いたくない。玄月が信頼している部下を、皇帝によって選び抜かれ、忠誠を誓った青蘭会の宦官を疑うことは、遊圭が参加する任務そのものを否定することだった。

遊圭は、はっとして掌《てのひら》を額に当てた。

「橘さん、あなたはここを出て行くことができても、城市の宿には戻れません」

「どうしてですか」

真人は納得のいかない顔で問い返す。

「義仙の手当てのためには、城市に帰った方が早い。そのとき、慈仙はわたしが拉致《らち》されて殺された罪を、あなたにかぶせて届け出たことでしょう。いまごろは義仙も犠牲者に仕立て上げて、橘さんは行路一帯では指名手配されているはずです」

「ええっ。やっと西へ進める隊商を見つけて、雇ってもらったのに」

真人はがっくりとうな垂れた。

あるいは、慈仙ははじめから遊圭殺害の濡《ぬ》れ衣《ぎぬ》を真人にかぶせて、口を塞《ふさ》ぐつもりで、荷役夫に雇ったのではないか。真人とは道が分かれたために、罪をなすりつける相手を新興の蛮族に変更したのだろう。

遊圭はふたりに痛み止めを飲ませて休ませ、これからどうするか考え込んだ。

こちらの身分性別詐称の罪は、金椛皇室の外戚《がいせき》の身分を明らかにし、ナスルに取引きを持ちかけて、切り抜けることはできるだろう。問題はその先だ。

慈仙は、遊圭を始末して一目散に帰国するつもりだったようだが、義仙が視力を失えばそれは難しい。しかし下手に追撃して真人を告発されても、陽元のお気に入りの宦官《かんがん》と異国人で前科のある真人では勝ち目がない。慈仙が軍吏に賄賂《わいろ》を渡していれば、こちらの言い分に耳を傾ける地方役人はいまい。

また、事がこちらに有利に運んだとして、やけくそになった慈仙が胡楊の郷について言いふらすようなことがあっては、麗華がやっと見つけた安息の地が乱されてしまう。

いまは、慈仙が真人たちの口を封じるために、天鋸行路に張った網の中へ飛び込んでいくのは得策ではない。慈仙たちが都へとのぼるためにこの地を離れたところへ、死んだと思われていた遊圭本人が現れて、城市の軍吏に真相を届けるのがいいだろう。

それより、慈仙の策に空いた穴を活用して、自分が陥ったこの状況を、金椛帝国の国益に転換することに力を注ぎたかった。

慈仙は遊圭の拉致をもちかけ、殺害に誘導した小隊長を、羽振りのいい山賊と見做《みな》していた。山間に興った小国など、後宮育ちの慈仙の目には野蛮な部族、烏合《うごう》の衆としか映らない。遊圭が目当ての獲物でなく、女ですらないとわかれば、一日も生かしておくはずがないと考えた。実際、山賊とはそういうものだ。荷は奪い、男は殺し、女は犯す。子どもは奴隷としてこき使うか、金に換えるために売り飛ばす。

遊圭と胡娘が、おとなしく殺されてしまうようなタマではないことくらい、慈仙ならとっくにわかっていると思っていたのだが。女と豎子《じゅし》と、侮ったのだろうか。

「策士、策に溺《おぼ》れる、ってやつかな」

遊圭は額を撫《な》でながらひとりごちた。

慈仙には、かれの陰謀が成功したと思わせておいた方が遊圭には都合がいい。

玄月にも、いずれはこちらの無事は伝えておくとして、すぐには彼の抱える身中の虫については、言及しないほうがいいのではと考えた。玄月の前では従順で有能な僚友を演じる慈仙は、すぐには玄月を陥れるような手段は取るまいと思われたからだ。

あれやこれやと考えをまとめた遊圭は、痛み止めが効いてうつらうつらしている真人のもとへ戻った。

「あなた、わたしのために働く気はありませんか」

「はい？」

真人は疲れと眠気でぼんやりと応じた。

「いま、この大陸ではふたつの帝国が、正面からぶつかり合おうとしています。その狭間《はざま》で、生き残ろうとしている大小の王国があり、都市国家があります。あなたはご自分の旗幟《きし》を明確にして、どちらかの陣営に属して功を立て、歴史にその名を刻む機会を目の前にしています。あなたが祖国に持ち帰る栄誉としては、これ以上のものはないと考えますが、いかがですか」

本音を言えば、真人がどれだけ外交や戦術的に役立つかはわからない。だが、いまの遊圭には、胡娘の他に誰も頼れる人間がいない。真人の機転や勤勉さは、あるいは臆病《おく びょう》と卑怯《ひきょう》という仮面の下に隠された、見かけによらぬ勇気と粘り強さといったものは、頼るに足るのではないかと思う。

真人の顔に、遊圭の申し出を計算する表情が浮かぶ。

「僕なんかが、国取りの戦争や外交に、役に立ちますかね」

遊圭はにっと笑った。

「試してみれば、いいんですよ。大陸千年の歴史に、自らの名を刻む機会は、そうそう訪れません。天が誰を駒に選ぼうと、わたしたちは自らが信じる道を、全力で進むしかありません。その道が正しかったかどうかを決めるのは、天に任せましょう」

終　章

明々が朱門関に到着したのは、もう春も半ばであった。

しかし、茫漠《ぼうばく》とした荒野に囲まれた高標高地帯の朱門関は、吹きだまりの雪が未《いま》だ凍りついたまま、樹花の蕾《つぼみ》も固く、風は切るように冷たい。

明々と凜々は、達玖《タルク》に連れられて関所の官衙《かんが》に出向き、遊圭の消息を尋ねた。

公務で入国するはずの遊圭は、国境を越えた真の目的は秘密であったとしても、関所を通る場合は、必ずその名と表向きの出入国の理由を台帳に残してゆく。

遊圭とその一行が朱門関を通過したという記録は、まだなかった。

明々ががっかりして肩を落とすと、軍吏のひとりが通信記録を開いて朗らかに告げる。

「星遊圭公子が差出人で、十日前に帝都へ中継された書簡があります。皇帝陛下への親書で特別の速達ですから、ええと、発送された城市が、これなので、この台帳の受付日の十日から十五日前に投函《とうかん》されたことになりますね。だから、その書簡を投函してすぐ出発したとしても、それにさらに十日を足して、二十五日。なので、順調にいけば、あと十日もすれば朱門関に到着になりますよ」

台帳と行路図を交互に指で示しながら、軍吏が旅程から日数を計算しつつ説明する。

明々は躍り上がって、調べてくれた軍吏に心付けを弾んだ。遊圭が到着するまで朱門関に滞在することを竹生に告げ、達玖が窓から朱門関の大門が見える宿の手配をした。

毎日、一日中窓から朱門関を眺めながら、明々は帝都からこちら、月の満ち欠けを幾度か繰り返した、旅につぐ旅の日々を思い起こす。

楼門関《ろうもんかん》から朱門関は、頑健な男でもつらい旅路だ。凛々や達玖ら護衛に守られ、安全な道行きであったとしても、乗り越えてゆく地形や、過酷な天候に耐えるつらさは等しく旅人を苦しめる。特に砂漠地帯では、来る日も来る日も、同じ調子で延々と左右に揺れ続ける駱駝《らくだ》の背ではひたすら吐き続けた。遊圭も同じ苦しみを味わっていると思わなければ、とても耐え抜ける試練ではなかった。

だがその苦しみも、遊圭との再会で報われることだろう。開け放たれた朱門関に明々が迎えに立っていたら、遊圭はどんな顔をするだろう。驚き、喜ぶだろうか、それとも、危険な旅を冒したことを怒るだろうか。

再会の瞬間に備えて、明々は長旅で荒れた肌を手入れし、毎朝早く起きて念入りに化粧をした。衣裳《いしょう》も春らしく顔色の映える物を選び、身だしなみを整えて窓際に座る。旅人の入関があれば、すぐに飛び出して遊圭の一行かどうかを、確かめるためだ。

十日はあっという間に過ぎ、固かった桃や桜の蕾も柔らかく膨らみ始め、気の早い枝は花を開かせ始める。

そこから、一日、二日と過ぎた。十五日目には、明々の胸は心配で塞がり始める。

体の弱い遊圭は、旅路のどこかで病に倒れ、療養しているのかもしれない。

また春先の雪解けに、どこかの川が氾濫《はんらん》して渡れずに、宿で無為な日を費やしているのかもしれない。あるいは、黄色く西天を染め上げる黄砂に方角を誤り、砂漠に迷い込んでしまったのかもしれない。もしかしたら、荒事の苦手な遊圭は、盗賊や紛争に遭って避難し、籠城《ろうじょう》する都市の中で立ち往生しているのではと、次から次へと湧き上がる恐ろしい想像に、胸が潰《つぶ》れそうだ。

部屋の中を右往左往し、時に門の前まで出向いては、鬱々《うつうつ》とした顔で帰ってくる明々を、竹生と凜々は慰めたり、励ましたりと忙しい。

十七日目に、旅人の一行が入関するとの知らせが届き、明々たちはいそいそと門まで迎えに行った。十人の埃《ほこり》に塗《まみ》れた兵士の群れの中に、遊圭の姿は見つからない。がっかりして引き返そうとした明々の横で、凜々が嬉《うれ》しげな声を上げた。

「慈仙《じせん》！　慈仙ではないの。お帰りなさい。星公子はどうしたの、一緒じゃないの」

突然旧知の者に声をかけられて、旅くたびれた慈仙の顔に驚きが走る。歯を食いしばり、視線を泳がせたのちに凜々へと馬首を寄せて、愛想良く挨拶《あいさつ》の言葉をかけた。

「凜々、どうしてまた、こんなところまで」

「あ、そっちにいるのは義仙《ぎせん》！　公主さまもご無事だったの？　どうしてご一緒じゃないの。義仙の包帯は、目をどうかしたの」

矢継ぎ早の質問に、慈仙は再会の喜びも束の間、陰鬱な表情になってうつむいた。

「公主さまは安全な場所でご無事でおられます。義仙は復命のために一緒に帰ってきたのですが、途中で賊に襲われて怪我を負ってしまったんです。星公子を守ろうとはしたんですが、私たちも自分の身を守るのが精一杯で。仲間と思っていた荷役夫の裏切りもあって、私たちだけでも生きて帰れたのは奇跡でした」

沈痛な面持ちで告げられた彼らの苦難と遊圭の運命に、袖《そで》の中で握りしめた明々の拳《こぶし》が小刻みに震える。

「遊々は？　遊々はどうなったの。生きてるんでしょ？　怪我してどこかで療養しているだけなんでしょ。迎えを出せばいいのよね。迎えに行けば――」

「こちらのご婦人は？」

慈仙は勢い込んで詰問してくる初対面の女性に驚き、凜々に説明を求める。

「星公子の婚約者の、李明々さんです。玄月さんの計らいで、ここで公子の帰りを待っていたんです」

慈仙はさらに痛々しげな表情となり、目から涙を流し始めた。

「申し訳ありません。シーリーンと星公子が荒くれの山賊どもに担がれて、拉致《らち》されていったのが、私が公子を見た最後です」

明々は絶句した。顔色がみるみる蒼白《そうはく》になる。

「山賊に囚《とら》われた女人や見目のいい男子は、ほぼ確実に、その――」

慈仙はそれ以上は言葉にできず、涙をこぼしてうつむいた。何度も唾《つば》を呑《の》み込んで、苦しげな声で弱々しく吐き出す。

「まず、死体を見つけることもできないでしょう」

明々の足下では、地面がずぶずぶと実体を失っていく。頭が冷たく、そして空がぐるぐると回り始めた。体中の血流が、泥沼となった地面に吸い取られていくようだ。

「明々さんっ！」

凜々の悲鳴が遠くに聞こえる。ふわりと倒れる明々を達玖《タルク》が抱き留めた。

「宿へ連れて行って、休ませてきます」

慈仙は同情を込めた瞳《ひとみ》を潤ませながら、何度もうなずいた。

「ええ、ええ、そうしてあげてください。気の毒に、祝言を挙げる前に未亡人になってしまうとは」

慈仙は義仙のもとへ戻り、その耳にこの場の顚末《てんまつ》を話して聞かせた。そして明々と達玖のあとを追って、急ぎ宿へ戻る凜々の後ろ姿を、昏《くら》い瞳で追った。

何度まぶたを開けても、いつも同じように煤《すす》汚れた天井が明々の目に入る。

翌日には、慈仙たちは慌ただしく都へと発《た》った。

凜々は明々の気力が回復するまでは、帰郷の支度を待ってくれている。

それでも明々は、ここで待っていれば、奇跡的に山賊たちの虎口から脱して生還を遂げた遊圭が、いまにも朱門関から姿を現すような気がして、窓辺から離れられない。

桃は満開になっていたが、明々の心は鬱《ふさ》ぎ、閉ざされた門に視線をやる度に、柄にもなく涙が滲《にじ》む。

「明々さん、散歩にでもいきませんか。こんな山の上でも、春の花が咲き乱れて、いい匂いがあちこちに漂っています。屋台も出始めて、おいしい蒸し麵麭《パン》や、粽《ちまき》も売り出してますよ。しっかり食べて、体力をつけないと都まで体が持ちません」

凜々の口から『都』という言葉を聞いた明々の両目から、みるみる涙があふれた。

都の喧噪《けんそう》、通りの軒下で弟と夜と昼を過ごした日々。麵麭を盗んで逃げた弟と明々を助けてくれた、お金持ちで苦労知らずの、だけども虚弱な思うに任せない体を持て余していた少年。

手配中の遊圭に女装をさせて、都の片隅で暮らした晩秋の日々。都の中央に聳《そび》える宮城で、身を寄せ合って生き延びた後宮の二年。

明々の喉元《のどもと》まで、後悔の念が塊になって込み上げる。

「どうして、来てくれ、って言われたときに、迎えなんか待たずにその場で遊々についていかなかったんだろう」

しばしの別れの言葉とともに、渡された芍薬《しゃくやく》の花束。その大輪の橙《だいだい》と紅が、まぶたの裏いっぱいに蘇《よみがえ》る。明々は両手で顔を覆って、声を上げて泣き出した。

明々の哀哭《あいこく》が終わるのを、ただ沈黙して待っていた凜々の背を、トントンと叩《たた》く者がいた。ふり返ると竹生が上目遣いで凜々を見上げ、困惑の表情で明々へと視線を移す。

「あの、勝手に入ってきてすみません。外から声をかけても応《こた》えがなかったんで」

「構いません、急ぎの用ですか」

「はい」

竹生は両手に持っていた小さな書簡を差し出した。

「さっき、役所に呼ばれて行ってきたんですが、これを渡されました」

見れば西沙州の竹生に宛てられた一通の書簡である。

「これは、遊圭さんの筆跡！」

凜々の叫びに明々が飛び上がった。河西郡嘉城の星游宅、潘敏宛《あて》となっている。

「今朝、朱門関に届いたそうです。毎日、楼門関や都から何か届いてないかと通ってい たら、顔と姓名を覚えられたみたいで、楼門関に転送せずに手渡してくれました。速達 だから、早く読んだ方がいいとも言ってくれました」

明々がひったくり、震える指で封を切って広げ、読み始める。

読み書きの苦手な竹生のために、簡単な文章で『賊に襲われて危ない目に遭ったが、命は助かった。もし星遊圭が死んだと触れ回る者がいても、それは嘘なので心配しないように』と綴《つづ》ってあった。そして『ただ詳しく書けない事情があり、天狗《てんこう》も行方不明なので、当分は帰れそうにない。それから、ルーシャンにはホルシードもわたしも生きていること、玄月には慈仙に気をつけろと伝えて欲しい』とも添えてあった。そして『生活は都からの仕送りでなんとかしてくれ、もし困ることがあれば、ルーシャン将軍を頼るように』と結ばれていた。

「生きてる？　遊々、生きているの？」

文章が簡潔すぎて、遊圭に何が起こっているのかさっぱりわからないが、とにかく無事らしい。明々は喜びに踊り出さんばかりの勢いで、書簡を両手に持って部屋の中を行ったり来たりした。

「遊々が帰ってこれないのなら、こっちから迎えに行けばいいのよ！　旅の支度しなくちゃ。その手紙、どこから来たの？　何日旅をすれば遊々に会えるの？　ああ、お腹が空《す》いた。腹が減ったら旅もできないわ。竹生、お肉の入った蒸し麵麭《パン》をいっぱい買ってきて！」

頭の中と舌を高速で回転させる女主人に、竹生はただ呆然《ぼうぜん》とするばかりだ。凜々はそんな竹生を急《せ》かして、食べ物を買いに送り出した。

「明々さん、冷静になってください。庶民は国を出て行くことはできませんよ。軍隊とか、国の使節ですとか、あとは政庁の発行した許可証を持った交易商ですとか」

「交易商は庶民でしょ。交易商についていけば、いいんじゃない？」

凜々は、玄月から朱門関の太守に宛てて、李明蓉なる女性の滞在と要求に関しては、あらゆる便宜を図るようにと要請した書簡を預かっている。これを拡大解釈すれば、一公民のそれも女性が、国境を越えて婚約者を捜しに行くことは可能かもしれない。

「どうすればいいの？　誰に聞けば、交易商の一員に加えてもらえるの？」

熱に浮かされたように、必死で頼み込んでくる明々を見ているうちに、ふたりの力になってあげたい気持ちが、凜々の豊かな胸にむくむくと込み上げてきた。

それに、玄月に宛てて添えられた一行の、慈仙に要心しろという伝言も気になる。

「まず達玖《タルク》さんに相談しましょう。でも、出国の許可と通行証の申請が通らなかったら、おとなしく帰りましょう。そのときは、玄月さまがきっとなんとかしてくれますから」

明々は話を半分も聞いていない顔で、窓の外、朱門関の彼方《かなた》を見つめてうなずいた。

「ありがとう。お願いします。凜々、どうもありがとう」

先ほどまでは絶望の涙で濡《ぬ》れていた頰に、いまは希望と歓喜の涙が伝い落ちる。

「必ずおふたりを再会させてみせます」

凜々は太く確かな声で、固く誓った。

あとがき

篠《しの》原《はら》悠《ゆう》希《き》

お読みいただき、どうもありがとうございました。

本書をお買い上げくださった読者の皆様、素敵な装画を描いてくださった丹地《たんじ》陽子《ようこ》様、本作のシリーズ化にご尽力いただいた担当編集者様に、心からの感謝を申し上げます。

金椛《ジンファ》国は架空の王朝です。行政や後宮のシステム、度量衡などは唐《とう》代のものを、風俗や文化は漢《かん》代のものを参考にしております。

なお、作中の薬膳《やくぜん》や漢方などは実在の名称を用いていますが、呪術《じゅじゅつ》と医学が密接な関係にあった、古代から近世という時代の中医学観に沿っていますので、必ずしも現代の東洋・西洋医学の解釈・処方とは一致しておりませんということを添えておきます。

参考文献

『ヘディン中央アジア探検紀行全集1　アジアの砂漠を越えて（上）』　白水社
『世界史リブレット10　西域文書からみた中国史』　闟尾史郎　山川出版社
『二十八宿占』　幾喜三月　楽史舎

湖《こ》宮《きゅう》は黄《こう》砂《さ》に微睡《まどろ》む

金《きん》糀《か》国《こく》春秋《しゅんじゅう》

篠《しの》原《はら》悠《ゆう》希《き》

平成31年 2月25日　初版発行

発行者●郡司 聡

発行●株式会社KADOKAWA
〒102-8177　東京都千代田区富士見2-13-3
電話　0570-002-301（ナビダイヤル）

角川文庫 21458

印刷所●株式会社暁印刷
製本所●株式会社ビルディング・ブックセンター

表紙画●和田三造

ISBN 978-4-04-107751-1　C0193

◇◇◇

角川文庫発刊に際して

角川源義

第二次世界大戦の敗北は、軍事力の敗北であった以上に、私たちの若い文化力の敗退であった。私たちの文化が戦争に対して如何に無力であり、単なるあだ花に過ぎなかったかを、私たちは身を以て体験し痛感した。西洋近代文化の摂取にとって、明治以後八十年の歳月は決して短かすぎたとは言えない。にもかかわらず、近代文化の伝統を確立し、自由な批判と柔軟な良識に富む文化層として自らを形成することに私たちは失敗して来た。そしてこれは、各層への文化の普及滲透を任務とする出版人の責任でもあった。

一九四五年以来、私たちは再び振出しに戻り、第一歩から踏み出すことを余儀なくされた。これは大きな不幸ではあるが、反面、これまでの混沌・未熟・歪曲の中にあった我が国の文化に秩序と確たる基礎を齎らすためには絶好の機会でもある。角川書店は、このような祖国の文化的危機にあたり、微力をも顧みず再建の礎石たるべき抱負と決意とをもって出発したが、ここに創立以来の念願を果すべく角川文庫を発刊する。これまで刊行されたあらゆる全集叢書文庫類の長所と短所とを検討し、古今東西の不朽の典籍を、良心的編集のもとに、廉価に、そして書架にふさわしい美本として、多くのひとびとに提供しようとする。しかし私たちは徒らに百科全書的な知識のジレッタントを作ることを目的とせず、あくまで祖国の文化に秩序と再建への道を示し、この文庫を角川書店の栄ある事業として、今後永久に継続発展せしめ、学芸と教養との殿堂として大成せんことを期したい。多くの読書子の愛情ある忠言と支持とによって、この希望と抱負とを完遂せしめられんことを願う。

一九四九年五月三日

後宮に星は宿る

金椛国春秋

篠原悠希

この無情なる世の中で、生き抜け、少年!!

大陸の強国、金椛国《きんかこく》。名門・星家《せいけ》の御曹司・遊圭《ゆうけい》は、一人呆然と立ち尽くしていた。皇帝崩御に伴い、一族全ての殉死が決定。からくも逃げ延びた遊圭だが、追われる身に。窮地を救ってくれたのは、かつて助けた平民の少女・明々《めいめい》。一息ついた矢先、彼女の後宮への出仕が決まる。再びの絶望に、明々は言った。「あんたも、一緒に来るといいのよ」かくして少年・遊圭は女装し後宮へ。頼みは知恵と仲間だけ。傑作中華風ファンタジー!

角川文庫のキャラクター文芸

ISBN 978-4-04-105198-6